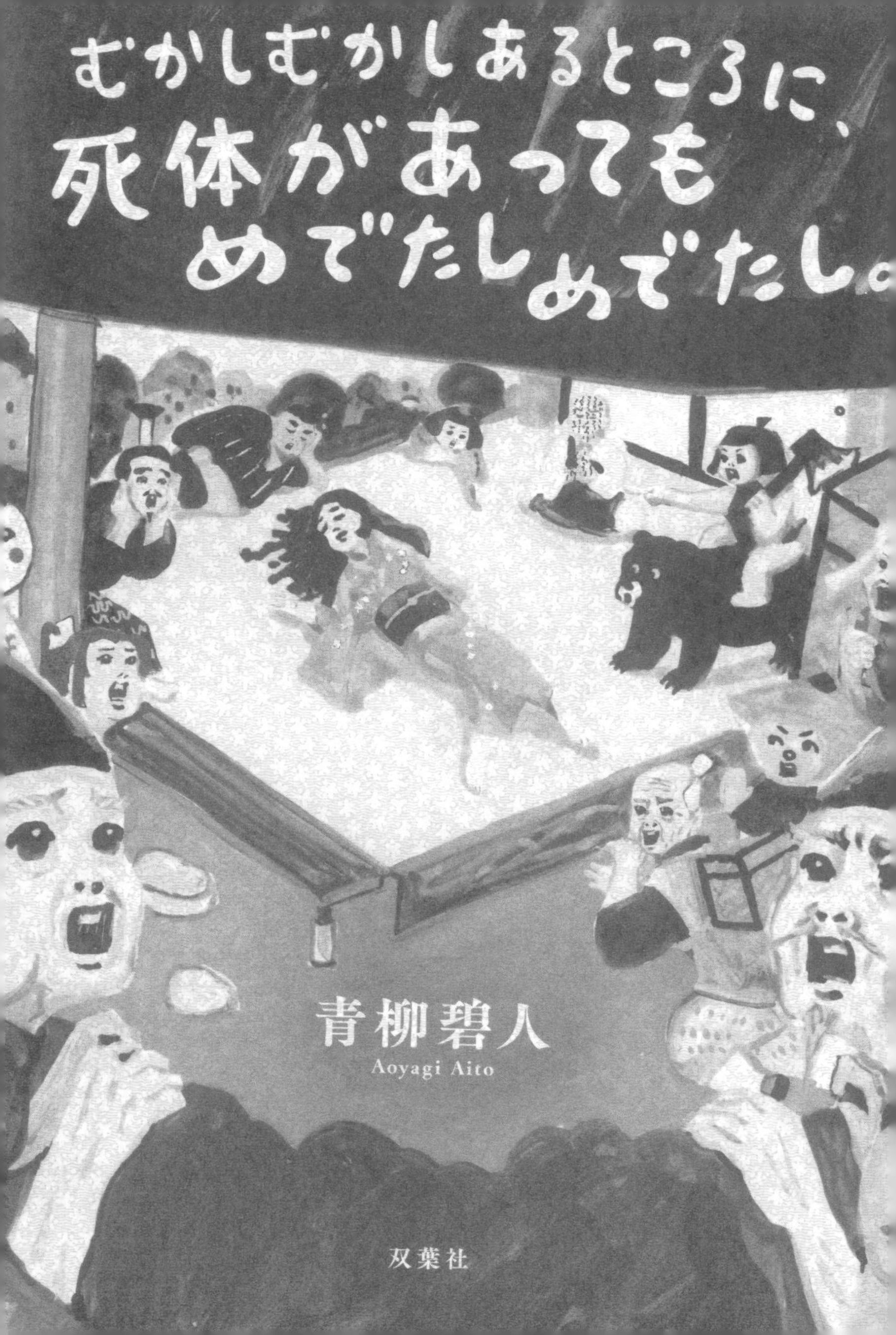
むかしむかしあるところに、
死体があっても
めでたしめでたし。
青柳碧人
Aoyagi Aito
双葉社

目次

むかしむかしあるところに、死体があってもめでたしめでたし。

装丁　小川恵子（瀬戸内デザイン）
装画　五月女ケイ子

こぶとり奇譚

【こぶとりじじい／青物郷《あおものごう》　紫蘇野村《しそのむら》】

紫蘇野村にはそのむかし、芋作《いもさく》という朗《ほが》らかで正直もののじいさんと、葱作《ねぎさく》という陰気でいじわるなじいさんが暮らしておったそうな。この二人のじいさん、性格はまるで真逆だったが、大きく似ているところがあったんじゃ。

芋作じいさんは右の頰《ほお》に、葱作じいさんは左の頰に、それぞれ、みかんほどの大きさのこぶをぶら下げておった。もとより陰気な葱作じいさんは「このこぶはほんに邪魔じゃのう」と日々愚痴ばかりを言ってすごし、朗らかな芋作じいさんのほうも「このこぶさえなけりゃ、どんなに楽かのう」と思っておった。

ある日のこと、芋作じいさんは村の西にある雨落山《あめおちやま》へきのこを採《と》りにいった。きのこはおもしろいように採れ、ついつい山の奥まで入ってしまった。ふと気づくと日は傾き、あたりは暗くなりはじめておった。

「こりゃいかん。このままでは村に帰り着くのが夜になってしまうぞ」

この山には鬼が住んでいて、夜になると棲み処《すか》から出てくるという噂《うわさ》があった。芋作じいさんは急いだが、悪いことに道を見失ってしまった。どうしたものかと困り果てた芋作じいさんの目に、一軒の建物がとびこんできたんじゃ。

「おお、雨乞《あまご》い堂《どう》じゃ」

かつて日照りのときなど、村人がこもって雨乞いの儀式をしたお堂じゃ。雨乞いの儀式はすでに廃《すた》れ、ここに近寄る者は誰もおらん。

「仕方ない、今夜はここで夜を明かすとしよう」

お堂の中には木でできた観音像があった。芋作じいさんはその台座の向こうにあった筵《むしろ》にくるまった。昼間の疲れもあり、すぐに眠ってしまった。

どれくらい経ったときじゃろうか。がやがやと楽しげな声で芋作じいさんは目を覚ました。お堂の中に明かりが灯《とも》っていた。観音像の台座の後ろから、芋作じいさんはそっと様子をうかがい、ぎょっとした。

観音像のすぐ前で、赤鬼と青鬼が差し向かいで酒を飲んでおった。ともに牙《きば》のようにとがった歯をむき出し、がははと恐ろしい声で笑っておるんじゃ。

「それにしても美味《うま》い酒じゃ。こんなに美味いとつまみがほしくなるのう。お前、この世でいちばん美味いつまみは何か知っとるか」

赤鬼が言うと、

「人間に決まっておる」

青鬼が答えた。

「そうじゃ。まちがいない」

「話していたら、人間を食いたくなってきた。なますにして食いたい」

「俺は丸焼きじゃ」

「餅《もち》と一緒にして、味噌《みそ》で煮るのもよかろう」

「それもいい。ああ、ここに人間がおったらなあ」

見つかったら命はないぞと、芋作じいさんは震えが止まらなくなった。

「手に入らないつまみの話をしてもしょうがあるめえ。おい青鬼、俺が歌を歌うで、お前、踊れ」

「よっしゃ」

青鬼が立ち上がると、赤鬼は箸《はし》で盃《さかずき》をちゃんちゃんと打ち鳴らしながら歌いだした。それに合わせて青鬼は踊るものの、どうも調子がはずれておった。初めはこわごわそれを眺《なが》めておった芋作じいさんだったが、だんだん体がうずいてきた。

芋作じいさんは若いころから踊りが得意で、青鬼の下手《へた》な踊りをただ黙って見ておるのは我慢のならんことじゃった。

「おおい、待て待て」

ついに芋作じいさんは、観音像の陰から飛び出した。

「なんじゃ」

盃を打ち鳴らす手を止めた赤鬼に向かい、芋作じいさんは言った。

「わしが踊るで、もう一度囃子《はやし》を頼む」

「お、おう……」

赤鬼は押されるようにちゃんちゃんと盃を打ち鳴らしはじめ、それに合わせて芋作じいさんは踊りはじめた。軽やかに足を踏み、桜の花びらのように両手をひらひらとさせ、それは見事に舞ったんじゃ。鬼たちは感心し、やんややんやの大喝采《だいかっさい》が芋作じいさんに送られた。

「わしにも教えてくれ」

せがむ鬼たちに芋作じいさんは手ほどきをし、一緒に踊った。楽しいときというのはあっという間じゃ。いつしかお堂の破れた壁の向こうに見える空が、白みはじめておった。

「こらいかん。じいさん、俺たちは朝日が出る前に岩の洞窟にもどらにゃならん。今日は楽しかったぞ。また今夜、ここに来い」

こう言われて、芋作じいさんは今さらのように怖くなったんじゃ。

「い、いや、わしは」

「必ず来い」

黄色い目をぎらりと光らせ、赤鬼はその毛むくじゃらの手を芋作じいさんの顔に伸ばしてきた。そして頬についておったこぶを握った。

すっ——と、こぶは右の頬からもぎ取られた。不思議なことに血も出なければ、まったく痛くもなかったんじゃと。

「俺たちにはのう、お前ら生き物を殺さずに体の一部をもぎ取る力があるんじゃ」

赤鬼はにんまりと、もぎ取ったばかりのこぶを見た。

「な、なんと不思議な……」

「不思議なものか。はるか北方の雲落山《くもおちやま》には、死んだばかりの生き物の一部をもぎ取り、ずーっと腐らんように保てるちゅう鬼が住んどるそうじゃ。角《つの》はこんなにちっこくて、人間のような肌の色をしとって、気味が悪いったらないわ」

「赤鬼」

青鬼が焦ったように赤鬼の肩を叩いた。

「早くしねえと、朝日が」

「わかっておる。いいな、じいさん。もし今夜来なければ、このこぶは返してやらんぞ。必ず来るんだ」

二匹の鬼は疾風《はやて》のごとき勢いで、雨乞い堂を出ていった。あとに残された芋作じいさんは夢見心地じゃ。右の頬を撫《な》でたが、つるりとして傷一つありゃせん。赤鬼はどういうわけか、芋作じいさんがあのこぶを大事にしとると思ったようじゃったが、邪魔なこぶが取れて、万々歳《ばんばんざい》。きのこがたくさん入った籠《かご》を背負い、うきうきした足取りで紫蘇野村へ帰った芋作じいさんの顔を見て、村人たちはみなびっくりした。中でもつっかかったのはもちろん、葱作じいさんじゃった。

「やい芋作、お前、頬のこぶはどうしたんじゃ」

「おお、葱作。じつはかくかくしかじか……」

「なんじゃと。踊りを踊っただけで鬼がこぶを取ってくれたじゃと」

葱作じいさんはうらやましいやら悔しいやら。

「やい芋作。そのお堂とやらはどこにあるんじゃ」

芋作じいさんから聞き出したそのお堂へ、葱作じいさんは昼の日なかから出かけ、胡坐《あぐら》をかいて待っておった。やがて夜になると、がやがやと楽しげな声が聞こえてきた。お堂の扉が開き、入ってきたのはまさに、赤鬼と青鬼じゃ。

「もう来とったか」

「およ、昨晩のじいさんと違うの」

鬼たちの黄色い目に睨《にら》まれ、葱作じいさんは固まった。とにかく踊りゃいいんじゃろうがと高をくくっておったが、いざ目の前に現れた鬼たちの恐ろしい風貌を目にすると、体が凍りついてしまった。

「おい見ろ、このじいさん、昨日のじいさんと同じように、こぶがある」

青鬼が葱作じいさんの顔を指さした。

「こぶのある人間ちゅうのは、踊りが上手《うま》いんじゃねえか」

「なるほどそういうことか。よし、じいさん、踊りを見せてくれ」

鬼たちは盃を並べ、箸でちゃんちゃんと打ち鳴らし、歌を歌った。葱作じいさんは手足を動かしたが、踊りなんぞずっと馬鹿にしてきたものだから、うまくできるはずもない。ましてや恐ろしい鬼たちに睨まれとる。ついに足がもつれ、どたんと転んでしまった。

「もうよいわ！」

赤鬼が怒鳴って立ち上がった。

「下手くそめ、気分が悪い。ほんとうなら食ってしまいてえところだが、お前みたいなじいさんを食っても美味くなかろう。これを返してやるから、二度と俺たちの前に姿を現すんじゃねえ！」

葱作じいさんの右頬に、赤鬼は何かを押しつけた。

「えっ」

葱作じいさんは頬に手をやった。そこにはなんと、こぶがついておった。

「わしらはこのとおり、もぎ取った生き物の一部を、別の生き物につけることもできるんじゃ」

「な、なんという……」

「不思議な力ってか。不思議なものか。北方の雲落山には、死んだ生き物の一部をもぎ取って……」

「赤鬼、もういいじゃねえか。このじいさん、とっととほっぽり出しちまおうぜ」

ぽーんと雨乞い堂の外へ放り出された葱作じいさんは泣く泣く、夜道を紫蘇野村まで帰った。

それから先、葱作じいさんは両頰に邪魔なこぶをぶら下げたまま過ごさなきゃならんようになったんじゃと。

一、

世の中に奇っ怪な話は数あれど、私が若いころに関わった、紫蘇野村の豆左衛門《まめざえもん》殺しの顚末《てんまつ》ほど珍しい話はそうなかろう。

私、岩塚甚五《いわつかじんご》はそのとき、青物郷の奉行所で役人をしていた。郷内には十と八つの村があり、それぞれの村内で起こるもめごとや事件は大小かかわらず奉行所へ通報され、必要に応じて下っ端役人が当地へ赴《おもむ》いて詳しく検《あらた》めるのである。お奉行より直《じか》に取り立てられて武士の身分を与えられた私は、その恩義に報いるため、身を粉《こ》にして数々の難事にあたっており、ついには「黒頰かむりの甚五」という二つ名で呼ばれ、頼られるようになっていた。

「甚五、その方、紫蘇野村へ行ってまいれ。凶事が起こった」

お奉行にそう命じられたのは、九月二十日のことであった。

「凶事と申しますと」

「十七日、深更の亥《い》の刻（午後十時〜午前零時）、豆左衛門が何者かに殺された」

「なんと、豆左衛門が」

豆左衛門の作る豆は形がよく美味なので、お城への献上品となっていた。例外的に年貢を米でなく豆で納めることが許されているその男の名は、私の耳にも届いていた。

「ここ三年は豆が不作で暮らし向きがよくないと聞き及んでおりましたが、そこへきて、凶事とは」

「まったく哀《あわ》れなことよ。豆左衛門と妻のささげが寝ている部屋に何者かが押し入り、豆左衛門の頭に鍬《くわ》を打ちつけたそうじゃ。豆左衛門はあえなく絶命。共に眠っていたささげは無事だったが、暗くて下手人《げしゅにん》の顔は見えなんだという」

「それはそれは……下手人は捕まったのですか」

「村人たち総出で捜していたところ、十八日の夕方になって、村より西の雨落山に通じる道から葱之進《ねぎのしん》という村人が戻ってきた。その顔にあった二本の引《ひ》っ掻《か》き傷を見るなり、ささげが『あの人よ！』と叫んだそうじゃ。ささげは夫が殺された夜、暗闇の中で下手人の顔を引っ掻いたというのじゃな」

「ほう。ではその葱之進が殺したのですね」

「ところが葱之進は妙な弁明をするのじゃ。己《おの》が顔を指さし、『これは自分の傷ではない』とな」

私は首をひねった。自分の顔についた傷が自分の傷ではないとはいったい……

「詳しくは紫蘇野村へ行き、村役人の茄子吉《なすきち》の屋敷に囚《とら》われている葱之進より直に訊くがよいだろう」

「はっ」私は返事をしたあとで、ふとあることが気にかかった。「ときにお奉行様、紫蘇野村の西の雨落山といえば、百年前にこぶとりじじいが上った山ですね。あの山に最近、赤鬼と青鬼が帰ってきたと聞きましたが」

こぶとりじじいの話は青物郷では知らぬ者のいないむかしばなしである。鬼の寿命は長いので、あの頃の鬼たちはまだ生きている。雨落山の鬼たちは歌と踊りが好きで、たまに珍しい歌と踊りを求めて旅をすることがある。十年ばかり、雨落山の赤鬼と青鬼は不在だったのだ。

「ああ、一月《ひとつき》ほど前にの」

お奉行は眉をひそめてうなずいた。鬼どもの不可解な力がこの一件に関わっているらしいことを、私は悟った。となれば、頼られている私の出番であろうと思った。

「行ってまいります」

私はいつもの黒手拭《てぬぐ》いでしっかり頬かむりをし、奉行所をあとにした。

紫蘇野村までは二里ほどの道のりである。茄子吉の屋敷に着いたのはまだ日の高いうちであった。二階建てで黒い瓦屋根の見事な屋敷で、母屋《おもや》の隣には白壁の蔵まである。出てきた茄子吉はまさに茄子のようにしもぶくれの顔をした、派手な身なりの男だった。

「ご足労、かたじけなく思うなり」

貴族にでも憧れているのか、妙な言い回しであった。彼は、私を広い板の間へ通すとすぐに下男に命じて葱之進を連れてこさせた。

私は驚いた。後ろ手に縄で縛られたその男は、左右両方の頬に一つずつ、みかんほどの大きさのこぶをぶら下げているのであった。いやでもこぶとりじいの話を思い出させる。そして、右の頬のこぶに、二筋の引っ掻き傷があるのだった。

「この頬の傷、間違いなく自分がつけた傷なのだと、ささげは証言しておりまするなり」

茄子吉が言うと、葱之進はぶんぶんと首を振った。

「お役人、俺じゃねえ！　このこぶはもともと、俺のこぶじゃねえんだ！」

「何を言っておる」

いかにも粗暴な物言いの葱之進に、私は問うた。

「俺は十八日の夜、雨落山の雨乞い堂で、鬼どもにこのこぶをつけられたんだ！」

「こぶとりじいの話か？」

「俺は、あの話に出てくる、葱作の孫なんだ！」

突拍子もない話に、私は絶句した。むかしばなしに出てくる、いじわるじいさんの孫だと？

「こやつが葱作の孫というのは、まことの話でありまするなり」

茄子吉が口をはさんできた。

「不思議なことにこやつは生まれながら、葱作のように左頬にこぶを持っていたのでありまするなり。それればかりかこの村には、芋作の孫、芋三郎《いもさぶろう》もおりまするなり」

「その孫にはやはり、右の頬にこぶがあるのか？」

私の問いに「そうだ」と答えたのは、葱之進だった。

「だが、今、芋三郎の右頬を見てみるがいい。十八日から、あいつ、こぶがねえんだ！」

葱之進は十八日の朝、芋三郎の家の前を通りかかったときに、あるはずのこぶがないのに驚いた。それで、最近、旅に出ていた雨落山の赤鬼と青鬼が戻ってきたという噂話を思い出した。きっと芋三郎は夜に鬼のところへ出向き、踊りでも踊ってこぶを取ってもらったのだろう。うまいことやりやがって——と、すぐさま葱之進もその日の夜に山へ行き、雨乞い堂で待っていた。現れた鬼たちに踊りを踊れと言われたがうまく踊れず、反対に右頬にこぶをつけられてしまった。そのこぶにもとから、この引っ掻き傷がついていたのだ——と、葱之進は言うのだった。

「ははあ……」

むかしばなしそっくりの失敗談に私は呆《あき》れつつ、葱之進の言いたいことを察した。

「葱之進よ、つまりおぬしは、十七日の夜中に豆左衛門を殺《あや》めたのは芋三郎だと言いたいのだな。豆左衛門の妻にこぶを引っ掻かれた芋三郎は、その傷から自分の犯行が発覚するのを恐れ、夜が明ける前に雨落山の雨乞い堂へ出向いた。そこで酒盛りをしていた鬼に踊りを披露し、帰り際、頬のこぶを取ってもらった。翌十八日の夜、おぬしは運悪く、その証拠の傷のついたこぶをつけられてしまったということだ」

自分の顔についた傷が自分の傷ではない——こういう意味だったのだろう。葱之進は驚いたように目をぱちくりさせていたが、

「さっすが奉行所のお役人。ごうつくばりの村役人とはわけがちげえ！」

と、私のことを褒めた。

「ずっとそう言っているのに、このなすび頭の村役人は聞く耳持たねえんだ。金儲《かねもう》けのことで頭がいっぱいなんだろうよ！」

ふん、と茄子吉はそっぽを向く。私は葱之進に問うた。

「十八日の夜、こぶをつけられたあと、おぬしはどうしたのだ」

「どうしたもこうしたも、あまりの情けなさに泣きながら村へ戻ったよ。するとどうだ、松明《たいまつ》を持ったそこの村役人と大勢の男と、豆左衛門の女房のささげが家の前にいるじゃねえか」

「下手人を探しておったなり。おぬし、十八日の昼間、留守にしておったゆえ、帰るのを待っていたなり」

「ささげのやつ、俺の顔を指さし、『あれは、私が下手人につけた傷だ』と大声で喚《わめ》きだしたんだ」

「それまで夫を失ったことで忘れていたが、葱之進の顔の傷を見るなり思い出したと言ったのでございまするなり。それで、私の手下の者が、こやつを取り押さえましてなり」

「ふうむ」わずかな違和感を覚え、私は顎に手を当てた。

「信じてくれお役人。俺の頬につけられたとき、こぶにはすでに傷があった」

考えていると、葱之進がまた喚いた。

「騙されてはいけませんなり、岩塚殿」

茄子吉が床を手で叩く。

「芋三郎と豆左衛門は竹馬の友。芋三郎が豆左衛門を殺めるなど、あり得ませんなり。一方の葱之進めについては、畑に引く水のことで豆左衛門と年中争いが絶えないのは村じゅうの者が知るところでありまするなり」

「だからって、殺さねえよ」

「黙るなり！　岩塚殿、こやつは嘘を言っているに決まっているなり。芋三郎が踊りを踊って鬼にこぶを取ってもらったのは、おそらく十七日より前、おそらく十五日のことなり。となれば、葱之進めが芋三郎をうらやましがって鬼のところへ行ったのはおそらく十六日の夜ということになりますするなり。しくじってこぶをつけられた葱之進は、十七日になって村へ戻ったなり。絶望と怒りにかられ、その夜、かねてより気に食わないと思っていた豆左衛門の家へ押し入り、豆左衛門の妻に傷をつけられたものなり」

「待て」

唾《つば》をまき散らす茄子吉に、私は訊ねる。

「茄子吉よ、先ほどからおそらく、おそらく、と不確定な物言いばかりをしておる。十七日前後のこと、鬼にこぶを取ってもらったいきさつ、芋三郎本人は何と申しておるのだ」

すると茄子吉は困ったような表情になった。

「わからぬのでござりまするなり」

「訊かなかったのか」

「訊きたくても訊けぬなり。芋三郎は生まれつき、口がきけぬ男なれば」

私はこれに、啞然《あぜん》とした。葱之進はへっ、と意地悪く笑った。

「あいつ、昔から何を聞いてもにこにこと笑うばかりで、うなずきもしなきゃ、首を横に振りもしねえ」

「それでいて、態度は誠実で正直なので、みなには好かれておるなり」

「俺はそれが気に入らねえんだ。同じようなこぶをぶら下げてるくせによ。……そういやあいつ、見ためにはわからないが、背中にも小さなこぶがあるだろう。俺、ガキのころ、あの背中のこぶに熱く焼けた火箸を押しあてたことがあったっけな。あいつ驚いて川に飛び込んでよ、今でも火傷が残ってんじゃねえのかなあ」

ひゃっははと残酷に笑う。葱之進、やはり粗暴な男のようだが、幼少の頃の所業を咎《とが》めているときではなかった。

「十七日の夜より少し前、芋三郎の頬からこぶが消えていたところを見た者はおらぬのか」

「さようなこと、調べるまでもないなり」

「調べなければ正しきことはわからぬ。芋三郎はどこに住んでおる?」

「この屋敷のすぐ裏にござりまするなり」

茄子吉は、そう答えた。

二、

芋三郎の住まいは藁《わら》ぶき屋根の小さな家であった。垣根の向こうには、茄子吉の屋敷の蔵が、芋三郎の家を押し潰さんばかりの大きさでそびえている。村役人と百姓の差があるとはいえ、ここまで暮らしぶりが違うものかと私は思った。

戸口の両脇は畑になっていて湿った土に覆われているが、作物の類《たぐい》が植えられている様子はない。収穫が終わったばかりなのだろうと思いながら声をかけると、すぐに戸口が開いた。出てきたのは、小柄で素朴な顔立ちの男であった。

「おぬしが芋三郎か」

男は表情を緩ませた。頬にこぶはない。あいつ、昔から何を聞いてもにこにこと笑うばかりで、うなずきもしなきゃ、首を横に振りもしねえ——葱之進の言葉を私は思い出したが、にこやかな表情は彼なりの肯定なのだろう。

「岩塚甚五と申す。先だっての豆左衛門殺しについて検めるため、青物郷奉行所より参った」

芋三郎は、入ってくだされという仕草を見せた。

板の間は整理されているが、ところどころ土が落ちている。畑仕事にいそしむあまり、掃除は行き届いていないようだ。漬物でも漬けているのか、奥に一抱えほどもある樽《たる》があり、その周囲に特に土が散らばっているのだった。

囲炉裏《いろり》の端には藁座布団が一つだけ置いてあった。

「おぬし、独り身か」

訊ねると芋三郎は面目なさそうに頭を搔いた。そうだ、という意味だろう。どこかから敷いてあるのと同じ座布団を持ってきて、囲炉裏の端に置き、座ってくだせえという仕草を見せた。座ると、今度は芋三郎は土間へ下り、かまどのそばの筵の下からみかんを三つ持ってきた。

「みかんなどよい。私の問いに答えよ」

芋三郎は私の前にみかんを置き、にこりと笑うと、自分の座布団に座った。火箸を手に取って鉄瓶の下の火種を掘り起こしはじめる。湯を沸かそうとしてくれているのだった。

「おぬし、祖父と同じく、右の頬にこぶを持って生まれたそうだな」

芋三郎は火箸を扱う手を止めない。

「そのこぶ、最近になって雨落山の鬼に取ってもらったと聞いた」

するると、ちょいと顔を上げ、芋三郎は笑顔を見せた。

「それは何日の話だ」

「……」

「豆左衛門の妻さきげが、下手人の顔を引っ掻いた傷が、葱之進の右頬のこぶに残されている。ところが葱之進はそのこぶを、豆左衛門殺しがあった翌十八日の夜につけられたと主張しているのだ。すなわち、十七日の夜にはこぶはまだおぬしの頬にあり、ゆえに豆左衛門を殺したのはおぬしであろう、と」

「……」

「十七日の夜にこぶがおぬしの頬にあったのだとすれば、葱之進の主張は正しいことになろう。だが、十七日の夜以前にすでにおぬしがこぶを取られていたならば、俄然、怪しいのは葱之進ということになる。どうだ芋三郎。おぬしが鬼にこぶを取ってもらったのは、豆左衛門が殺された十七日の夜より前のことか後のことか」

芋三郎は少し考えたが、またにこりと微笑み、火箸で灰をかき回し始めた。

これはだめだ。この男、人柄がいいのは認めるが、まったく受け答えができない。

しかし、人柄がいいということはそれすなわち、殺しなどできぬということになりはしまいか。この穏やかな男より、茄子吉の屋敷に囚われている粗野な男のほうがずっと、殺しをしそうな気がする。……いや、人間を見た目で判断してはならぬと私は思い直した。お奉行などどう見ても悪人顔だが、性質は極めて篤実《とくじつ》ではないか。

「おや、お客さんですか」

声がしたので戸口を見ると、年のころ三十ばかりの女が立っていた。湯気の立ち上るざるを抱えた両手は白魚のように美しく、爪もきれいに整えられておる。

「青物郷奉行所より参った、岩塚甚五である。豆左衛門殺しの一件について調べておる」

「そうでしたか、夫の一件を」

「と申すと、ささげか」

「はい。豆左衛門の妻、ささげにございます」

女は恭《うやうや》しく頭を下げた。ざるの中に、にぎりめしとゆでた豆が見えた。

「夫の好きだったにぎりめしと豆にございます。夫を偲《しの》んで作りましたものを、芋三郎さんにもおすそ分けにと思ってお持ちしたのです」

芋三郎が立ち上がり、ざるを受け取る。にこにこと、心の底から嬉しそうな表情だった。ささげはうなずき、私のほうを向いた。

「ときにお役人様、早く葱之進めを処罰してくださいますよう、お願い申し上げます」

「葱之進が下手人だと申すのだな」

「当り前でございます。私は夫を守ろうと、下手人にとびかかり、頬を引っ掻きました。その傷が、あやつの頬のこぶについていたではないですか」

「しかし、そのこぶはもともとここにいる芋三郎の頬についていたこぶであろう。葱之進は、こぶをつけられたのは十八日の夜だと証言しておる」

「嘘に決まってます」

「嘘だと証明できればよいが……、ささげ、おぬし、十七日の夜以前に、芋三郎の頬からこぶが消えているのを見てはおらぬか」

ささげは私の問いの意図がわかりかねるのか、首を傾《かし》げ、「おりませぬが」と言った。

「そうか。もう一つ答えてくれ。おぬし、闇の中で顔の見えぬ下手人の顔を引っ掻いたのだったな。頬を引っ掻くのと、こぶを引っ掻くのでは感触が異なると思うが、いかがだったか」

「そのようなこと……夢中だったので覚えておりませぬ」

「そうか。頬を引っ掻いたといえば、十八日の夜に葱之進の家の前で顔を見たときに初めてそれを証言したというが、それまではどうして言わなかったのだ」

「葱之進の頬の傷を見たときに、それを思い出したのです。悲しみと怒りで、忘れていたのです」

「ふむ……」

「お役人様は、葱之進が下手人ではないと申されるのですか。葱之進でなかったというなら、いったい誰だったというのです」

「十七日の夜の時点でこぶを右頬につけていた者、ということしか言えぬであろうな。だから芋三郎が鬼にこぶを取られた日を聞きたかったのであるが」

「まあ！」ささげは顔を真っ赤にした。「芋三郎さんをお疑いなのでしたら、とんだお門違いです。こんな善良な人に、夫を殺せるものですか。夫は、芋三郎さんとは子どものころから仲がよかったのです！」

とかく怒鳴り散らす女には勝てぬものである。私は適当に返事をし、芋三郎の家を後にした。

三、

豆左衛門が殺された十七日の夜に傷のあるこぶが頬についていたのは、葱之進なのか、それとも芋三郎なのか——芋三郎の家をあとにしてから日暮れまで、私は紫蘇野村じゅうを歩き回り、人々に訊ねた。しかしながら紫蘇野村の民はみな畑仕事に熱心で、日中は畑を離れず、日が暮れればすぐに家に戻る。寄り合いか、祭か、あるいは冠婚葬祭の類でもない限り、隣近所でもない村人が顔を合わせることはほぼないのだという。

芋三郎も葱之進も、村じゅうをほっつき歩く習慣もなく、十七日前後にその姿を見た者はいないのであった。

重い足を引きずり、茄子吉の屋敷に戻ってきたときには、日はとっぷりと暮れていた。

「お帰りなさいませ、岩塚殿」

「お帰りなさいませ」

茄子吉と、昼間はいなかったその妻がそろって私を出迎えた。

「今夜は遅くなってしまった。一宿、願いたい」

「もとよりそのつもりでございます。今、ちょうど夕餉《ゆうげ》の用意をしておるところでございます。どうぞこちらへ」

昼間、葱之進を取り調べた板の間には、膳が並べてあった。紫蘇野村といえば種々の野菜の名産地であるが、それだけでなく、山菜や川魚、鳥獣の肉を使った珍味までが並んでいる。だがそれ以上に私の目を引いたのは、部屋の中心に敷かれた赤い布の上に横たわった、奇妙な獣の死体であった。

「これはなんじゃ」

「猟師が持って参った猪《いのしし》にございますなり。今日、射殺《いころ》したものだそうで」

しもぶくれの顔に満面の笑みを浮かべ、茄子吉は答えた。横たわっているのはたしかに、猪である。しかし、頭に角が生えているのだった。

「これは、鹿《しか》の角ではないか」

「さよう。鹿の角と思えまするなり」

「なぜ猪の頭から、鹿の角が生えておるのだ」

「猟師は雨落山にて、これを仕留めてございまするなり」

答えになっていない気がしたが、茄子吉の笑顔を見ていて、ようやくわかった。

「鬼のしわざと申すか」

あの山の鬼は、生き物を殺さずにその体の一部をもぎ取り、他の生き物にくっつける。つまり、鹿の頭から角をもぎ取り、猪の頭にくっつけたというのだ。

「鬼はなぜ、このようなことをするのか」

「こういう動物を放つことにより、縄張りを示しておるのだと申す者もおりまするが、単なる戯《たわむ》れだろうと申す者もおりまするなり。いずれにせよ、十年ばかり前まで、雨落山付近ではこういった獣がよく仕留められましたなり。鬼がいなくなってからはとんと見なくなっておりましたが、一月ばかり前に帰ってきてからというもの、またこういう獲物がちらほらと見られるようになったのでございまするなり」

もぎ取るのはわかるとしても、それを他の生き物にくっつけるとはなんとも奇怪なことであった。茄子吉がぱんぱんと手を叩くと、下男が二人やってきて、その猪を下げた。台所でさばいて供すると言うが、あんな奇妙な獣を食する気には、私はなれなかった。

気を取り直して膳の前に座り、茄子吉と共に夕餉を馳走になった。野菜はもちろんのこと、山菜も鳥も汁物も美味で、酒も進んだ。

「美味いでしょう。特にこの甘露煮《かんろに》が当家の自慢にござりますなれば」

酒に酔って顔を真っ赤にした茄子吉は、赤椀の上の、茶色く煮付けられた川魚を示した。

「ただ醤油で煮るのではなく、この紫蘇野で採れるいくつかの野菜を刻んで隠し味とするのです。この味は、他の地では真似《まね》できますまい」

たしかに美味い一品だったが、その自慢たらしい口調が鼻についた。私は、話題を変えることにした。

「ときに茄子吉、葱之進はどうしておる」

「二階の奥の物置に閉じ込めてござりまするなり」

「やはり下手人はあやつであろうか」

「そうでしょうな。十七日より以前に、あやつの右頬には、芋三郎のこぶがついていたに違いありませぬなり」

私は懐手《ふところで》をして考え込んだ。そしてまた、茄子吉に訊ねることにした。

「あの、ささげという女だがな」

「はい。豆左衛門の妻の」

「そうだ。あの女と芋三郎の関係はどのようなものだ」

茄子吉は私の問いの意味がわからなかったらしく、小さな目をぱちくりとさせた。

「なに、芋三郎の家で話をしているとき、ささげがやってきたのだ。あの二人、ずいぶんと親しいように私には見えた。二人で謀《はか》って豆左衛門を亡き者にしたということは考えられまいか」

「ご冗談を」

茄子吉は顔の前で手を振った。

「たしかに芋三郎とささげは親しいでしょう。しかしそれは、芋三郎と豆左衛門の仲あってのことでござりまするなれば。豆左衛門とささげといえば、紫蘇野村では知らぬ者のいないほどのおしどり夫婦。ささげに限って、他の男と密通するなどありえませぬなり」

「そういうものか」

「他の村人にお訊ねになってもよろしいかと。そもそもなぜ岩塚殿は、そのようなことをお考えになったのでございまするなり?」

「ささげの手の爪であるがな、きれいに整えられておった。あの爪で、深い跡が残るほどの引っ搔き傷をつけることができるだろうか」

「ははあ」茄子吉は思い出すように天井を見上げたが、すぐに私のほうに顔を戻した。「まあ、女は激すれば、凶暴になりますれば」

「それにな、下手人の頰を引っ搔いたことは、十八日の夜になって葱之進の右頰のこぶを見てから初めて言い出したのだな」

「それまでは、夫を失った悲しみと怒りで忘れておったのでありまするなり」

「そういうこともあろうが……、どうも引っかかってな」

言いながら私は、猪口《ちょこ》を口に運んだ。茄子吉は、ははは と笑った。

「難しく考えなさりまするな。下手人は葱之進をおいてありますまい。どれ、猪の肉ができあがるにはまだちょいとかかりましょうな。気晴らしに、珍しいものをお目にかけまするなり」

よっこらせ、と、茄子吉は膳の前から立ち上がる。

「どうぞこちらへ」

まだいろいろと考えたかったので気乗りはしなかったが、私は立ち上がり、茄子吉のあとをついていった。

茄子吉は玄関にやってくると、控えていた下男に命じて提灯《ちょうちん》に火を入れ、先導させた。私が連れていかれたのは、屋敷のすぐ脇に立っている蔵であった。茄子吉は袂《たもと》から鍵を取り出し、ものものしい南京錠の施錠を解いた。下男によって、扉が開かれる。

とたんに、まばゆい光景が目に飛び込んできた。大判小判、珊瑚《さんご》に翡翠《ひすい》。その他珍しいばかりの宝物が山とばかりに積まれているのだ。壁際には赤漆《あかうるし》と金箔《きんぱく》で装飾がされた長持が置かれており、この中にもまだ宝物がありそうに思えた。

「これは何だ。なぜこのような財が」

「甘露煮でござりまするなり」

茄子吉は満足そうに言った。

「岩塚殿も召し上がったあの甘露煮、当家の離れで大量に作っておりまするなり。それを、町にて売るのです。飯に合わせても酒に合わせても絶品、紫蘇野村、茄子印の甘露煮。わが懐《ふところ》には、大判小判がざっくざく、という次第でござりまするなり」

同じ郷内でのことながら、この村の甘露煮がそこまで売れているとは知らなかった。

上機嫌で高笑いをする茄子吉に、私は呆れた。村役人が商売をしてはならぬ法はない。成功しているのも才ある故《ゆえ》だろう。だが、あきらかに分不相応な屋敷に住み、このような贅沢《ぜいたく》をするなど……。

面白くなかった。奉行所勤めの私が、破れた袴《はかま》や足袋《たび》を繕《つくろ》って使う生活をしているのに、この村役人風情めがと、妬みの感情がわいたことは否めまい。

「茄子吉、明日、雨落山へ参る」

「はっ？」

「鬼に会いに行くのだ。芋三郎の右頬よりこぶをもぎ取ったのが何日のことか、葱之進の頬にこぶをくっつけたのが何日のことか、鬼に訊けばすぐにわかる」

「ご冗談を。鬼の癇《かん》に障《さわ》れば、食われてしまうやも知れませぬなり」

「私は武士だ。鬼など怖くない。不可解な点をはっきりせぬことには、奉行所へは帰れぬ」

「は、はあ。そこまで仰《おお》せならば、この茄子吉、お止めはしませぬなり」

「おぬしも共に来い」

「ええっ？」

茄子吉はよろけ、そばにあった黄金の仏像が小判の上にじゃりりんと倒れた。

「ご、ご、ご冗談……」

「冗談などではない。おぬしの村で殺しがあったのだ。財を貯めるばかりが村役人の務めではないぞ。真実を見極める手伝いをせい」

「さ、さ、さすれば、家の者をお供に……」

「お、ぬ、し、が、来るのだ！」

「ひいっ！」

茄子吉は震え上がり、ひれ伏した。

「こ、心得ました。この茄子吉、お供いたしまするなりぃ」

私が激高したときに出てしまう鬼の形相に、恐れをなしたようだった。

四、

翌日、茄子吉の家を出たのは、午の刻二つ（昼の十二時）を過ぎたころだった。もう少し早く出たかったのだが、あれも持って行かねば、これも持って行かねばと、茄子吉が準備に手間取っていたのだった。明らかに出発を先延ばしにする態度であり、私が声を荒らげるまで草鞋《わらじ》を履こうとしなかった。

紫蘇野村より雨落山のふもとまでは一里ほど。いざ山へ入る段になって、再び茄子吉は嫌そうな態度になった。

「少し、休みませぬか、岩塚殿」

手拭《ふ》いで汗を拭きながら茄子吉は言った。

「何を言っておる、今のうちに山を上らねばならぬ」

「どうせ鬼が出るのは夜でございます。焦らずとも……」

そのつま先が、じりじりと今来た道のほうを向きはじめているのを、私は見逃さない。

「おぬし、逃げるつもりであろう」

「め、め、めっそうもな……」

「いいから早く行くのだ！」

私は刀を抜いた。

「ひいっ！」

茄子吉は飛び上がり、山道を上りはじめる。村役人を刀で脅すなど、武士道にもとる行為であることはわかっている。だがこの男にはどうも、いらいらするのだった。

木が鬱蒼《うっそう》と生い茂り、獣道ともいえないほどの上り道だった。ところどころに猟師が目印として結び付けた赤い紐が認められ、それを頼りにお堂を目指していくのだった。

上りはじめてしばらく経ったとき、近くの低木ががさがさと揺れ、何かが私たちの前に飛び出してきた。

「ひやいいっ！」

茄子吉が私に飛びついてくる。

「うろたえるな、ただの狐《きつね》ではないか」

私は茄子吉を突き飛ばし、それを指さす。そして、狐の姿がおかしいことに気づいた。耳が長いのである。

「ううむむ、失礼しましてござりまするなり」

「なんだ茄子吉、あの狐は。耳が長すぎる」

「おそらく、鬼めに野兎《のうさぎ》の耳をつけられたのでござりまするなれば」

それで私は、昨晩の鹿の角を持つ猪のことを思い出した。それにしても、獣が飛び出してくることに驚く茄子吉が、この妙な獣の姿をまったく気味悪がっていないのが、私には却《かえ》って不気味だった。

と、今度は茂みから、羽音を立てて、何かが飛び出てきた。

「ひやぁあ、でっ！」

いっそうおかしな声を上げ、茄子吉は再び私に飛びついてくる。現れたのは雉《きじ》だが、顔が猿《さる》だった。

「ほおおう」

茄子吉はそれを確認するなり、私から離れる。

「顔がまるごともぎ取られ、くっつけられたとは珍しゅうござりまするなり」

雉は、けーん、けーんと鳴き声をあげた。猿の口から、まごうことなき雉の鳴き声が聞こえるその光景に、私は何やら厭夢《えんむ》を見ているような寒気を覚えた。

「どこぞに、雉の顔を持つ猿がいるやもしれませぬなり」

くくくと茄子吉は笑い声さえ上げている。やはりこの男は、恐怖の軸がずれている。私は己の恐れを断ち斬るべく、両手の指を鉤状《かぎじょう》にして、「があぁっ」と叫んだ。奇妙な獣たちは驚いて去っていた。

茄子吉を促し、先を急ぐ。

ほどなくして、目当ての雨乞い堂が見えてきた。蔦《つた》の絡みついた外壁は見るからに古びていて、人を拒絶しているようなたたずまいであった。石段を上がろうとしたところで違和感を覚えた。戸が、半分ほど開いている。その戸の前から石段にかけて青い液体がぽたぽたと垂れて固まった跡があるのだった。まさかと思って身をかがめ、そのにおいを嗅《か》ぐ。魚の腐ったような匂いが混じりあっていた。

「これは……鬼の血だ」

恐る恐る、戸を開く。古びた木像の前に、青い水をぶちまけたように鬼の血がこびりついている。そして、葱と生肉が交互に刺さった竹串が十本ばかり、散らばっていた。

「葱串《ねぎぐし》にござりまするなり」

茄子吉が言った。

「紫蘇野村の名物で、葱と山鳥の肉を交互に刺したものにござりまするなり。もっとも、生肉をそのまま食すれば腹を壊しますれば、ふつうは焼いて食しまするなり。生で食べるとすればそれは……」

「鬼であろうな」

私はその葱串とやらを一本拾った。葱はしなびてはいるが乾ききってはいない。そして――葱の輪の中に、何やら黒いものがある。

「これは……」

刻まれた黒い葉であった。それが何なのかわかった瞬間、私は背筋が寒くなった。とても恐ろしいものだ。

「茄子吉、血の跡を追うぞ」

「はっ」

私たちは再び戸より外へ出た。

血の跡は、枯葉の上を雨乞い堂の裏手へと続いていた。

「あっ！」

思わず声を上げた。

雨乞い堂の裏はひらけていた。そこに、こちらに足を向け、赤青、二匹の鬼が並んで仰向けに倒れている。岩のようにごつごつした肌、針のように生える無数の毛、虎の毛皮でできた腰布——身の丈八尺とはよく聞くが、二匹ともそれよりも大きく見えた。だが、そろってぴくりとも動かない。

恐る恐る近づいていくと、鬼どもの体から一斉に蠅《はえ》が飛び立った。魚のような生臭さが強烈に鼻を突き、腹の中のものが込み上げてくる。

牛のような角を持つおぞましい顔。黄色いと聞いていた両目は白濁し、半開きになった口の牙のあいだからは紫色の舌がだらしなく覗《のぞ》いている。二匹とも、鼻の穴や口から出た青い血が、その顔の下に溜まり、固まっていた。

「岩塚殿」

鼻をつまんだ茄子吉が赤鬼の右腕を指さし、鬼の右手を見よという仕草をしていた。

人差し指と中指の爪が異様に長いその手にはしっかりと、葱串が握りしめられていた。

五、

茄子吉の屋敷へ戻ったのは、申の刻二つ（午後四時）だった。

茄子吉や下男たちとともに二階へ上がり、奥の物置へと向かう。つっかい棒を外し、戸を開けると、縄で縛られた葱之進がこちらを振り返った。左右の頬には相変わらず、こぶがぶら下がっている。私たちの姿に驚いたようだが、すぐに口を開いた。

「おい、お役人、芋三郎が妙なことをしておるぞ」

「なんだと？」

「家の中から土を出しては畑にまいておる。あんな怪しいことをするやつは初めて見た」

なぜ閉じ込められているこの男が芋三郎の動向を知っているのか――見れば、部屋の奥に小さな明かり取りの窓がある。この屋敷のすぐ裏が芋三郎の家であることを私は思い出した。あの窓から覗けば、芋三郎の畑が見えるのだろう。どうでもいいことだと私は思った。

「早くあいつのところに行って、何をしているのか問い質《ただ》したほうがいい」

「黙れ。こちらが、おぬしに話があるのだ、葱之進」

私は強い口調で彼を黙らせた。

「……何の話だ」

葱之進は眉をひそめた。

「たった今、雨乞い堂へ行ってきた」

「鬼たちに会ってきたのか。だとすれば俺の頬にこぶをつけたのが十八日の夜だということがわかったはず。……いや、待てよ。鬼が現れるのは夜だ。なぜこんなに早く帰ってきた？」

「鬼は二匹とも、死んでいた」

「なっ……」

葱之進は目を見開いた。

「どうやって死んだんだ？」

「毒を飲んでいた。オニコベ草という、この世で唯一鬼を殺せる毒草だ」

「オニコベ草だと？　いったい誰がそんな恐ろしいものを……」

「白々しいなり、葱之進」

ずいと、私の前に茄子吉が出てきた。

「さっき下男が調べてきたなり。お前の畑にこれが落ちておったなり！」

茄子吉が見せたのは、見るのも恐ろしい、禍々《まがまが》しく尖った黒い葉であった。

「オニコベ草……」

「鬼は焼かれていない葱串を握って死んでおったなり。その葱の中から細かく刻まれた黒い葉が見つかったなり。葱はおぬしの畑の葱、黒い葉はオニコベ草に間違いないなり！」

茄子吉はいつになく強い口調で、葱之進を責め立てる。

「芋三郎が雨落山に出向いて鬼にこぶを取ってもらったのは、十五日の夜。十六日にその姿を見たおぬしはうらやましく思い、夜にでかけ、逆にこぶをつけられたなり。十七日に村に戻ったおぬしは日がな一日家でふさぎこむうち、かねてより仲の悪かった豆左衛門を殺すことを考え……

いや、ひょっとしたら豆左衛門はふさぎこんでいるお前のもとを訪れ、両方の頬にこぶがあるのを見て笑ったのやもしれぬなり」

「ち、違う……」

「まだ話は終わっていないなり！」

どすん、と茄子吉は床を踏み鳴らした。

「村じゅうが寝静まるのを待ち、おぬしは豆左衛門の家に押し入り、豆左衛門を殺めたなり。妻のささげによって右頬のこぶに傷を負ったおぬしははたと困ったが、こぶはもともと芋三郎の頬についていたものであることを利用し、芋三郎に罪を擦《なす》り付けようと考えたなり」

口のきけぬ芋三郎自身は、いつ自分がこぶを取られたのか話すことができないので放っておいていい。心配があるとすれば鬼である。後にやってくるであろう奉行所の役人が、雨落山に出向いて鬼に質し、葱之進の頬に芋三郎のこぶをくっつけたのが豆左衛門殺害以前であることを証言されてしまってはまずい。そこで葱之進はオニコベ草を仕込んだ葱と山鳥の肉で葱串を作り、下手人探しで騒いでいる村人の目を盗んで雨落山に上った。これが、十八日の日中、葱之進の姿が村になかった理由である——というのが茄子吉の考えであった。

「毒入りの葱串はすぐにはできなかったであろうから、雨乞い堂についたときには夜で、当然家をあけていたに違いないなり。おぬしは夜になるのを待ち、現れた鬼に『どうかこれを食べて機嫌を直し、こぶを二つとも取ってくだせえ』と懇願でもしたにちがいないなり」

鬼はまんまと毒入りの葱を口にし、血を吐いて洞窟へ戻る途中で息絶えた。葱之進は意気揚々と村へ帰ったが、そこでささげに頬の傷を見とがめられ、捕らえられた。

「こぶの傷が、芋三郎の頬につけられていた時のものだと言い逃れしようという算段だったのに、村人の信頼を得ておらんおぬしはすべてを看破《かんぱ》されてしまった。そして今、鬼を殺めた事実まで明らかにされたということなり」

「濡れ衣だ！　何もかも、嘘っぱちだ！」

二つのこぶを揺らして暴れる葱之進。しかし、屈強な下男たちが両脇から取り押さえた。私は彼に近づいた。

「葱之進。今よりそのほうを青物郷奉行所まで引っ立てる」

「お役人様、あんたも俺を疑ってるのか」

正直なところ、ささげの爪や不自然な証言の引っかかりは拭いきれてはいなかった。だが、オニコベ草のあった場所や十八日夜の鬼との関わりから、鬼はこの男が殺したのに間違いないだろうと思った。オニコベ草を扱って鬼をも殺す恐ろしき人間を目の当たりにして、背筋が凍る思いであった。

「申し開きは、お奉行の前でするがよい」

茄子吉の下男たちは奉行所まで共をしてくれることになった。まだ申の刻、すぐに紫蘇野村を発《た》てば、日のあるうちに奉行所には戻れる。

――そう思って茄子吉に別れを告げ、奉行所まで向かったはいいものの、その足取りは遅々として進まなかった。葱之進が一向に歩こうとしないからだった。

「俺じゃねえ！　俺じゃねえんだってば！」

どこにそんな元気が残っておるのか、足を踏んばり喚きつづける。無理やり引っ立てようとする下男たちも、しばらくすると根負けしてきた。紫蘇野村から半里ばかりのところにあった岩に腰掛け、しばし休むことにした。

「信じてくれよ、お役人様……」

諦めの悪い葱之進は、私に訴えた。

「俺がこぶのない芋三郎を見たのは、十八日の朝のことだ。あいつ、十七日の夜に豆左衛門を殺してすぐ、雨落山へ行って鬼にこぶを取ってもらったにちげえねえんだ」

「おぬしがこぶをつけられたのは、あくまで十八日の夜だというのだな」

「そう言ってるだろ。それで嘆《なげ》きながら戻ってきたら、すぐに捕まっちまった……。くそっ、なんで鬼のやつ、死んじまったんだ」

葱之進が悔しそうに口を歪める。主張は曲げないようだ。それにしても困った。空はすでに暗くなりはじめている。周囲は山道で、男四人で歩いているといっても、心細い。

「とにかく話は奉行所で聞く。歩くのだ」

「嫌だ。奉行所へ行ったら、どうせ死罪になるのだろう」

「ここで留まって夜になってしまい、不気味なものに襲われたらどうするのだ」

「不気味なもの、だって？」葱之進は顔を上げた。「お役人様でも、化け物は怖いのか」

「化け物というか……今日、雨落山で見た不気味な獣が頭をよぎってな」

「なんだい、そりゃ」

「野兎の耳を持つ狐や、猿の顔を持つ雉だ」

すると葱之進は両頬のこぶを揺らしながら、愉快そうに笑った。

「そんなの鬼のいたずらじゃねえか」

葱之進を押さえている二人の下男も笑っている。やはり紫蘇野村の人間は、あの獣たちのことを不気味と思わないようだ。

「怖くないのか。村役人の茄子吉は、雉の顔をひっつけられた猿もどこかにいるかもしれぬなど
と――」

とそこまで言ったとき、私ははたとあることに気づいた。

「あっ！」

まるで雷に打たれたかのような衝撃であった。

「あ、あ、あ……」

私はしばし呻《うめ》きながら、あたりを歩き回った。今まで見てきた小さな引っかかりが、すべてつながっていった。

「どうしたんだ、お役人様」

「葱之進！」

「ひいっ！　こわっ！」

興奮して葱之進の肩をつかむ私の顔に、また鬼の形相が出てしまったようだった。一息つき、葱之進に訊ねる。

「おぬし、閉じ込められていた茄子吉の家の物置の窓より、何か芋三郎がおかしなことをしているのを見たんだったな」

「あ？　ああ――あいつ、家の中から土を持ってきては畑にまいていたんだ。なんだって家の中

にあんなに土があるんだ」

それを訊いて、私は下手人の邪悪な謀《はかりごと》がすべてわかった。

「おい、お前たち」

きょとんとしている下男たちに、私は問うた。

「豆左衛門はどこに葬られたのか知っておるか」

「ええと、村はずれの墓所かと存じますだ」

「そこへ、案内するのだ」

六、

ここり、こり、こり。

ここり、こり、こり——。

どこかで、ネズミが壁をかじっているような音がする。のどかに聞こえるが、これが、恐ろしくも邪悪な下手人の立てている音だと、私は知っていた。

あれから、十日余りが過ぎていた。豆左衛門殺しの下手人が葱之進であり、すでに死罪に処されたという報は、奉行所の書状により紫蘇野村を含む郷内全ての民に伝わっている。

私はいつもの黒い手拭いで頬かむりをして再び紫蘇野村を訪れ、とある場所に身を潜めていた。口には呼子《よびこ》を咥《くわ》え、手には白木の箱を抱えている。

ここり、こり、こり。

ここり、こり、こり――。

音は近くなっている。もう少しだ。白木の箱を持つ手が汗ばんでいた。

どがっ――。

その瞬間は、突然にやってきた。大きな音がして、すぐ近くの土が下に抜け、大きな穴ができたのだった。じゃらじゃらと豪快な音を立て、大判小判が数十枚、その穴の中に落ちていく。

「ふうーっ、やっとだ……」

穴から、土にまみれた顔が出てきた。私たちが隠れていることには気づいていない様子だった。

その男は穴から這い上がると、私たちに背を向け、財宝の山の前に座り込んだ。大判小判を手ですくい、「うひひ」と下品に笑っている。

私はこっそり手で合図を出した。木刀を携え、私の隣に控えていた葱之進が立ち上がった。穴から出てきた者の背後に忍び寄り、木刀を上段に構え、

「こいつめっ！」

一気に振り下ろす。

「あいたっ！」

男は打たれた頭をおさえ、振り返った。そして目を剝《む》いた。

「葱之進、お前、し、死罪になったのではなかったか……」

私はすかさず呼子を吹いた。ぴぃーっという音に反応するように、蔵の周囲から激しい足音が聞こえてくる。長持《ながもち》の陰から立ち上がった私を、土まみれの男は見上げた。

「あ、あなたは」

その男は、芋三郎の顔をしていた。

「妙だな芋三郎。おぬしは生まれつき、口がきけぬはずではなかったか」

男はようやく自分の失態に気づいたらしく、口を結んで無理やり笑顔を作った。しかしあのにこにことした表情ではなく、針で足の裏を突かれているかのように引きつっていた。

「もう遅い。すべてはわかっているのだ、豆左衛門よ」

男はぴくりと反応した。笑顔こそ崩さないものの、額に玉のような汗が浮かんでいた。私は続けた。

「おぬしら夫婦の狙いは、ここ、茄子吉の蔵にある財宝だったのだな。蔵の床がむき出しの地面だと知ったおぬしらは、蔵の外から穴を掘って財宝を盗み、どこかへ身をくらまして一生遊ぶことを考えた。だが、おぬしらの家からではこの蔵までの穴を掘るのは至難の業。方向を見誤って別のところに穴の出口を作ってしまう恐れもあろう。そこでおぬしらが目を付けたのが、蔵のすぐ裏手にある、芋三郎の家だったのだ」

「……」

「意思の疎通は苦手でも実直誠実な芋三郎のこと、このような不埒《ふらち》な謀に与《くみ》するはずはない。それをわかっていたおぬしは、雨落山の鬼どもが帰ってきたことを利用し、芋三郎になり代わって家を乗っ取ることにした。『私は一度でいいからおぬしと生活を入れ替えてみたい』。このような言葉で芋三郎を誘い出し、雨落山の雨乞い堂へ行き、鬼の前で踊りを披露する。喜んだ鬼に『私たちの顔を入れ替えてくれ』と頼み、鬼は願いを聞き入れた」

生き物の体の一部をもぎ取り、別の生き物につけることのできる力――雉の体に猿の顔をくっつけるのが可能な鬼のこと、人と人の顔を入れ替えるのなどたやすいはずだ。これに気づいたからこそ、私はこの恐ろしい謀の全容を知ることができたのだった。

「かねてより芋三郎のこぶをうっとうしく思っていたおぬしは、こぶだけはつけないようにと鬼に頼んだ。ささげの整えられた爪ではこぶに傷はできぬ。こぶの傷は、鬼がこぶを取るときに、鬼の長く尖った爪でつけられたものだったのだ。いずれにせよこれで、こぶのないその顔が出来上がった。これは十七日の夜、まだ浅い時間のことであったろうな」

連れ立って紫蘇野村に帰ってくるなり、豆左衛門夫婦は共謀して「豆左衛門の顔をつけられた芋三郎」を殺めた。その後、「芋三郎の顔をつけられた豆左衛門」が芋三郎の家に行ったあとで、ささげは「夫が殺された」と騒ぎ出す。死体が実は芋三郎だと誰も気づくはずはなく、芋三郎は豆左衛門として葬り去られた。

「おぬしらはきっと当初、誰が下手人かわからぬまま、夫を殺されたささげが泣き寝入りするという芝居ですべてを終わらせるつもりだったろう。だが、ひとつ計画外のことが起こった」

私は、傍《かたわ》らで黙っている葱之進のほうを向いた。

「十八日の夜、こぶのない芋三郎の顔を見てうらやんだ葱之進が、鬼のもとへ行ったことだ。踊りの不得手なこの男は鬼を怒らせ、こぶをつけられてしまった。失意のうちに村へ戻った葱之進の右頰に芋三郎のこぶがついているのを見たささげは、驚いたに違いない。だがこぶの傷を見てすぐに機転を利かせた。『そういえば、下手人の頰を引っ搔いた』などと思い出したふりをして、葱之進に罪を擦《なす》り付けたのだ。ささげの思惑通り、葱之進が弁明すればするほど、みなは葱之進が下手人だと思い込むようになった。村役人の茄子吉などすっかり騙されていた」

かくいう私も騙されそうになったのだが、それは言わなかった。

「おぬしらの最後の心配事は鬼だ。もし奉行所から来た役人が鬼に事実を確認しに行けば、葱之進の頬にこぶがつけられたのは十七日の夜ではないことがわかってしまう。先手を打ち、葱之進の畑から盗んだ葱にオニコベ草を仕込んで鬼に持って行ったのは、十九日の夜だったのだろう。葱之進の畑にオニコベ草を残しておくことも忘れなかった。どうだ」

「…………」

芋三郎の顔をした男は薄気味の悪い笑顔のままだった。

「だんまりを決め込もうというのか。この穴をどう説明するつもりだ」

「…………」

「よく聞け豆左衛門よ。私は、今まで話したことをすべて、十日前に気づいていたのだ。振り返ってみればあの日、おぬしの家で怪しきことが多くあったわ。耕してもいない畑が湿った土に覆われていた。大きな漬物樽のそばに土が散らばっていた。あの樽の下に、穴の出入り口があったのだろう。掘り出した土を畑にまいて処理しているお前の姿は、他でもない、お前が罪を着せようとした葱之進に見られていたのだ」

「…………」

「葱之進が死罪になったと嘘の書状を出したのは、おぬしを油断させて心置きなく穴掘り作業を進めさせるためだ。村役人の茄子吉は、おぬしの動向を探っておったのだぞ。そろそろ穴が貫通するだろうと報告があったのが、昨晩のこと。私は今朝、村へやってきて長持の陰に潜んでおったのだ」

「…………」

「何とか言わぬか。先ほど、おぬしが口をきいたのを、私はこの耳でしかと聞いたのだ。いずれにせよ、この財宝を盗むつもりで穴を掘った罪は逃れられぬ」

「私の罪はそれだけです」

不意に男が口を開いたので、私は却ってたじろいだ。

「私、芋三郎は、実は口がきけたのです。人と交わるのが煩《わずら》わしく、しゃべってこなかっただけです」

「まだ自分が芋三郎だと言い張るか」

「言い張るも何も、私は芋三郎です。財宝を盗もうとしたことは言い逃れしますまい。しかし、豆左衛門を殺めたのは私ではありませぬ。私は十七日より前に、鬼にこぶを取られておりました。豆左衛門を殺めたのは、葱之進にござります」

私にはこの男の意図が手に取るようにわかった。盗みと殺しでは罪の重さが違う。死罪になるのを免《まぬが》れるため、あえて芋三郎として盗みの罪だけを認め、殺しの罪は依然、葱之進に負わせるつもりなのだ。

「この大嘘つきめ！」

葱之進が男に襲い掛かり、着ているものを無理やり脱がした。つるりとしたきれいな背中が現れた。

「なんだこの背中は。芋三郎はここにもこぶがあった。俺はガキの頃、あいつの背中のこぶに火箸を当てて火傷させたんだ。このようになめらかな背中、芋三郎のものではない」

くくくと、男は笑い出した。

「あれは痛かったぞ葱之進」

「なんだと」

「私は頰のこぶと同じく、背中のこぶも嫌でのう。あれも鬼にもぎ取ってもらったのだ」

あくまで自分は芋三郎だという態度を貫くつもりらしい。

「もっとも、鬼が死んだ今となっては、そのこぶがどこにあるかもわからないがのう」

葱之進は私の顔を見た。私はうなずいた。

「今の言葉、しかと聞き受けたぞ、豆左衛門よ」

「何度言えばわかるのです、お役人様。私は芋三郎です」

「これを見よ」

私は抱えていた白木の箱の蓋《ふた》を取り、中身を取り出した。それは、火傷の傷のある、背中のこぶであった。芋三郎と主張する男の顔がさっと青くなる。

「十日前、豆左衛門の墓を暴き、死体を検めた。死に装束の下の背中に、芋三郎の火傷つきのこぶがあった」

「な、な……なぜ。腐っておらぬではないですか」

私は証拠のこぶを白木の箱に戻し、その手で、頭を覆っていた黒い手拭いを取った。

芋三郎と主張する男の目に、恐怖の色が浮かんだ。私の髪の毛のあいだに生える、小さな角を認めてのことに違いなかった。

「あっ、あっ……」

「私は、雲落山の鬼だ」
――それより六、七年ほど前まで、私は雲落山の近くに住む人間どもによく悪さをしていた。頭の良さでは人間どもに引けを取らぬと自負していたが、一度大いにしくじり、人間どもに囲まれて滅多打ちにされたうえに捕らえられ、オニコベ草の毒に殺されそうになった。そこを助けてくれたのが青物郷のお奉行様であった。以来、私はその篤実な人柄に惹《ひ》かれ、その恩義に報いるために働いた。お奉行様は私の働きを認め、岩塚甚五という名と、武士の身分まで与えてくれた。私はますます仕事に精を出したが、どうしても、鬼の血の臭いやオニコベ草を見ると、殺されそうになったときのことを思い出してぞっとするのである。

肌の色も人間とかわらず、角さえ隠せば人と見分けはつかぬ。が、興奮するとどうしても目が黄色くなってしまったり牙が出てしまったり――鬼の形相になってしまうものなのだ。

「こぶとりじじいの話に出てくるから青物郷では広く知られていると思うが、私は死んで間もない生き物の体の一部をもぎ取り、その後腐らせずに状態を保つことができる」

手拭いを頭に戻し、白木の箱を男に突き出す。動かぬ証拠を目の前に、豆左衛門は本当に何も口をきけなくなっていた。

これが、私が若いころ、生涯でただ一度こぶとりをしたときの、奇怪な事件の顛末である。今でもこうしてたまに、白木の箱に収めた火傷の跡の残ったこぶを取り出し、懐かしく思い出すのである。

陰陽師、耳なし芳一に出会う。

一、

長門国《ながとのくに》（現在の山口県）赤間ヶ関《あかまがせき》は、墨を流したような闇に沈んでいる。かちゃかちゃと音を立て、一人の鎧武者《よろいむしゃ》が石段を上っていく。

阿弥陀寺《あみだじ》の山門の前までやってくる。門扉は固く閉じられているが、武者にとって障《さわ》りとなるものではない。一歩踏み出すと、するりとその体は門扉をすり抜けた。

武者の名は、瀬波頼重《せなみよりしげ》。亡霊である。

かつては平家一門の侍として栄華に浴したものの、源頼朝が挙兵してからというもの源氏の勢力に押され、ついにここ、赤間ヶ関と豊前国《ぶぜんのくに》（現在の福岡県）門司《もじ》に挟まれた壇《だん》ノ浦《うら》にて、一族もろとも滅ぼされてしまったものである。心ある仏僧により海岸沿いに一門の墓所が作られたものの、仏僧亡き後、その墓所も荒れ放題、一門の魂は、いつ終わるとも知れない悔しさと虚《むな》しさの日々を過ごしている。

滅亡してから百余年――。

思いがけず、ここのところ一門には楽しみができた。今宵《こよい》もまた、あの男の弾き語りに身を漂わせるのだ――。

「おや？」

ひょろりとした松の立つ庭にやってきたところで、頼重ははたと足を止めた。いつもの縁側に、芳一《ほういち》がいない。近づいていく。人の気配はない。

「芳一」

声をかけるも、返事はない。厠《かわや》にでも行っているのであろうか。縁側より寺の中へ上がり、仏像の前を回った。いない。戸をすり抜けて廊下に出る。片っ端から閉じられた戸を通り抜けて部屋を覗《のぞ》いていく。いない。

「芳一、芳一」

焦った。今宵も一門の者は芳一の弾き語りを心待ちにしておる。芳一を連れて帰ることができなければ、言い訳が立たぬ。

寺じゅうを回って本堂に戻る。

「芳一、どこへ行った！」

苛立《いらだ》ち紛《まぎ》れに怒鳴ったそのとき、

——ぴぃーん
どこかから音がした。琵琶《びわ》の弦《げん》の音である。耳をすませてもそれ以上聞こえぬが、音のした方向はわかった。

今まで何度もこの寺に来たが、気づいたことはなかった。庭の一隅に土壁の粗末な離れがある。

頼重はその離れへ近づいた。

「芳一、ここか。開けろ」

声をかけたが、板戸が開く様子はない。だが、琵琶の音はここから聞こえた。拒むというなら、こちらから行くまでである。頼重は板戸をすり抜け、中へ入った。

畳を一列に八枚並べたほどの、奥に長い建物だった。がらんとして、粗末な筵《むしろ》が一枚と、琵琶、あとはなみなみと水を湛《たた》えた桶が一つあるばかり。見回しても人の姿などない。ここではないのか——と思ったそのとき、得も言われぬ気分の悪さが体を襲った。

「な、なんだこれは……」

人の耳が、宙に二つ浮いているのだ。

頼重は悟った。芳一は一門の前で弾き語っていることを、寺の者にしゃべったのだ。そしてそれを聞いた寺の者は芳一の体に、何かしらのまじないをかけたのだろう。だから頼重には芳一の姿が見えぬし、近づくのも憚《はばか》られるほどおぞましい心持ちがするのだ。どういうわけだか、耳にだけはそのまじないがかからなかったと見える。

「小癪《こしゃく》なことをしおって……芳一！　立たぬか！」

びくりと耳が震えたのはわかったが、従う様子はなかった。

「来ぬというのだな」

しばし思案する。よからぬまじないがかけられているとすれば、無理やり芳一を連れ帰ったところで、一門の者に苦しい思いをさせるかもしれぬ。

「この瀬波頼重、お前を連れて帰る役目を怠《おこた》ったと思われるも心外。されば、寺を訪れた証《あかし》に、そなたの耳をもらっていこうぞ」

反応はない。

頼重は近づき、両手で芳一の耳をつかんだ。力を籠《こ》めると、ぶちぶちぶち……と、両の耳を引きちぎった。

「さらばじゃ」

と、板戸のほうを振り返ったところで足を止めた。板戸の内側にはしっかりと閂《かんぬき》がかかっている。亡霊たる頼重はこの戸をすり抜けるのはわけはない。だが今手元にあるこの耳は現世の物で、戸をすり抜けることはできぬ。かくなる上はこの閂を外してもよいが……と、再び離れの中を見て、気づいた。水の入った桶のちょうど上あたり、土壁の一部に穴が空いている。あれなら、耳くらい通り抜けられるであろう。

頼重は芳一の耳を携えたまま人魂の姿となり、その穴から外へ出た。

あとには、恐ろしいほど静かな闇が漂うばかり——。

二、

「まったく釣れぬではないかっ！」

蘆屋桃花《あしやももか》は釣り竿で海面を叩きつけた。びしゃっ、と飛沫が薄桃色の水干《すいかん》の袖《そで》を濡らす。ほんの一間《いっけん》（約一・八メートル）ほど目の前で、ぴちょんと魚が跳ね上がる。

「仕方がねえよ。釣りってのは、気長にゆっくり待つものだ」

櫓《ろ》を操りながら、兄の蟹彦《かにひこ》が笑った。

「ゆっくりなど、わらわの性に合わぬ」

舟底を踏みならす。畳二畳ばかりの広さの小舟がぐらりぐらりと揺れる。

「わわ、やめろ。沈んじまう」

「魚が一匹も釣れぬような釣り舟、沈んでしまったほうがよい。この、この！」

「やめろ、やめろって。相変わらず気性の荒い妹だなあ」

桃花はむう、と口を曲げて蟹彦を睨《にら》みつけたが、すぐにかっと笑った。

「考えてみれば、わらわに釣り竿など必要ないわ」

両手で印《いん》を結び、ぱぱぱっとそれを左右に動かした。首に下げている七色の数珠《じゅず》のうち、青い玉がぽん、と煙を出す。小舟の上に、青白い顔をした細身の男が現れた。首筋に数筋のえらがあって、ぴくぴくと動いている。

「お嬢、助けが必要か」

「鮫鰐《こうがく》、今より潜《もぐ》り、魚を五、六匹捕まえてくるのじゃ」

「お安い御用」

男は海へ飛び込んでいった。見送る蟹彦は苦い顔だ。

「漁に式神《しきがみ》なんぞ使うなよ」

「何を言おうが、蘆屋流の術を継承したるはこの桃花ぞ」

と、首の数珠を自慢げに見せた。

今年十六になる桃花は、由緒正しき陰陽師《おんみょうじ》の一族、蘆屋家の血を引いている。彼女の高祖父《こうそふ》にあたる蘆屋道満《どうまん》は一時期、京の宮中で重用された陰陽師であったが、藤原氏のもとでめきめきと力をつけていった安倍晴明《あべのせいめい》なる陰陽師にその地位を奪われ、播磨国《はりまのくに》（現在の兵庫県）に流された。その後いろいろあって、蘆屋一族は播磨をも追われて西へ西へ。今では長門国の山奥でひっそりと暮らしている。

再びの都仕えに備え、蘆屋流陰陽道を継承せねばならぬ——道満の遺言に従い、子孫の男たちは陰陽道を脈々と受け継いできた。だが二年前、蘆屋流最大の危機が訪れた。

陰陽師になどなるものか、時代遅れも甚《はなは》だしい——桃花の兄、蟹彦が継承を拒んだのである。父の蘆屋濁流《だくりゅう》は憤《いきどお》り、勢いで蟹彦を追い出してしまった。濁流の子は、蟹彦のほかに桃花しかいない。桃花は兄とは違い、陰陽道に興味があった。幼いころより死者と言葉を交わすことができる不思議な力を持ち、兄なんかより自分のほうがずっと陰陽師に向いているという自負すらあった。

わらわが継ぎまする。そう申し出た桃花に女陰陽師など前例がないと濁流は渋ったが、強気な桃花はついに押し切り、蘆屋流陰陽道を継ぐことになった。家を出た兄が赤間ヶ関で漁師として働いていると知ったのは、それからすぐのことだった。以来二年間、桃花は兄の顔を見ることなく、陰陽道にまい進してきた。

それがどうして、兄に会うべく赤間ヶ関にやってきたのか。理由は、昨晩桃花が見た悪夢である。

灰と泥を混ぜたような暗い霧が立ち込めていた。「ううっ！　ううっ！」と苦しそうな呻《うめ》き声がどこかから聞こえる。手探りで近づいていくと、二つの人影が見えた。一人は齢《よわい》五十をこえたばかりの僧であった。立派な袈裟《けさ》を着て、頬《ほお》に特徴的な染みがある。左腕の骨を折っているのか、首から下げた布に差し入れている。僧は邪悪な笑みを浮かべ、右手で錫杖《しゃくじょう》を振り上げ、

「こいつめ！」

地べたに倒れている若い男の背中に打ち付けているのである。

「ううっ！」

呻いているその男の顔を見て、桃花ははっとする。兄の蟹彦であった。

「兄者……！」

助けようとするが、見えない壁のようなものに遮られ、近づくことができない。

「こいつめ、こいつめ」

「ううっ、ううっ」

目の前で蟹彦が折檻《せっかん》を受けているのを見ているうちに気が遠くなり――、汗をびっしょり掻《か》いて目が覚めた。まだ明け方で、父母は穏やかな顔で眠っていた。

何かの暗示だ。桃花はそう思った。今、兄者があの得体のしれない僧に苦しめられようとしているに違いない。すぐに水干と烏帽子《えぼし》、数珠を身に着け、家を出た。

赤間ヶ関に着いたのは巳《み》の刻（午前十時）過ぎであった。戸を叩くと、寝起きの兄が出てきた。

「桃花か？　おおー、その水干に烏帽子。男の着るものと思っていたが、よく似合うじゃあないか」

のんびりした態度に拍子抜けしそうになった。

「兄者、最近、僧と関係が悪くないか？」

「なんだよ、いきなり」

「左腕を怪我《けが》している僧だ」

「ああ、それは、阿弥陀寺の仁海《じんかい》さんだ。あの和尚、一昨日、風に飛ばされて引っかかった手拭《てぬぐ》いを取ろうとしたとかで、松の木から落っこちて腕の骨を折っちまったんだ」

やはり赤間ヶ関に、腕を折った僧はいるらしい。

「その僧が、兄者に災《わざわ》いをもたらすかもしれない」

「冗談言うなよ。災いどころか、益《えき》をもたらしてくれている」

兄はあくびをしながら答えた。それならいいが……と桃花はここで、おかしなことに気づいた。

「兄者、漁師というのはこんな時間まで寝ているものか？」

「ん？　ああ……実は五日ほど前に、舟島《ふなしま》に盗賊が入ったんだ」

舟島とは、赤間ヶ関と門司のちょうどあいだに浮かぶ小さな島だ、と蟹彦は言った。岩がごつごつしていてとても人が住める島ではなく、漁師の海での安全を守るための観音堂が一つ建てられているだけだが、その観音堂に安置されていた金の観音像と奉納品の財宝がいくつか盗まれたのだそうだ。

「観音像は大きくて一人じゃ運べない。盗賊は二人以上いて、残り半分の財宝も狙ってるだろうってことで、一晩じゅう舟で見回りをする役が必要になったんだ。一番舟の扱いがうまいお前がよかろうって仁海さんが俺を推薦してくれて、しばらく朝の漁ができねえ代わりに、役人さんから俸給をもらうことになった」

蟹彦はにこにこしている。たしかに仁海という僧は、彼に益をもたらしているようだった。

「ま、朝ほどじゃないが、昼でも魚はとれるんだ。どうだ、今から一緒に行くか」

そんなわけで、音に聞く壇ノ浦に、桃花は兄とともに小舟で出たのである。

「こんなもんでいかがでしょう」
ざばりと水面から鮫鰐が浮き上がってきた。舟底にぶちまけられた魚は、全部で二十四はいるだろうか。
「おいおい、こりゃすげえな」蟹彦は歓喜の声を上げた。「こんなに立派な鯛《たい》にうつぼに、見ろ、タコまでいるぞ！」
さっき顔をしかめたとは思えないほどの喜びようだった。二年会わないうちに上背は伸びたが、中身は変わっていないと、桃花は微笑ましく思う。悪夢は杞憂《きゆう》だったか……
「これだけとれりゃ十分だ。桃花、戻ろう」
「もう少し続けてもいいのではないか？」
「そろそろ、未《ひつじ》の刻（午後二時）になる。潮の流れが東から西へと速くなってくるころだ」
ここ壇ノ浦は赤間ヶ関と門司に挟まれた狭い海域であり、潮の満ち引きによって激しい潮の流れが生まれる。蟹彦によれば、その流れは次の通りになる。
子《ね》の刻（午前〇時）～卯《う》の刻（午前六時）東から西
卯の刻（午前六時）～午《うし》の刻（正午）西から東
午の刻（正午）～酉《とり》の刻（午後六時）東から西
酉の刻（午後六時）～子の刻（午前〇時）西から東
ちょうど流れが逆転する時刻前後の海は穏やかだが、反対にそれぞれの間の時刻はもっとも流れが速くなるのだという。
「まあ、一晩じゅうこのあたりを見回ってるくらいだから、俺一人なら大丈夫なんだが、舟に慣れていないお前は酔っちまうかもしれない」

笑う蟹彦の顔を見ながら桃花は、かの有名な壇ノ浦の戦いで源義経が勝てたのは、平家が潮の流れの変化に対応できなかったからだ、という話を思い出していた。見ればたしかに小舟の周囲の海全体が動き始めているような気がした。桃花は印を結んで鮫鰐を数珠に戻すと、港に帰るよう蟹彦に言った。

桟橋《さんばし》に近づくにつれ、ただならぬ様子に桃花は気づいた。

「何やら騒がしいな」

蟹彦も同じように思ったらしい。赤間ヶ関の港には数人の男がいて、漁師たちの中に一人、武士の身なりをした者がいた。顔の半分を覆うほどの豪快な髭《ひげ》を生《は》やした武士である。なんだろう——と思っていると、彼は桟橋を荒々しく走ってきて、ぴょんと飛び上がり、どかっと舟に飛び乗った。

「わっ！」

「蟹彦だな」

居丈高に、その武士は訊ねた。

「さ、さようにござりますが」

「長門国守護代、添田源四郎《そえだげんしろう》だ。門司の舟大工、犬六《いぬろく》を知っておるな？」

「ええ、知っています」

「その犬六が、阿弥陀寺の離れで死んでおるのが見つかった。お前、犬六を殺したな」

蟹彦は面食らっている。桃花もまた、寝耳の水の話に驚くばかりである。

「俺が犬六さんを殺したと？　いったいなんで」

「とにかく、来るのだ！」

添田はむんずと蟹彦の腕をつかみ、桟橋へ引っ張り上げた。桃花ももちろん、そのあとを追った。

桟橋から二町（約二百二十メートル）ばかり漁師町を歩き、小高い丘の上へ続く石段を上る。「阿弥陀寺」という額の掲げられた山門を通ると、中央にひょろりとした松が一本立つ、簡素な庭が広がっていた。

正面には、立派な寺の建物があるが、人が集まっているのはそこではなかった。山門から見て右手の奥に土壁の小さな離れがあり、その周りに若い僧が二人と、添田と同じような身なりの武士が二人いて、腕を組んで何かを話し合っている。彼らの足元に敷かれた筵の上に、男が一人、仰向けに横たわっていた。

えらの張った顔立ちで、白目を剝《む》いている。年は四十前後だろう。

「おおい、戻ったぞ」

添田が声をかけると、四人はこちらを向いた。

「蟹彦、この男の顔をよく見るのだ」

添田に言われ、蟹彦の顔が青ざめる。

「犬六さんじゃねえか……」

「いかにも。頭を強く殴られたあと口と鼻をふさがれ、息ができぬようになって死んだものらしい。今朝、巳の刻ばかり、この寺の甲念《こうねん》、乙念《おつねん》という若い僧二人が川棚《かわだな》の法要より帰り、離れの異変に気付いたのだ。板戸は内側からしっかり閂がかけてあり、二人で体当たりをして破ったところ、この寺に居候しておる芳一という琵琶法師が倒れておった」

そうだったな、とばかりに若い僧二人を振り返る添田。二人は神妙な面持ちでこくりとうなずいた。

「その芳一の向こうに倒れておったのが犬六じゃ。芳一は気絶していたが息はあり、犬六はすでに冷たくなっておった。妙なことに離れの屋根板が一枚外されておった」

桃花はひょいと、離れの中を覗き込んだ。押し開き扉の板戸は壊れておらず、閂と、戸に取り付けられていたらしき受け金が転がっている。中はがらんとして、筵が一枚と、空っぽの桶が倒れているだけである。屋根板がたしかに一枚外れ、光が差し込んでいる。次いで離れの右側に回ると、外された屋根板が地面に落ちているのが確認できた。

「蟹彦よ、お前がこの犬六を殺したのであろう」

どひゃっ、と蟹彦は飛び上がった。

「な、何をおっしゃいますか。おいらには何のことやら」

「犬六は業突《ごうつ》く張りで、舟の修繕代を多く取っていた」

その言葉に、蟹彦の表情が険《けわ》しくなった。

「調べはついておる。半年前、犬六に舟の修繕を頼んだがその代金が払えず、何度も頭を下げに行ったそうだな」

「しかしそれは、舟島警護の俸給でなんとか返すめどが……」

と弁明しようとする蟹彦にぐっと顔を近づけ、添田は続けた。

「昨日の夕方、酉の刻になる前に、門司港近くの犬六の家を訪れた仙吉《せんきち》という青物商人が、犬六と話しておる。つまり、このときはまだ犬六は門司で生きていたことになる。そして、門司港番人の証言であるが、昨晩、日が落ちてから海へ舟を漕ぎ出した者は、ただ一人しかいなかった。舟島の警護をしているお前だ、蟹彦」

添田は蟹彦に、髭だらけの顔を近づけた。

「二人の僧が犬六の死体を発見したのは巳の刻より少し前。そのころにはもちろん漁師たちが舟を出し、往来には商人や女房たちも出ており、死体など運んでいたら目立ってしょうがない。つまり、死体はまだ暗いうちに阿弥陀寺に運ばれたものと目されよう。夕刻に門司にいた犬六を殺《あや》め、壇ノ浦を渡ってこの寺に運ぶことができたのはお前しかおらぬ」

「お前しかおらぬ」「白状せよ」

添田より下級と思われる役人二人もまた、添田と同じく蟹彦に迫る。蟹彦は青くなったまま何もしゃべらない。

「……おかしいではないか」

つぶやくと、彼らは一斉に桃花のほうを振り返った。

「何じゃ、お前は」

添田が問うた。

「見てわからぬか。陰陽師だ。蟹彦の妹である」

「陰陽師だと？　女子《おなご》ではないか。そんな薄桃色の水干、ふざけているとしか思えぬ」

「烏帽子もこの色にそろえたいのに、作ってくれる者がいないのだ」

「そんなことはどうでもよい。いったい何がおかしいのだ？」

「兄者が犬六という男を殺めたのだとすれば、どうしてわざわざ赤間ヶ関に運んだのだ？　門司に死体を放置しておいたほうが疑われずにすむのではないか」

「それは……」

添田は言葉に詰まっている。ここぞとばかりに桃花は、次の言葉を継いだ。

「それより、死体が発見された状況を見れば、より怪しい者がいるではないか」

「誰のことを申しておる？」

「一緒に倒れていた、芳一という琵琶法師だ」

ぴりっ、と僧たちのあいだに緊張が走ったのがわかった。触れてはいけぬものに触れたのだろうか。だがもう引き下がるわけにはいかぬ。

「内側から閂のかけられた離れの中に、死体と気絶した者が倒れていた。命のあるほうがもう一人を殺めたと考えるのが自然……」

「たわごとを！」若い僧の一人が叫んだ。「芳一がそのようなことをするものか」

桃花が僧と睨み合ったそのとき……

「みなさま、何をお騒ぎでしょうか」

声がした。本堂のほうから、年配の僧と黒い着物を纏《まと》った小柄な若い男が歩いてくる。若者のほうは女と見紛うほど線が細く、肌が白い。両目を閉じ、頬かむりのようにした白い布の両耳のあたりに、血が滲《にじ》んでいる。

「添田殿、ご迷惑をおかけしました。芳一はもう気分が落ち着き、昨晩何があったのか話してくれるようでございます」

柔らかい物腰の年配僧の顔を見て、桃花は思わず叫びそうになった。

首から下げた布に左手を差し入れ、頰にはくっきりと丸い染みがある――夢の中で蟹彦を打擲《ちょうちゃく》していた、あの坊主であった。

三、

阿弥陀寺の本堂は、二十人ほどが会することができそうなほど広い、板敷の間である。縁側の向こうには庭があり、苔《こけ》むした岩々の向こうに、先ほどの離れの寂しい佇まいが見える。

大きな阿弥陀如来《あみだにょらい》座像の前に、仁海と名乗った年配の僧と芳一が並んで正座をしている。阿弥陀像から見て右側には添田、二名の武士にはさまれて蟹彦がうつむいている。その向かい側に対峙するように甲念、乙念という二人の若い僧。桃花は末席に座していた。

「この芳一は、もとは拙僧の遠い縁者の、貧しい町人の子でございました」

仁海はぽつりぽつりと、若僧の身の上から話しはじめた。

「生まれつき目が弱く、三つで全く見えなくなりましたが、ひょんなことから琵琶の師匠に出会い、毎日稽古《けいこ》に励んでめきめきと腕を上げ、十二で免許皆伝を申し渡されました。拙僧、琵琶を大変好みますれば、芳一を寺で預かることにしたのです。今から八年前のことでした」

「ほう、それは殊勝なことであったな」

添田が感嘆《かんたん》し、共に修行をしている甲念、乙念の二人が誇らし気に口元を緩める。

「しかし」

仁海の口調は一転、厳しくなった。

「芳一の琵琶の才はまた、よからぬ者をも呼び寄せてしまったのでございます」

よからぬ者、という言葉の響きに、本堂に冷えた空気が立ち込める。桃花は背筋がぞくりとした。

「その先は、私が話します」芳一が口を開く。「私は毎晩、和尚様や甲念、乙念さんがお休みになったあと、そこの縁側に一人で座って琵琶の稽古をしているのです。十日前の夜のこと、ふと、誰かが庭から近づいてくる気配がいたしました。琵琶を弾く手を止めると、かちゃかちゃと固いものが擦《こす》れ合う音が聞こえます。私は、目の前で立ち止まったそのお方が、鎧を着ているのだとわかりました」

それがしは、さる高貴なお方に仕える武者である。——相手はそう自己紹介すると、芳一の琵琶に感動したこと、屋敷に招待して皆の前で弾いてほしいことなどを告げた。自分の琵琶が役に立つならと、芳一は武者に引かれ、寺を出ていった。

「連れていかれたのは、立派なお屋敷でした。……むろん、私は目が見えぬのですが、周囲のざわめきから、お付きの方を多く住まわせている、本当に位の高い方のお屋敷なのだろうと思ったのでございます。私はそこのご主人の前で、『平家物語』を弾き語りました。語り終えるころにはすすり泣きが聞こえてきたので、ご主人の他、そこに居合わせたご家族やお付きの方々もみな、涙してくださったのでしょう」

明け方近くなり、武者は芳一を再び寺に連れ帰ったが、その道々、和尚や兄弟子たちにはこのことは言うてはならぬと口止めされた。そしてそれから毎晩のように、武者は芳一を迎えにきた。芳一は断ることなくそれに応じ、屋敷の主人たちの前で『平家物語』を弾き語ったのである。

「おお……」

突然、仁海が目頭を押さえて嘆《なげ》いた。

「どうしたのだ？」

添田が不審そうに訊ねる。

「申し訳ございませぬ。もっと拙僧が早く、芳一の異変に気付いておれば。芳一は、このところ、どんどん痩《や》せていっておりました。それとなく大丈夫かと訊ねても、芳一は何も答えませぬ。まさか亡霊に口止めされていたとは……」

「亡霊とな？」

「左様。二日前、拙僧はふと夜中に起き、芳一の琵琶の音が止まったのに気づきました。甲念、乙念を起こし、本堂へ行くと、縁側に座る芳一の前に青白い人魂《ひとだま》が浮かんでおるのが見えたのです。芳一はその人魂に導かれるように寺を出ていきました。拙僧、年老いて足が遅いので、この二人に後を追うように言ったのです。甲念、見たものを話すがよい」

「はい」

甲念は瓢簞《ひょうたん》のように青くなってうなずいた。

「あのように恐ろしい光景は初めてでした……。芳一は墓所に入っていき、平家の者たちの荒れ果てた墓の中央に腰を下ろし、『平家物語』を弾き語りはじめました。墓所の方々より大小の人魂が現れて芳一の周りに集まり、何十、何百という人のすすり泣く声が聞こえたのでございます」

震える甲念の横で、乙念はただただうなずくばかり。

「私たちは無我夢中で寺に帰り、和尚様にご報告申し上げました」

「芳一は壇ノ浦に滅んだ平家の怨霊《おんりょう》にとり憑《つ》かれていたのです。拙僧は芳一を守らねばならぬと思いました。しかし折悪しく昨晩、拙僧は宇部《うべ》のとある檀家に法要で出向かねばならなかったのでございます」

「私どももです」と甲念。「川棚の温泉宿のご主人の一周忌に、私と乙念が呼ばれておりました。昨晩芳一は、一人で寺の留守を守らねばならなかったのです」

「そのときはたと、拙僧はあることを思い出したのです。五年ばかり前、宋より渡ってきた高僧をこの寺にお泊めした折り、ありがたい経文《きょうもん》を授かっていたのです。生きている者の体にその経文を記せば、悪鬼怨霊、魑魅魍魎《ちみもうりょう》、そういった類《たぐい》のものから姿が見えぬようになるのです」

「まさか。そのような経文があるものか」

「それがまことなのです。その経文を授かってから半年後、とある檀家から死んだ祖母の葬儀に、生前祖母に恨みを持った者の怨霊がやってくるというお告げを受けたから助けてほしいと依頼を受けたのです。拙僧は甲念、乙念とともにこの家の者の体にくまなく経文を記しました。はたして葬儀にその怨霊は現れたのですが、家族の者の姿は見えぬようで、ただ周囲をうろうろするばかり。そうだったな、甲念」

「ええ」と甲念はうなずいたが、「ただし、お亡骸《なきがら》にも経文を記して差し上げましたが、怨霊め、こちらは見えたらしく、痛罵しながら引きずり回して去っていきました。生きている者の体に記せば怨霊どもから見えぬが、死んだ者に記しても力は発揮しないものなのです」

そうだな、と甲念に同意し、仁海は添田のほうを向いた。

「とにかくその経文で芳一を守ろうと、拙僧、昨日、宇部に発《た》つ前に、芳一を庭の離れに連れていき、体中にこの経文を記しました。朝まで誰に誘われても蔵を出ぬように言い含め、私が出た後で芳一自身に内側の閂をかけさせたのです。ああ、それなのに」

仁海は再び目に袈裟の袖をあてて泣きはじめる。

「なんと愚かなのでしょうか。拙僧は芳一の耳に経文を記し忘れてしまったのです。今朝、宇部より帰ってきて、離れに倒れている芳一を見てすべてを悟ったのです。芳一は命はとりとめましたが、耳を失ってしまったのです」

「和尚様、そう嘆かないでください。耳をとられても、音が聞こえぬようになったわけではございませぬ」

「芳一、すまぬ、芳一、おお、おおお……」

嘆く仁海を、桃花は白々しい気持ちで眺《なが》めていた。

耳だけ経文を書くのを忘れた？　それ以前に一度経験があるというのに忘れることがあるだろうか。悪夢だけを根拠にするわけにはいかないが、この僧、やはり、怪しい。

「オオ、オオオ……」

そのとき、悲しむ仁海の声に重なるように、仁海と同じ声が庭のほうから聞こえてきた。振り返ると縁側に、見たこともない赤い鳥が一羽いた。巻貝のようにくるりと曲がったくちばしから、

「オオ、オオオ……」

仁海と同じ声が聞こえるのである。

「紗々蘭《しゃしゃらん》。そこにいたか」

赤い鳥はばさばさと羽ばたいて仁海の膝の上にやってきた。「ナムサン、ナムサン」と、紛れもない仁海の声で、今度は経の一説らしきものを唱えている。

「なんだその鳥は？」

添田が訊ねた。

「鸚鵡《おうむ》という大陸の鳥にございます。人の声真似《こえまね》をするので魔除《まよ》けになると、さっきお話しした宋の高僧がおいていってくれたのです」

「クレタノデス」

「ほう……」

添田は気味が悪そうにその鳥を見ている。たしかに珍しいが、今、鳥の自慢をされても困る。

「話を進めてもらってもよいか」

桃花は口をはさんだ。

「芳一の身に起きたことはたしかに気の毒だ。だが、われらがここに集まっている目的は、犬六とやらを殺した下手人《げしゅにん》を挙げるための事実確認であるはず。和尚や芳一の話には、まだ犬六が出てきておらぬ」

「おお、そうだ」と髭にまみれた頬を自分の手で叩くと、添田は芳一に向き直った。

「話を戻そう。芳一、お主は仁海に連れられて離れへ行ったのだったな」

「はい。琵琶を携えてまいりました」

「そこで、経文を書いてもらったと」

「そのとおりです。そのあと、和尚様が『私が外に出て扉を閉めたあとで、閂をかけるのだ』とおっしゃいました。それで、言われたとおりにじっとしていました」

「その後、亡霊がやってくるまで、変わったことはあったか」

「いいえ。あの戸は開くときにきしみますが、そのような音もなく、ただ静かに時が過ぎていきました」

「亡霊がやってきたときのことを話すのだ」

「私はずっと黙っていたのですが、何かの拍子に琵琶の弦がぴぃーんと音を立ててしまったのです。亡霊はそれで私に気づいたと思われます」

戸の向こうから声をかけてきたが、芳一は黙っていた。やがて亡霊の声はすぐ目の前で聞こえた。

「戸をすり抜けてきたのだろうな」桃花は言った。「亡霊というのはそういうものだ」

「亡霊は何やら苦しげでしたが、いくら話しかけても私が返事をしないので、あきらめたものと見えます。しかし、自分がここへくるのを怠ったと思われてはいけないと、私の耳を持ち帰ると言って……」

そして哀れなことに、芳一は耳を取られてしまったというのだ。

「そのあとは？」

身を乗り出す添田に、芳一は首を振った。

「わかりませぬ。痛さと恐怖のあまり、気を失ってしまったので……。次に覚えているのは、甲念様が私を抱きかかえて揺さぶっていたことです。『どうしたのだ、芳一』と、和尚様の声も聞こえました」

「ん？」添田は仁海のほうを見る。「戸を押し破ったのはそこの二人ではなかったのか。仁海もいたのか？」

「私たちが離れに入ったあとに、和尚様が入ってこられたのです」

甲念が言うと、仁海は「さよう」と目をつぶってうなずいた。

「宇部より戻って山門を入るなり、離れのほうから二人の声が聞こえたので走り寄りました。すると、芳一が倒れていたのです」

悲痛な面持ちだが、どうも表情を作っているように桃花には見えた。

「やはり間違いない」

添田が大声を張り上げ、蟹彦の頭をぐいとつかむ。

「犬六の骸《むくろ》が離れに放り込まれたのは、亡霊が芳一の耳を持ち去った後ということになろう。やはり、夜のあいだに壇ノ浦を漕ぎ渡ったお前しかおらん」

「ま、待ってください、おいらじゃねえ。仁海さん、信じてくだせえ」

「蟹彦。拙僧もお主を信頼しておればこそ、舟島の警護を任せたのだが、こうまで状況がそろってしまっては救うことは叶わぬ。犬六と拙僧は将棋仲間だったゆえ、残念無念。もう犬六と将棋を指せぬと思うと悲しゅうてたまらぬ」

「そ、そんな。おいらは……」

抗《あらが》う蟹彦を、両脇の武士は押し潰さんばかりにねじ伏せた。なんと乱暴な。桃花は懐《ふところ》から人型に切り取られた紙を二枚取り出し、ふっと息を吹きかけた。紙人形は武士たちの鼻先へ飛んでいき、その鼻の中に手を入れてこちょこちょとくすぐりはじめた。とたんに、はーくしょい、はーくしょいと、武士たちはくしゃみに苦しみはじめる。添田は目を吊り上げた。

「おい陰陽師、余計なことをするな」

「添田とやら、守護代とも思えぬ乱暴な推量よ。なぜ犬六が、昨日の夕刻より前に赤間ヶ関に渡ってきたかもしれぬと考えぬのじゃ？」

「だから、日暮れ時に門司で犬六と会話をした者がいると言っただろうが」

桃花もわかっていた。だがこのままでは兄が処罰されてしまう。苦し紛れでも何か言わねばならない。

「『三枚のお札《ふだ》』の話を知らぬのか」

それは、寺の小僧が和尚より預かった三枚のお札を使ってやまんばの家から逃げてくるというむかしばなしである。

「小僧は厠にお札を一枚貼り付け、『やまんばに名を呼ばれたら俺の代わりに返事をせい』と命じ、こっそり厠を抜け出すのだ。これくらいのお札、少し修行を積んだ陰陽師ならすぐに作れる」

「それなら下手人は陰陽師だというのか。お前か！」

「そうは言っておらぬ。だが、芳一が離れに入ったとき、すでにそこに犬六の骸が転がっていた可能性は拭い切れぬ。芳一は盲目ゆえ、犬六に気づかなかったのだ」

「芳一を離れに入れたとき、犬六どのの遺体などありませんでしたよ」

まるで子どもを諭すように、仁海が言った。桃花は確信している。やはりこの僧が何か奸計《かんけい》を仕掛けたのだ。

「それを証明できるのは、お主だけだ」

「拙僧が嘘をついていると？」

「陰陽師様」

控えめに、芳一が口を開く。

「私とともに犬六さんの骸があったのなら、亡霊はそれを見たはずです。しかし亡霊はそのようなこと、一言も言いませんでした」

桃花はたじろいだ。亡霊が死体に言及しなかった……盲点であった。

「たしかにな、芳一を探して入ってきたのだから、死体を見たら『そこに寝ているのは芳一か』くらい質《ただ》してもよさそうなものだ」

添田が言う。しかし今さら引き下がるわけにはいかない。

「平家の亡霊は、芳一の耳に夢中で見えなかったか……もしくは、骸などどうでもいいと思って放っておいたのだろう」

「どうやら、亡霊に訊いてみなければわからぬようですな」

仁海は挑発的に言った。

「陰陽師ならば、たやすき業《わざ》にござりましょう？」

四、

平家一門の墓所は、壇ノ浦を見下ろす小高い丘の斜面にあった。仁海より前の阿弥陀寺の住職が手入れをしていたが、そこらですすり泣きが聞こえたり、びしょ濡れの武者が矢を射かけてきたりと、怪奇なことが次々と起こるので誰も近づかなくなり、今では花を供える者どころか草を刈る者もおらず、墓石は苔むし、荒れ放題になっている。

「ここだ」「そうだ」

甲念、乙念はひときわ大きな墓石の前で立ち止まった。同行したのはこの二人だけ。二人の体には仁海によって例の経文がびっしりと書かれている。もちろん、耳にも書き忘れてはいない。日は空高くから、三人を照り付けている。荒れた墓所だが不気味な感じがしないのはそのためであろう。

「おい、亡霊は日が暮れてから現れるというのが古来よりの常識だぞ。こんな昼間から出るのか」

墓を睨みつける桃花に、甲念は訊いてくる。仏に仕える身のはずが、ずいぶんとぞんざいな口の利き方だ。

「陰陽師を何と心得る。昼に闇を作るなど、たやすきこと」

携えていた行李《こうり》を足元に置き、桃花は印を結ぶと、ぱぱぱっと左右に動かした。首にかけた数珠のうち黒い玉がぽんと煙を放ち、目の前に細身の男が現れた。

「ひゃっ！」「ひょっ！」

その姿を見て、甲念、乙念が震えあがる。

はだけた紫紺《しこん》の着物から見える胸にはあばらが浮き、髪は海藻のように縮れながら腰まで伸びている。黒目はなく、携えている手燭《てしょく》にろうそくが灯《とも》っているが、その炎は見ていると吸い込まれそうになる暗黒色である。

「狼狽《うろた》えるな、わらわの式神、黒曜丸《こくようまる》ぞ」

「式神……これが……」

「おい黒曜丸、この一帯を闇にするのじゃ」

黒曜丸は二本しか歯の生えていない口を大きく開け、がががあと寒い息を吐いた。手燭のろうそくの黒い炎が見る間に燃え広がり、墓所一帯が闇に包まれる。

「な……なんということだ」

「さっきまで、真昼だったというのに」

「平家の亡霊どもよ、訊きたいことがある。現れよ」

黒曜丸によって作られた、ぬらりぬらりとした闇の中、ぽつり、ぽつりと、青白い光がそこらに現れた。

「ひいっ！」

甲念、乙念は地べたに這《は》いつくばっておののいたが、桃花はまったく平気だ。寒気こそ感じるが、大和国《やまとのくに》（現在の奈良県）の墳墓地帯ではもっと禍々《まがまが》しいものをいくらでも見たものだ。

「阿弥陀寺の芳一を毎夜、ここへ連れてきていた武者はおるか」

一つの人魂が、ふらふらと桃花の前へ漂ってきて、しゅるしゅると人の形になった。立派な鎧兜《かぶと》に身を包み、背中に何本もの矢を携えた武者であった。

「わらわは陰陽師、蘆屋桃花である」

「拙者、瀬波頼重である」

武者は名乗った。耳にするだけで心の底まで凍りついてしまいそうな、おぞましい声であった。だが怖がってなどおれぬ。桃花はことのいきさつを話し、武者に訊ねた。

「――というわけなのだが、お主、昨晩芳一を迎えにいき、耳を持ち帰ったのは間違いないな。そのとき離れの中に、他に人はいなかったか」

頼重は桃花を見下ろしていたが、やがてふん、と鼻で笑った。

「なぜ拙者がそのようなことに答えねばならぬ？」

「そなたの証言で救われる命があるのじゃ」

「知ったことか！」

びりりと闇が震え、二人の若い僧が縮みあがった。

「拙者、芳一を連れ帰れなかったことで、肩身の狭き思いをしておる。亡霊になってまでこのような恥を背負うとは……」

頼重は唇をかんだ。その姿を見られるのが恥ずかしかったのか、人の姿からふわりと人魂に戻った。まずい、と桃花は思った。

「さらばじゃ……」

「蘆屋道満を知っておるか」

墓所の奥のほうへ漂いはじめていた人魂がぴたりと止まった。

「わらわが高祖父の名だ。平家の清盛殿《きよもり》が権勢をふるうよりずっと前に京で重用された陰陽師よ。帝《みかど》の信頼を得て、それは贅沢《ぜいたく》な暮らしをしておったそうだが、ある日、安倍晴明なる男に呪詛《じゅそ》の対決で敗れ、京を追われた。その末裔《まつえい》は流れに流れ、今では長門国の山奥で貧乏暮らし。京を追われて落ちぶれる惨めさは、よくわかっておるつもりだ」

人魂はぼんやりと光ったままである。

「わらわが生まれたときから源氏の世であるが、源氏は嫌いじゃ。特に義経は嫌いじゃ。壇ノ浦で大勝利というが、戦の掟を破って、武具を持たぬ漕ぎ手を射殺《いころ》したというではないか」

「……そうだ……」

人魂は再び、武者の姿に戻った。

「あの漕ぎ手たちは、われらに手を貸した漁師ぞ。それをまるで狩りの獲物であるかのように次々と……あやつのやり方は暴虐《ぼうぎゃく》を極める。われら、何百年時が流れようが忘れはせぬ。義経こそ、武士《もののふ》の皮をかぶった悪鬼羅刹《あっきらせつ》よ」

「しかしだ。関わりのない者を恨み、貶《おとし》めては、義経と同じと思わぬか」

頼重の鼻腔が膨らんだ。口を結び、百年前に光を失った両目で桃花を睨んでいたが、やがてため息をつくように、ぽつりと言った。

「……離れの中に、人など見なかった」

「誠か。気づかなかったということは」

「それがし、芳一を探しておった。人が転がっているのを見たれば、芳一と見まごうて近づいたであろう。だが、何もなかった。芳一の耳も、よくよく目を凝らしてようやく見つけた」

「そうか……」

――陰陽師なら、たやすき業にござりましょう？

仁海の、善良ぶった笑顔が頭に浮かぶ。あの坊主、武者が犬六の遺体を見ていないことには自信があったものと見える。

「ちなみにだが、あそこで震えている僧は見えるか」

桃花は甲念、乙念を振り返る。

「僧？　そんなものがおるか？」

やはり見えぬらしい。「それでは」と、足元の行李から鯛を取り出す。これにも仁海の経文が書かれているが、海より上げられてだいぶ経つので、命はない。

「これはどうじゃ」

「鯛だ」

死んだ生きものに経文を書いても効力がないというのも、本当のことらしい。ふううむ、と唸《うな》ってしまう。やはり、離れに初めから犬六の死体があったというのは誤りか。

「すまなかった、頼重殿。これでわらわの用は終わりだ」

さらば、と黒曜丸に合図を出そうとすると、

「陰陽師、蘆屋桃花よ」

今度は頼重のほうから話しかけてきた。

「わが一門、もう、芳一の『平家物語』は聴けぬのであろうか」

ひどく寂しさがこもった声だった。

「琵琶をそなたらに語り聞かせると、芳一は生気を吸い取られるそうだ」

「それは、すまぬことだな……ならば、蘆屋桃花。せめてこの頼重が頼みを聞いてはくれぬだろうか」

頼み……？　嫌な予感がした。

ざわざわと、周囲の人魂どもが何かをささやきながら、桃花に迫ってくる気がした。

五、

甲念、乙念を寺に帰し、桃花は赤間ヶ関の港へ向かった。

蟹彦の知り合いという漁師を見つけ、門司まで送り届けてもらったのは、申《さる》の刻（午後四時）を少し過ぎた頃であった。港で聞きこむと、青物商人の仙吉という男はすぐに見つかり、うまいことに彼が犬六の住んでいた家に案内してくれることになった。

「ここが、犬六の家だ」

五十がらみの仙吉は、一軒の家の前で立ち止まる。

「昨夕、犬六と話をしたのは、この家でのことだな？」

桃花の問いに、仙吉はこくりとうなずいた。

「今時分よりもう少し遅い時間で、もう日が傾いてたなあ。戸を叩いたんだ、こんなふうに」

引き戸をこんこんと叩く仙吉。

「すると中から犬六の声がした。何を言ってるかわかんなかったが、いつも通り『入れ』と言われてる気がしたんで、戸を開けて……」

戸を引き開けるとそこは畳一畳ほどの土間になっていて、奥にもう一枚板戸があった。

「ここに銭が置いてあって、おいらはそれを拾い上げながら訊いた。『今日はいつものか？』。すると『いつもの』と返事があった。『きゅうりと大根だね』。俺が言うと、『きゅうりと大根』って。まあいつものことなんできゅうりと大根を置いて、『そいじゃな』というと、『そいじゃな』って。それだけだ」

桃花はおや、と思った。

「犬六の姿を見たわけではないのか」

「うん。まあでも、この戸を挟んで話をするのは、それこそいつものことだし、犬六の声は聴き間違えねえ」

きっぱりと、仙吉は答えた。希望が出てきたと内心ほくそえみながら、桃花は質問を重ねる。

「犬六は独り身だったのだな」

「ああ。女なんて金の無駄だってのが口癖でよ」

「注文はいつも、きゅうりと大根か」

「たまに葱《ねぎ》や菜っ葉を頼むこともあったが、まあだいたい、きゅうりと大根だな」

「中を見てみよう」

桃花は三和土《たたき》に上がり、引き戸を開け放つ。板敷の少し広い部屋であるが、置いてあるものは粗末な筵が一枚と、わずかばかりの食器、大工道具の入った箱、そして、伏せてある麻縄のついた大きな籠《かご》が一つ。壁には一枚、板が立てかけてあるが、それより桃花は床の一部に気を引かれた。

「なんだ、あの穴は」

部屋の中央の床板が、真四角に切り取られていて、柱に結ばれた麻縄が床下に伸びている。切り取られた部分に近づいて覗いてみて、桃花は驚いた。床下に水面が見える。この家は、海の上に張り出しているのだった。

「犬六は舟大工だが、自分で漁にも出るんだよ」

仙吉が言った。

「いちいち港に出るのがめんどくせえって、その穴からすぐ舟に乗れるようになっているんだ。麻縄を引っ張ってみな」

言われたとおりにすると、伏せられていた籠がずずずと桃花のほうへ近づいてきた。お構いなしに引き続けると、やがて穴の下に、舟がやってきた。桃花はえいっと舟に飛び乗った。

「あんた、見かけによらず、ずいぶんやんちゃだね」

頭上の穴から仙吉が言った。目の前は壇ノ浦。海を隔てたすぐ向こうに赤間ヶ関の家々が広がっている。阿弥陀寺の石段まで見えた。次いで舟を隅々までよく検《あらた》めると、底板の隙間に何か赤いものを見つけた。

「なんだ、これは?」

桃花が拾い上げたそれを見て、

「ひゃー」

穴から顔を覗かせている仙吉が驚く。

「そりゃ、紅玉《こうぎょく》じゃねえか。なんであいつそんなものを？　いや、ため込んでいると聞いていたが、まさか紅玉まで。ここいらじゃ、舟島の観音堂にしかねえはずだ……」

桃花は笑みを隠し切れなかった。そうかそうか、そういうことであったか。紅玉を袖の下にしまうと、床板に両手をかけ、

「よっ」

と飛び上がって部屋の中に戻った。

「満ち潮のときにはもっと楽に戻れそうだな」

「そういうことだ。ほいで、穴を使わねえときは、この板で蓋《ふた》をする」

仙吉は壁に立てかけてあった板を叩く。なるほどそのための板かと合点がいった桃花だが、一つわからないことがあった。

「なぜ麻縄に、こんな大きな籠が結わえ付けてあるのだ」

床板に伏せられている籠のことである。どちらかというと、漁より栗や柿をとるときに使うものに見えた。

「ん？　おかしいな。こんなもの、結わえ付けられていたのは見たことねえ。第一、邪魔じゃねえか」

「舟を留めておく重しだろうか」

「籠なんて軽いもんを重しにする愚か者がいるかよ。壇ノ浦は潮の流れが速《はえ》えから、しっかり柱に舫《もや》っておかなきゃ流されちまう。ほら、犬六だってここにちゃあんと結んであらあ」

潮の流れ――桃花はその言葉にひっかかった。

「もしかして……」

桃花は印を結び、ぱぱぱっと左右に振る。首にかけた数珠のうち、黄色い玉からぽんと煙が出た。現れたのは、犬の顔をした童《わらわ》である。

「おうん、おうん。お嬢、お待たせ、お嬢」

「我典狗《がてんく》、この籠の臭いを嗅《か》ぐのだ」

腰を抜かしている仙吉の前で、その式神は言われたとおりに、くんくんと籠に鼻を近づけた。

「おうん、おうん。お嬢、これ珍しい。嗅いだことない臭い。籠は普通の竹。でも、中に入っていたの、生きもの。おうん、おうん。鳥だ。年寄りの、変な鳥。くうう～ん。食っても不味《まず》いだろうなあ」

「そうかそうか」桃花は満足した。「よき働きぞ、我典狗」

「褒《ほ》めてくれてありがとう。嬉しいなあ。おうん、おうん」

「……あの坊主、おかしな手を使いおって」

我典狗を数珠に戻し、仙吉に礼を言って、犬六の家を後にする。

門司の港に戻り、何人かの漁師を捕まえて話をすると、すぐに期待したとおりの話を聞くことができた。

「ああ、阿弥陀寺の和尚な、昨日、お天道様がまだあるうちに、赤間ヶ関からやってくるのを見たよ」

鼻の頭の赤い漁師はそう言った。

「自分で舟を漕いできたのか。片手を怪我しているはずだが」

「若《わ》えころには漁にも出てたんだ。片手だって櫓は操れるさ」

「言葉は交わしたか」

「おう、挨拶したらさ、門司の古い知り合いの墓参りに行くんだって言ってたなあ。肩にあの妙な鳥を乗せていたが、あんな鳥、役に立つのかねえ」

やはりだ。とそのとき、首を傾《かし》げる赤鼻の漁師の背後の栈橋に、ひときわ大きな船が停泊しているのが見えた。大勢の男が、次から次へと荷物を運んでは載せている。

「あの船は？」

「ここいらじゃいちばんの問丸《といまる》の船さ。日に四度、赤間ヶ関と門司のあいだを往復してる。壇ノ浦を渡らないことにゃ、荷物の行き来はできんからね」

あれだけの荷物があれば、こっそり紛れ込んで渡ることもわけないのではないか。赤鼻の漁師に別れを告げ、その船のそばに行って、物陰に隠れた。積み荷がすべて積まれ、渡し板が外されて船が栈橋を離れる。船頭が目をそらしたすきに桃花は物陰から走り出て、勢いをつけて船に飛び乗った。藁苞《わらづと》のたくさん入った籠のあいだに身を潜り込ませる。船頭はまるで気づく様子もない。

船は壇ノ浦を進んでいく——。

六、

再び、阿弥陀寺の本堂。夕闇が差し迫る寺には潮の香りが満ちている。庭のあちこちで虫が鳴く。膝に鸚鵡を乗せた仁海、おどおどとした甲念、乙念、そして、口を真一文字に結び、琵琶を傍《かたわ》らに置いた芳一……皆、昼間と同じ位置に座している。

蟹彦は相も変わらず二人の武士に脇を固められ、悲壮感漂う面持ちである。守護代の添田源四郎は、髭だらけの顔で桃花を睨みつけていた。

「聞き及びましたぞ、薑屋桃花殿」

柔和な顔に笑みを湛え、仁海が口火を切った。

「門司まで足をお運びになり、犬六の家に行ってきたそうではないですか。何かおわかりになりましたか」

「いろいろわかったぞ、なまくら坊主め」

桃花はわざと汚い言葉を使った。陰陽道では、言葉は武器に等しい。悪口はすなわち呪詛となって相手に傷を与える。だが、そんな呪詛をやりすごしたり跳ね返したりする法もある。もっとも簡単なのは、笑顔だ。笑う者の心には余裕が生まれ、余裕は呪詛を跳ね返す。仁海はそれを知っているのか、赤い口を横に開いてにんまりと笑う。

「これはこれは。元気のよいことです」

いけすかない坊主だ。隙を与えず先制をくわえたほうがいい。

「それより仁海よ。昨晩そなたは宇部の檀家のところに法要に行ったと言ったな？　その家がどこか教えよ」

「言うことはできませぬ」落ち着き払って仁海は言った。「法要の儀式の一切を口外しないという掟のある家なのです」

「言い逃れしおって。疚《やま》しいことがあるからだろう」

桃花は袖の下から大幣《おおぬさ》を取り出し、ばさりと仁海に突き付けた。

「犬六を殺したのは、お前じゃ」

甲念、乙念、芳一が、まさかと口元を押さえる。蟹彦もうつむけていた顔を上げた。

「これはこれは、ずいぶんと口汚い。拙僧は犬六とは将棋仲間だったのですぞ」

「たしかにおぬしらは仲間だった。だが、将棋だけではなく、とある悪行のだ。これは犬六の舟の上で見つけたものだ」

桃花は一同の前に、赤い玉を置いた。

「紅玉という珍しい石で、この界隈では、舟島の観音堂に奉納されていたものが唯一であった。これがなぜ犬六の舟にあったのか」

「まさか……」

添田が口をはさんだ。

「犬六が、金の観音像を盗んだ盗賊だったというのか」

そのとおり、と桃花はうなずいた。

「だが観音像を一人で運ぶのは不可能。犬六には共犯者がいた。狭い犬六の家には観音像や奉納品の財宝を隠しておくことはできぬゆえ、きっとその共犯者のもとに隠してあるのだろう。……それにしてもこの寺は広い。広いが古い。改修に金もかかるであろう」

これ見よがしに本堂を見回す。仁海は余裕を崩していない。

「拙僧がその共犯者だと申されるのですか」

「そうだ。そして、財を独り占めするために、犬六を殺めようと考えはじめた。その折、芳一が夜な夜な平家の亡霊に連れられて墓所で琵琶を弾いていることに気づいたのだ。かつて宋の高僧に教わった妖異から姿を隠す経文のことを思い出したお前は、これを利用して、犬六殺しの罪をわが兄者に着せる計画を立て、夜の舟島警護を命じた」

蟹彦が嘘だろ、というような表情を見せた。桃花は続けた。

「続いてお前は、寺の離れの屋根の釘を抜き、屋根板を一枚、外しやすくしておいた。そうしておいてわざと松の木から落ち、腕を折った」

「それも計画の一部だったというのか？」

「そうだ」

添田は信じられんというように首を振る。

「女陰陽師よ。たわごともいい加減にせよ」

「たわごとかどうかは、すべて聞いてからにするがよい」

強気な桃花に押され、添田はぐっ、と黙る。桃花は仁海のほうを向いた。

「犬六はお前に命じられて自らこの寺へやってきて殺められ、離れの中に放置された。そして、兄者が殺して屋根板を外して放り込んだように細工したのだ。腕を折っておれば、内側から門のかかった部屋に死体を入れることはできぬ。万が一の時にも自分に疑いがかからぬようにとの防御策だったのだろう」

ふっふふと仁海は笑う。

「言っていることが支離滅裂ですな。犬六は昨夕、門司の自宅で青物商人と話をしております。夜のうちに門司から出港したのは蟹彦の舟をおいて他にない。蟹彦以外の誰が犬六を殺したというのですか」

「その奸計《かんけい》ならもう看破《かんぱ》した。門司の漁師に聞いたぞ。昨日のまだ日の高いうち、お前は自ら舟を漕いで門司へ渡ったそうではないか。その紗々蘭という赤い鳥も一緒にな」

「イッショニナ」と、鸚鵡は桃花の声真似をする。その頭を仁海は人差し指で撫《な》でた。

「古い友人の墓参りに行ったのです。夕刻には芳一に経文を書いて宇部へ向かわねばなりませんでしたので、昼間のうちに」

「ほざけ。お前が向かったのは犬六の家だ。将棋を指すふりをして、隠した財宝を分配しようとでも言って、寺へ来るようにもちかけた。『一緒にいるところを見られるとまずいから時間差で戻ろう』と提案し、犬六には自分の舟ではなく、問丸の積み荷に紛れて渡り、誰にも見られぬよう寺の離れに潜り込むよう命じた」

「問丸の積み荷になど、そう簡単に潜り込めるものでしょうかな」

「さっきわらわ自身が潜り込んで門司より戻ったわ。お前はそうやって先に犬六を赤間ヶ関へ渡すと、犬六の家にある仕掛けをした。三枚のお札にも劣らぬ、ある仕掛けをな」

桃花は印を結び、ぱっぱと振る。ぽん、と数珠の赤い玉から煙が出た。

「あれお嬢、お呼びとあらば、ひらひらと」

現れたのは、少女の姿をした式神である。赤い着物に身を包み、背中にはきらびやかな蝶《ちょう》の羽が生えている。

「紅燐《べにりん》、わかっておろう。門司の犬六宅を、これへ」

「あれあれ、御意のままにひらひらと」

ゆっくりと蝶の羽を動かす紅燐。金色の粉が宙に舞う。一同がおお、とざわめいた。目の見えぬ芳一もまた、ただならぬ雰囲気を感じ取ったようで、顔を舞う金粉のほうへ向けている。やがて、本堂の中央に見覚えのある板敷の間が現れた。

「こ、これはどういう……」

添田が訊ねた。

「紅隣はこうして光の幻を見せることができるのだ。これは門司の犬六の家である。この家は海の上に張り出しており、床の中央に開いた穴の下には舟がつなぎ留めてある。穴より延びて柱に結ばれているのはそのための麻縄よ。ところで、その麻縄の途中に、大きな籠が結わえ付けてあるのが見えるな。重しにもならぬあんなものを犬六が結わえ付けたとは思えぬ。あれは――」

と桃花は大幣で、仁海の膝の上を指した。

「その鳥を閉じ込めておくために置かれたものだ」

仁海の表情にわずかな陰りが見えた。桃花は続ける。

「その鸚鵡は簡単な会話なら覚えることができる。犬六にも何度もあったことがあるはずゆえ、簡単な言葉なら覚えさせることができた。お前はその鸚鵡を籠の中に閉じ込め、自分の舟で再び、赤間ヶ関へ戻ったのだ」

「ご冗談を申されまするな」仁海は首を振る。「紗々蘭を籠に閉じ込めておくなんて。犬六の死を知った門司の守護代がこの部屋を検めれば、見つかってしまうではないですか」

「そこが面白いところよ。壇ノ浦の潮の流れは、日があるうちは東から西へ流れておる。その間は籠と床板に挟まれ、鸚鵡は閉じ込められた状態になっておる。だが――」

と桃花が目配せをすると、紅隣は蝶の羽を動かした。幻の中で、ずずずと籠が動いていく。

「酉の刻を過ぎる頃、潮の流れは反対になるのだ。床下の舟も東へ流され、それに伴って麻縄と、それが結わえ付けられた籠も動く。籠が床の穴に達すれば、鸚鵡はたやすく外に逃げることができる」

桃花の言うとおり、幻の中で、幻の鸚鵡が逃げ出した。甲念、乙念がそろって「すごい」と声を上げ、二人の武士や添田は呆然《ぼうぜん》としている。

「紅隣、もうよいぞ。よき働きであった」

「あれあれあれ、お済みとあればひらひらと」

紅隣はしゅるしゅると数珠に戻っていく。犬六の家の幻も消えた。

「和尚様……」

芳一が泣きそうな声を出した。紅燐の出した幻は見えておらずとも、源平の命運を壇ノ浦の潮の流れが分けたことを幾度となく語ってきた彼には、この仕掛けは手に取るようにわかっているはずであった。

「陰陽師などに惑わされてはならぬぞ、芳一」

仁海は厳しく言い放つ。

「この者の言うことには大きな穴がある。離れの板戸に内側から閂をかけたのは芳一自身ではないか」

「そうでございますが……」

「甲念、乙念が板戸を押し破ったとき、中にはすでに犬六の骸があった。そして、昨夕には外れていなかった屋根板が一枚外されていた。あの間から入れたとしか考えられぬ。拙僧、腕を片方折っておれば……」

「犬六を持ち上げることはできなかったと言うのだろう？　それが計画の一部だったことはすでに申したはずだが」

　口をはさんだ桃花に、仁海は「だまらっしゃい！」と声を荒らげた。だが、武士たちの鋭い視線に気づき、すぐに柔和な顔に戻った。

「桃花殿、あなたは平家の墓所に足を運ばれ、芳一の耳をもぎ取った亡霊に話を聞いたのでしたな？　亡霊は『離れの中に犬六の骸があった』と言ったのですかな」

「いいや、『人などは見なかった』と。だが、体に経文を書いておけば亡霊の目には見えぬ」

「骸に経文の力は現れぬのですぞ。やはり、犬六は屋根板の間から入れられたのでしょう」

「ちがう。亡霊が離れに入ったとき、まだ犬六は生きてそこにおったのだ」

　武士たちが顔を見合わせる。桃花は畳みかけるように続ける。

「犬六だけでない。仁海、お前もいたのだ。二人とも耳の隅々まで忘れることなくしっかり経文を書いてな」

「おお、おい桃花！」

あまりに突拍子もないことだと感じたのだろう、ずっと黙っていた蟹彦が口を開いた。

「さすがに無理があるだろう。芳一の他に、離れに二人もいたなんて」

「それが無理ではないのだ、兄者。門司で鸚鵡の仕掛けを施した後、仁海は何食わぬ顔でこの寺に戻り、川棚へ向かう甲念乙念の二人を見送った後、離れへ行った。待ち構えている犬六に『今宵、ここへ恐ろしき亡霊が現れる。その亡霊を財宝隠しに利用するため、ともに見ているぞ』などと言って、その体に経文を書いた。もちろん、耳にも。これで犬六が生きているうちは、亡霊から姿は見えぬ」

「仁海自身の体には誰が経文を書く？　背中には自分では書けないだろ」

「犬六だ。経文を写すだけなら、内容を理解せずとも簡単だろう」

蟹彦は口を半開きにしたままうなずいた。妹にすべて任せるといったような顔だった。桃花は再び、仁海のほうを向く。

「お前はその後、犬六のことは一切伏せて離れへ連れていった芳一の体に経文を書いた。このときもちろん、犬六には離れの奥で息をひそめて座っているよう言い含めてあった。芳一に『亡霊は板戸などすり抜けてくるだろうが、門をかけるに越したことはない。拙僧が出ていったら内側から門をかけ、帰ってくるまで開けるでないぞ』と言い残して、外へ出るふりをして扉を閉めた。内側にお前が残っているとはわからぬ芳一は門をかける」

これで、閉じられた空間に、三人の男が入ったことになる。

「夜半を過ぎ、ついに亡霊が芳一を探しにやってくる。しかし、寺の中ばかり探して一向に離れに来ようとしない。このままあきらめて帰られては一大事と、お前は琵琶の弦を弾《はじ》いて亡霊の気を引いたのだ」

「あ、あれは……和尚様が弾いたのですか……」

「でたらめじゃ！」

ついに仁海は目を吊り上げた。その額に、玉の汗が浮かんでいる。桃花は続ける。

「亡霊は板戸をすり抜けて入ってくると、芳一の名を呼びながら離れの中を見回した。これで、『夜半過ぎ、離れの中には死体はなかった』という目撃証言が担保された」

「ひとつ、よろしいか」

添田が口を開いた。先ほどまでの桃花を疑うような態度は消えている。

「仁海や犬六は体の隅々にまで経文を書いていた。ということは、芳一の耳に経文を書かなかったのはわざとだったと言うのだな」

「もちろんだ」

「しかし、亡霊に死体がないことを確認させる目的だったのであれば、その必要はなかったのではないか。琵琶の弦を鳴らせば、亡霊は離れに入ってくるであろう？　なぜ芳一の耳を取らせる必要があったのだ」

桃花は一度口を結び、仁海の邪悪な意図を曝《さら》した。

「芳一に、気絶してもらうためだ」

「なっ？」

「仁海はそのあと、犬六を殺め、屋根の板を外さねばならなかった。その気配を芳一に悟られてはならなかったのだ」

　離れに亡霊をおびき寄せるためには芳一にいてもらわねばならぬ。ところがその芳一に殺しと屋根の細工を知られてはならぬ。この葛藤を解決するために、芳一の耳を取ってもらう。あまりに残忍な仁海の思惑に、添田は絶句していた。

「目論見通り芳一は気絶し、その壮絶な光景に慄《おのの》く犬六は完全に無防備になっていた。仁海はその後頭部に、あらかじめ離れに用意しておいた丸太を打ち付け、倒れた犬六に馬乗りになり、布で鼻と口をふさいで殺めた。これなら、腕一本でもできる。桶の中に用意してあった水と布で自らと犬六の体の経文をきれいに拭《ふ》き取ると、桶を裏返しにして踏み台とし、緩めてあった屋根の板を丸太で突き上げて外し、布や丸太を外に放り出した」

「お待ちを」

　甲念が止めた。

「和尚様は左腕を怪我されており、屋根のあいだから外に出ることはできません。しかし、私と乙念が今朝、川棚から戻って板戸を破ったとき、和尚様の姿はありませんでした。私たちが板戸を押し破り、芳一の体を揺さぶったり、犬六さんの骸を検めているときに、和尚様が入ってこられたのです」

「なんだ、そのようなことか」

　桃花は笑った。

「仁海はおぬしらの声が外から聞こえるや、板戸のすぐそばの壁に身を寄せ、おぬしらが押し入ってくるのをじっと待っていたのだ。離れの板戸は外から内に押し開けるものぞ。おぬしらが入ってくるとき、仁海の体は自然と板戸の陰になる」

「なっ！」

甲念、乙念はそろって目を剝いた。

「耳から血を流している芳一と犬六の骸を見て、おぬしらはすぐに駆け寄っただろう。開けたばかりの板戸を振り返るはずがない。仁海はおぬしらに気づかれぬようそっと外へ出て、放り出しておいた布と丸太を処分したあと、何食わぬ顔で宇部から戻ってきたふりをして離れに入ってきたのだ」

誰もがその姿を想像しているようだった。沈黙――だがすぐに、ふっふふと仁海が笑い出した。

「なかなかの空想力にございますな。しかし、『亡霊に死体のなかったことを証言させる計画』となるとひとつ、重大な問題がございます。亡霊に話を聞くことのできる者がいなければなりませぬ。此度《こたび》はたまたま、そのような能力のあるあなたがこの阿弥陀寺にやってきたからそれが叶いました。しかし、他に誰が、墓に赴《おもむ》いて亡霊に話を聞くなどという奇っ怪なことができましょう。叶うはずのない計画を、立てる者などおりませぬ」

「それで言い逃れをしたつもりか」

桃花はばさっと大幣を振った。

「そもそもそれが、兄者を下手人に仕立て上げようとした動機じゃ。お前は、兄者が蘆屋の家に生まれたことや、兄者の代わりに妹が陰陽師を継承したことを知っておった。兄者に殺しの疑いがかかれば、必ずや亡霊と話のできる妹がやってくることを見込んでおったのじゃ」

「そっ、そこまで考えて、おいらを舟島の警護役にしたのか」

蟹彦はようやく、初めからすべてこの悪僧に踊らされていたことに気づいたようだった。

「言いがかりもここまでくれば見事にござります。しかしながら証拠がありませんな。紗々蘭が門司の犬六の家で声真似をしたなどというのも妄言《もうげん》。紗々蘭に犬六の声真似などできませぬ」

「お前はその鳥を連れて何度も犬六の家に将棋を指しに行ったのだろう。よからぬ計画の話し合いのときにも、その鳥はそばにいたのではないか。犬六の声を真似るなど、たやすいはずじゃ」

「できませぬ、できませぬ。ここにいない者の声真似など、できるはずないではありませぬか」

桃花はこれを聞いて、快哉《かいさい》を叫びそうになった。

「今の言葉、しかと聞き届けたぞ。……我典狗！　連れてまいれ」

おうん、おうんと板戸の陰から声がして、黄色い犬の顔の式神が入ってくる。その後ろに、一人の男がついてくる。門司の青物商人、仙吉であった。

「仙吉、この鳥に向かって、昨日犬六にかけた言葉を言うのだ」

「あ、ああ……」

仙吉は戸惑った様子で桃花の顔を見たが、すっと仁海の前に進み出る。

「今日はいつものか？」

「イツモノ」

仁海の膝の鸚鵡が大人の男の声で答える。

「きゅうりと大根だね」

「キューリト、ダイコン」

「そいじゃな」

「ソイジャナ」

「……驚いたな」

仙吉は目を丸くしていた。

「こりゃ、まるっきり犬六の声じゃねえか」

添田がはっと息をのむ音が聞こえた。

もう誰の目にも真実は明らかであった。仁海の呼吸は荒くなり、顔は紅潮していく。

「この、役立たずの鳥めっ！」

仁海はさっと立ち上がると、錫杖を鸚鵡に振り下ろす。すんでのところで鸚鵡はばさばさと逃げていく。その錫杖を、今度は仙吉めがけて振り上げた。

「黒曜丸！」

桃花の呼びかけに応じ、がががががあという地の底から湧きあがるような声が庭から迫ってくる。やがて本堂は、ぬめりつくような闇に覆われる。

「うっ、なんだ、これは」

仁海は錫杖を持ったまま固まっていた。その背後に、仁海を羽交い絞めにする鎧武者の姿が茫《ぼう》と浮かび上がっている。瀬波頼重であった。

「拙者を奸計に利用するなど、許せぬ坊主じゃ……桃花殿、一門の皆も連れてきてござる」

庭に、ぽつ、ぽつ、ぽつぽつぽつぽつぽつと、無数の青白い人魂が浮遊しはじめる。

「ぎゃああ！」

仁海はすでに錫杖を取り落とし、白目を剝いて叫びだす。さっきまで真っ赤だった顔から、生気が抜けて白くなっている。

「頼重殿、もうよかろう。あとは現世の武士がこいつを縛り上げようぞ。添田、縄だ」

「あっ、ああ……」

添田は縄を取り出し、頼重から解放されてぐったりしている仁海を後ろ手に縛ると、立ち上がらせて縁側へ出た。人魂たちがさっと道を開ける。添田が仁海を引っ立てて出ていくあいだ、桃花は袖の下から取り出した蠟石《ろうせき》で、本堂の床に大きく格子状の模様を描いた。

「これは蘆屋流陰陽道に伝わる九字結界《くじけっかい》ぞ、みな入れ」

一同が九字に入ると、人魂がその周囲に集まった。頼重は結界のすぐ前でひざまずき、頭を垂れている。桃花は、震えている二人の若僧に言った。

「甲念、乙念。これからはお主らがこの阿弥陀寺を守るのだ」

「えっ、ええ?」「ええ?」

「海岸沿いの平家一門の墓所を掃き清め、この先も彼らが安らかに過ごせるように努めよ」

九字の周囲の人魂たちはいつしか、人の姿になっていた。鎧兜に身を包んだ数十の武者の中に、悲しげな顔をした女たちもいる。尼僧に抱かれているあの子供は、幼くして壇ノ浦に沈んだ帝であろうか。みな、甲念、乙念の次の言葉に期待を寄せていた。

「わ、わかりました……」

「そもそも、この寺はそのために建立されたと聞いております」

亡霊たちはほっとしたようだった。約束は果たしたぞと桃花は頼重に目配せをすると、次に芳一を見た。

「芳一、そなたにも役目がある」

「いったい、なんでしょう」

「彼らのために今一度、弾き語るのだ。この結界の中にいるかぎり、生気を奪われることはなきがゆえ」

驚き、戸惑う芳一。

「芳一よ……」

頼重が声をかけた。

「そなたの耳のこと、すまなかった。罪なきお前を傷つけるなど、戦の場において漕ぎ手を射かけた悪鬼義経と違《たが》わぬ所業であった」

「おやめください。聴いてくださる方がいるのならば、私は弾くまでです」

桃花の差し出した琵琶とばちを受け取ると、芳一は勢いよく弦を弾いた。

祇園精舎《ぎおんしょうじゃ》の鐘の声――
諸行無常の響きあり――

桃花は目を閉じる。かつてこの地で繰り広げられた、力強くも物悲しい武士たちの物語が、瞼《まぶた》の裏によみがえるようだった。

女か、雀か、虎か

むかしむかしあるところに、死体がひとつ転がっておった。

死体はお綾《あや》という名の、それは美しい女で、頭を石で何度も打ち付けられておった。

お綾は三十歳ばかりじゃったが、男ぐせが悪く、生前は村じゅうの男を夜ごと一人暮らしの家に招いておった。中にはもちろん妻のある男もおり、女たちはお綾のことを蛇蝎《だかつ》のごとく嫌っておった。

お綾の死体が見つかったのは、お綾の家のすぐ裏の草むらじゃった。見つけたのは女で、かつてわが夫がお綾のもとに通っていたことから、あわや離縁騒動にまでなった過去があった。

「どうせなら私がこの女を殺してやりたかった」

女は死体の顔を引《ひ》っ掻《か》いたので、みなが駆け付けたときには、頭の傷とは別に、顔は傷だらけじゃった。

男たちはお綾のことを気の毒に思ったが、女たちは、

「この女、いつか舌を切ってやろうと思うとった！」

「わたしもじゃ！　獣のように男をとっかえひっかえしおって。舌を切ってやりたかった！」

口々にお綾の死体に向かって汚い言葉を投げつけたんじゃ。もともとこの村の女たちは気性の荒いのがそろっておって、「舌を切ってやる」という物騒な罵《のの》り文句が流行《はや》っとった。そんな中で、美しく、けっして男の悪口を言わないお綾に、男たちは惹《ひ》かれておったんじゃろうのう。

ともあれ、誰がお綾を殺したのかわからんまま、お綾はしめやかに葬送《おく》られた。葬式を執り行ったのは、庄屋の息子の花蔵《はなぞう》をはじめ独り身の男たちばかりで、妻のある男たちは隠れて、お綾のために涙を流したのじゃった。

さてこの村には、作兵衛《さくべえ》という名のじいさんがおった。作兵衛じいさんは村一番の正直者じゃった。若いころから正直で、たとえば他人の家の軒先に干し柿がぶら下がっておるのを見て、「食いたい」と思うと、自分の気持ちに正直に取って食ってしまう。じゃがその家の者が飛び出してくると、「うまそうなもんで食うてしもうた」とこれまた包み隠さず正直に言うてしまうもんで、怒るに怒れず許してしまうんじゃ。

そんな作兵衛じいさんじゃが、気立てがよく働き者で、毎日、朝も早《はよ》うから畑へ出かけ、夕方まで仕事に精を出しておった。

お綾の葬式が終わった明くる日、作兵衛じいさんは、いつものように畑へ出て汗を流して働いた。夕方になったので家に帰ろうと歩いていると、白い猫が一匹騒いでいるのを見かけたんじゃ。

「おや、あれは苗五郎《なえごろう》のとこの白玉《しらたま》でねえか」

苗五郎というのは猫の好きな男で、三十を過ぎても嫁を取らず、猫を十匹ばかり飼っている変わりもんじゃった。その飼い猫の白玉が、何を騒いでおるんじゃと近づいていくと、一羽の傷ついた雀《すずめ》を追いかけておったんじゃ。

作兵衛じいさんが足を止める前で、白玉はふにゃっ、と雀を前足で取り押さえたんじゃ。白玉は口を開き、鋭い牙《きば》で雀を食いちぎろうとした。

「こーりゃっ！　弱い者いじめをするでないぞ」

作兵衛じいさんは鍬《くわ》を振り上げ、白玉に向かっていった。驚いて逃げる白玉。その走っていく先に、苗五郎が立っておった。

「なんじゃ、馬鹿正直の作兵衛じいさん。ずいぶんと乱暴するのう」

苗五郎は非難がましく目を細めて、じいさんに言った。

「乱暴は、お前さんの猫じゃ。わしは雀を助けたいと思うたから正直にそうしたまでじゃ」

苗五郎は首を横に振り振り、白玉を抱きかかえた。その懐《ふところ》に、何やら布があった。浅黄色《あさぎいろ》じゃが、赤黒い、猫のぶちのような模様があるんじゃ。作兵衛じいさんは、そのおかしな手拭《てぬぐ》いにどことなく見覚えがある気がしたんじゃ。

苗五郎は作兵衛じいさんに向けて舌を出すと、去っていった。

「おお、おお、かわいそうにの」

作兵衛じいさんは残された雀を拾い上げた。血はそれほど出てはおらんかったが、羽が折れ、飛ぶこともままならん様子じゃった。チチイ、チチイと嘆《なげ》くようなさえずりにいたたまれず、作兵衛じいさんは家に雀を連れ帰って手当をしたんじゃ。

「そんな汚らしい雀を連れてきて、どういうつもりじゃ」

千代《ちよ》という名のばあさんは雀を見て顔をしかめたが、作兵衛じいさんは自分の飯を分け与え、元気になれよと声をかけたんじゃ。

二人のあいだに子どもはなかったもんで、作兵衛じいさんはすっかり雀が可愛くなって、チイコと名をつけた。毎日看病するうち、チイコはすっかり元気になり、折れた羽もちゃんと元通りになって飛べるようになった。ところがチイコは作兵衛じいさんにすっかりなついてしまい、家を離れようとせん。チイコは作兵衛じいさんの周りを飛び回ったり、肩に止まったりしてチチイ、チチイとさえずるのじゃった。

「痛い痛い。チイコ、髪の毛を引っ張ると痛い。でも、可愛いから引っ張らせてやるんじゃ」

いたずらをするチイコに、作兵衛じいさんはにこにこしながら正直に言うのじゃった。

これを面白く思わないのはもちろん、千代ばあさんじゃ。

「ふん、せっかくの米を雀っこに食わせるなんてもったいねえ。お人よしも行きすぎると大馬鹿じゃ。舌でも切ってやろうか」

と罵《ののし》った。作兵衛じいさんはこの村の他の男と同じように、気の荒い女房に罵声を浴びせられるのは雨風と同じと思うて慣れておる。どうせそのうち収まるじゃろうと気にせんかった。

そんなある日、作兵衛じいさんがいつものように畑仕事に出ていくと、千代ばあさんは障子紙を貼り変えようと米で糊《のり》をこしらえた。ところがどうじゃ、ばあさんが古くなった障子紙を剝《は》がそうと目を離しているすきに、チイコは糊をついばんで、みーんな食べてしまったんじゃ。

千代ばあさんが怒ったのなんの。

「このろくでもねえゴミ雀が！　糊を食ったのは、この口か？　え？　この口か？」

チイコの体をむんずとつかむと、裁縫道具の中からはさみを取り出し、チイコの口を無理やり開くと、この村の女がよく言うあの言葉を立て続けに吐いた。

「舌を切ってやろうか？　え、二度とこんな悪さができねえように、舌を切ってやろうか！　ああ、舌を切ってしまうがいいな！」

千代ばあさんは、チィコの舌を本当にちょきんと切ってしまった。

チチイ！　チチイ！

チィコは痛そうに鳴き、しばらく部屋の中をぐるぐると飛んでいたが、やがて窓から外へ飛び出して行ってしまった。千代ばあさんはそれを見て高笑いじゃ。

「うす汚い雀め、やっといなくなった。ああ、せいせいした」

ところが、作兵衛じいさんはそうはいかん。夕方になって帰ってきて、ばあさんからことのいきさつを聞くと、天地も割れそうなほどに嘆き悲しんだんじゃ。

「おお、おお、まさか本当に舌を切るなんて。かわいそうに。チイコ、チイコ……」

千代ばあさんは白けた目で作兵衛じいさんを見ておったが、ふん、と鼻息を一つ残し、飯も作らず眠ってしまったんじゃ。

作兵衛じいさんは夜通し泣き続けた。その悲しみは、やがて朝になって、昼になっても消えることはなく、チチイ、チチイというチイコの楽しそうな声を思い出すたび、会いたくてたまらんようになった。ふてくされている千代ばあさんを尻目にじいさんは家を出て、チイコを探しはじめた。

そして、村の北のはずれの一軒家の前までやってきたんじゃ。するとそこに盥《たらい》を出し、牛を洗っている男がいた。もっさりした黒い毛が肩まで伸びておる。この家に住む牛吉《うしきち》じゃ。

「およ、作兵衛じいさんでねえか。ちょいと聞いてくれ。うちの裏に井戸、あるじゃろ。いつもあそこから水を汲《く》んで牛を洗うんじゃが、最近、涸《か》れてきてのう。これだけの量を汲みだすのに一苦労じゃ。新しい井戸を掘りてえが、村のみんな、手伝ってくれるかのう」

牛吉はおっとうの代から牛を三頭飼っていて、代掻《しろか》きだの、家の建て替えだの、村人が力を必要としているときに牛を貸し出して暮らしておるのじゃ。おっとうもおっかあもすでに死んだが、嫁はとらずひたすら牛と暮らしておる。噂《うわさ》によれば人間の女には興味がないというが、それは今はどうでもいいのう。

「庄屋の息子の花蔵に話を通せば何とかなるかもしれんが、あいつ、堅物《かたぶつ》じゃからのう」

「牛吉よ、わしゃ今、他のことで頭がいっぱいで、お前の話を聞いてられんのじゃ」

「なんじゃ、相変わらず正直な物言いをするじいさんじゃの。そういや、こんな村はずれまで来るなんて珍しいが、どうかしたんか」

「これくらいの小さい雀を探しとるんだが、知らんかね？」

これまでのことを、作兵衛じいさんは話したんじゃ。すると、牛吉は頭をぽりぽりと掻いて、

「そんな雀は見とらんなあ。だがうちのばあさんから、雀のお宿の話は聞いたことがあるぞ」

「なに？　雀のお宿じゃと。教えてくれ。どこにあるんじゃ」

「ただで教えろと言われてものう……どうじゃ、今、牛を洗ったばかりのこの水を飲み干したら、教えてやってもええ」

牛吉の盥は、墨か漆《うるし》でも塗ってあるかのように、真っ黒なんじゃ。そこに張られた水は藁《わら》くずが浮いとって、見ているだけで泥臭くなりそうじゃった。

「飲みたくないのう」

作兵衛じいさんは正直につぶやいたが、チイコに会えるものならと、その水をごくごくと飲み干した。

「こりゃあ驚いた。すげえ男気じゃ、作兵衛じいさん」

「約束じゃ、牛吉。雀のお宿への行き方を教えてくれ」

「わ、わかった。この先を北へ行くと山があるじゃろう。その山を越えて、どろどろの沼地をぐるりと半周し、松林を抜けて、梅林を抜けたところに、真っ青な竹やぶがある。その竹やぶの前で、手をこう叩いて唱《とな》えるんだそうだ」

ぱん、ぱぱん、と牛吉は手を叩き、

「ちいから、ちいこれ、ちちゃらかま、すずめのおやどはここかいな——すると、雀たちがお宿に連れていってくれるらしい」

「なんて耳寄りな話じゃ。ありがとう、牛吉。本当に、ありがとうじゃ」

作兵衛じいさんは礼を言い、村を出て北へ歩きはじめたんじゃ。やがて山が見えてきた。上り道は、年寄りには楽なものではなかったが、チイコに会えると思ったらつらくはなかった。山を越えたら次は沼じゃ。ぐるりと半周回って、松林を抜け、梅林を抜ける。するとどうじゃろう。本当に、世にも珍しい真っ青な竹やぶにたどり着いたんじゃ。じいさんはさっそく、ぱん、ぱぱんと手を叩いた。

「ちいから、ちいこれ、ちちゃらかま、すずめのおやどはここかいな」

青い竹ががさがさ、がさがさ、と動いたかと思うと、十人ばかりの女児が現れた。

「えっ」

作兵衛じいさんは思わず後ずさりしてしもうた。可愛らしいおべべを着ているその女児たちは、みんな雀の顔をしていたからじゃ。

「ちいから、われらを呼び出すは」

「ちいこれ、人のおじいさん」

「すずめのお宿に来たからにゃ」

「ちちゃらかまとは許されぬ」

チチイ、チイ、チィときれいな声で鳴きながら、雀の女児たちは作兵衛じいさんの周りを踊りながら回りはじめた。その美しくも怪しげな踊りに、作兵衛じいさんは頭がくらくらしてきたが、なんとか気を張って叫んだんじゃ。

「チイコを探しておるんじゃ」

すると、雀の女児たちはぴたりと踊るのをやめた。

「うちで暮らしておったんじゃが、可愛そうなことにばあさんに舌を切られて逃げ出してしもうた。帰ってきてくれとは言わん。せめてもう一度会って、謝りたいと思うとるんじゃ」

雀の女児たちは顔を突き合わせ、ひそひそと相談をはじめた。

「舌を切られたですって」「それってもしかして」「お千《せん》のことじゃないかしら」

少しすると竹がざざざと開き、少し背の高い雀が現れたんじゃ。

「ほひひはん」

その顔を見て作兵衛じいさんはすぐにわかった。

「チイコ。会いたかったぞ」

「ほひひはん。ははひ、ほはひひほふほはひはひはあ……」

何を言っておるかわからんかった。考えてみれば、舌を切られておるで、上手《うま》くしゃべれんのは当たり前のことじゃ。

作兵衛じいさんが困っておると、

「おじいさん、私もお会いしとうございました。ですが、私は雀です。人のおうちにいつまでもお世話になるわけにはいきません。やはりこうして雀のお宿で生きなければならないのです」

チイコのそばにいた小さな雀がチイコの言いたいことを伝えてくれたんじゃ。自分は本当は「お千」という名前であること、助けてもらった上に楽しい思い出をくれたことを本当にありがたく思うておることなどを、小さな雀を通じてチイコは言うたのじゃった。

「ですからせめて私たちのお宿で一晩のあいだ、おもてなしをさせてくださいませ」

作兵衛じいさんはその申し出を受けることにしたんじゃ。

チイコたちに連れられて、竹やぶの奥へ進んでいくと、そこには見事な屋敷があった。広間に上がれば、見たこともないほどきらきらした畳の上に、黄金色の刺繍《ししゅう》の施された座布団がある。チイコに勧められるままにそこに腰を下ろす。やがて見るも珍しい料理の乗せられたお膳が運ばれてきた。椀《わん》の団子汁を一口飲むと、

「うまい！」

作兵衛じいさんは思わず飛び上がりそうになった。

「チイコよ、こんなうまい団子汁は初めてじゃ」

「ほほあはんほはんほほふほひほへふは」

「おばあさんの作る団子汁よりもですか」

「夫婦になった頃に一度作ってもろうたが、しょっぱくて食えたもんじゃなかったわい。『まず

いのう』と言うたら頭や尻をさんざん叩かれて、それより先、作ってもろうてない」

「ほんほふひほふひひほほへふへ」

「本当に正直者ですね」

チイコと小さな雀はそろって笑い、作兵衛じいさんも愉快になった。

くつろいできた作兵衛じいさんの前に、さっきの雀の女児たちが現れ、踊りをはじめた。その踊りの美しいこと美しいこと。作兵衛じいさんはすっかり楽しくなって、酒も進み——やがて酔っぱらって眠ってしまったんじゃ。

はっと気づいて起きてみると、作兵衛じいさんは広間に敷かれた布団の中に寝かされておった。お膳は片づけられ、枕元にはチイコと、チイコの言葉を伝える小さな雀が正座しておった。

「チイコや、わしはどれだけ眠っておったか」

「ひほはん」

「一晩」と小さな雀。

「こりゃいかん。うちでばあさんが心配しておる。帰らねば」

「ほへはは、ほひはへほ……」

「お土産を持っていってください」

小さな雀が言うと、がらりと襖《ふすま》が開かれた。奥に三つのつづらが並んでおった。右から、小、中、大。小さいつづらには人間の女の絵、中くらいのつづらには雀の絵、そして大きいつづらには恐ろしい虎の絵が描かれているのじゃった。

「ほへへほひほふはへ、ほほひふははい」

「どれでも一つだけ、お持ちください」

「ははひ、ほふほふひへふははひ」

「ただし、約束してください」

「ほふひひはへふはへ、ふはほはへへはひへはへん。ほふうへふへへほひへはへん」

「おうちに帰るまで、蓋《ふた》を開けてはいけません。途中で捨ててもいけません」

「わかった。約束するぞ」

「はふほふほはふふほ、ほほほひひほほひはひはふ」

「約束を破ると、恐ろしいことになります」

「チイコのくれたものを、誰が捨てて帰るものか」

もとより作兵衛じいさんは正直じゃ。守れん約束をするわけはないのう。作兵衛じいさんは奥の間に入り、三つのつづらを見比べた。どれも背負うための紐がついているので持って帰ることはできそうじゃ。

女の絵が描いてあるつづらは小さく、軽そうじゃ。これなら長い道を歩いて帰っても疲れまい。しかし、ばあさんが何というか。あのばあさんはきっと、こんな小さいものを持ち帰ってきてどうするんじゃと怒るじゃろう。怒られるのは嫌じゃ。それなら虎の絵の描いてある大きいつづらを持ち帰るか。……しかしあれは重そうじゃ。ばあさんは喜ぶかもしれんが、持って帰るのは骨じゃ。それならあいだをとって雀の絵のつづらにするか。しかし、中途半端なことをしおってと、やっぱりばあさんにどやされるかもしれん。

「迷うのう……」

作兵衛じいさんは三つのつづらの前で、自分でも不思議なくらいに悩んだのじゃった。どのつづらを持ち帰ったらいいのか。これが、大きな運命の分かれ道のように感じておった。

女か、雀か、虎か――。

一、女

「これにしようかの」

作兵衛じいさんは人間の女の絵が描かれた、小さいつづらに手を置いた。

「わしはもう年寄りじゃから、これくらいでちょうどええんじゃ」

そのつづらを背負うと、どこからともなく雀の女児たちが現れ、チイコとともに作兵衛じいさんを竹やぶの入口まで見送ってくれたんじゃ。

「ほひいはん、ひふはへほ、ほへんひへ」

「おじいさん、いつまでも、おげんきで」

手を振るチイコと他の雀たちを見て、作兵衛じいさんは涙がこみあげてきたんじゃ。別れるのはつらいが、チイコも人里で暮らすより、仲間とこの雀のお宿で暮らしたほうがええに決まっとる。

「それじゃあの」

じいさんは手を振り、涙を拭《ふ》きふき、村へ帰る道を歩きはじめたんじゃ。

小さなつづらじゃったが、それでも梅林と松林を抜けるころには肩が痛うなってきた。腰を下ろすのによさそうな岩を見つけた。

「休みたいのう……」

そうつぶやいた作兵衛じいさんじゃったが、千代ばあさんの恐ろしい顔が浮かんできたんじゃ。あまり家で一人で待たせては、どうどやされるかわからない。仕方なく、休むのをあきらめて歩き続けた。

どろどろの沼のところまでやってくると、今度は腰を下ろすのによさそうな切り株があった。ここらで一休み……と思うものの、やはり千代ばあさんの怒った顔が浮かんでくる。早う帰らねばなるまいと、どろどろの沼をぐるりと回った。続いて、山を越えて下っていく。

ようやく、村が見えてきた。まず目に飛び込んでくるのは、牛吉の家じゃ。

もおおう、という牛の声が聞こえた。

長い道のりを休みもせず帰ってきたで、作兵衛じいさんの喉《のど》はからからじゃ。牛を洗ったあの泥くさい水でもいいから飲みたい。作兵衛じいさんは牛吉の家の前まで来ると、どんどん、どんどん、と戸口を叩いたんじゃ。

「おおい、牛吉。わしじゃ、作兵衛じゃ」

返事がない。おらんのかと戸口に手をかけると、難なく開いた。

土間には牛吉と、みかん色の頭巾《ずきん》をかぶった花蔵がおった。花蔵は村の庄屋の息子じゃ。親父の庄屋がいいかげんな男であるのと反対に花蔵はよくできた息子で、村人たちの仕事に気をかけては、毎年の年貢を滞《とどこお》りなく納めるのに一役買っておった。誰にでも丁寧な物腰であたるので、若くして頼りにされておるんじゃ。

「牛吉、おったんじゃないか」

「さ、作兵衛じいさん。勝手に開けるでねえ」

牛吉は何かに焦っておるようじゃった。花蔵は花蔵で、目を細めて作兵衛じいさんを見ている。

「すまねえ。でも、喉が渇いて渇いてしょうがないんじゃ。水を一杯もらえんか」

「どこかに行ってきたんか、作兵衛じいさん」

「お前さんに教わったとおり、雀のお宿に行ってきたんじゃ」

昨晩のことを、作兵衛じいさんは話して聞かせたんじゃ。牛吉は目を白黒させて驚いた。

「なんちゅうことじゃ。雀のお宿っちゅうのは本当にあるのかい」

「お前さんが言ったんでねえか。ほれ、これがその雀のお宿からもらってきた土産のつづらじゃ」

背中を向け、つづらを見せると、いよいよ牛吉は驚いたんじゃ。

「おい花蔵。お前は知っていたか。北の山の向こうの竹やぶには本当に、雀のお宿があるんじゃと」

「あ、ああ、そうなんですか」

花蔵は居心地が悪そうに調子を合わせながら、みかん色の頭巾を直したんじゃ。その様子に、何があるのか知らんが、早ういなくなってほしいようじゃな、と作兵衛じいさんは察した。

「おい牛吉、いいから水を一杯もらえんか。そうしたらすぐ帰るで」

「裏の井戸から水を汲んで、勝手に飲んでいったらええ。今ならまだええな、花蔵」

花蔵は「はい」とうなずく。なぜ花蔵に訊ねるのかと作兵衛じいさんは不思議に思うたが、ただありがたく水をもらうことにしたんじゃ。作兵衛じいさんはすぐに家の裏手に回り、井戸から釣瓶《つるべ》を引き上げて、水をごくごく飲んだ。

「ふうう、生き返った」

牛吉につづらの中身をわけてやろうかと思った作兵衛じいさんじゃったが、家に帰るまで蓋を開けてはいけんというチイコとの約束を思い出したんじゃ。それでもう一度、戸口のほうへ回ると戸は閉められておって、中でひそひそ声がする。牛吉と花蔵の他に誰かいるようなので、客人がおるなら邪魔しては悪いと思うた。

「牛吉よ、水をありがとうな」

戸を開けずに、作兵衛じいさんは牛吉に声をかけた。

「ん……気にせんでええ」

「今すぐ礼をしてえが、このつづらを一度家に持って帰らねばならんのじゃ。あとで必ず戻ってくるで、待っとってくれ」

「もう来んでええ」

「遠慮するでねえ」

作兵衛じいさんはそう言い残すと、家へと急いだんじゃ。

ようやくわが家が見えてきたそのとき、じいさんはめまいを感じて、地べたに膝をついた。

ぐらり、ぐらり。

それが自分のせいではないのを、作兵衛じいさんはすぐにわかった。周りの木々や、じいさんの家が、ぐわらぐわらと左右に揺れておる。

「じ、地震じゃ」

何も落ちてくるものはないが、じいさんは急いで頭をかかえてうずくまる。揺れはすぐに収まったが、まだ心の臓が早鐘を打っておる。

「ばあさん、大丈夫か」

無我夢中で叫びながら家の中に飛び込むが、千代ばあさんは畳の間に胡坐《あぐら》をかいて、しらーっとした目で作兵衛じいさんを迎えた。

「なんじゃ、うるさい」

「今の地震、怪我《けが》はなかったか?」

「あれくらいの地震で何を言うとる、情けない。それよりなんじゃ、急に出ていったと思ったら一晩も帰らんと。死んだと思うて、どうやったら葬式を安くあげられるもんか考えとったところじゃ」

ずいぶんなことを言うもんじゃ。作兵衛じいさんは千代ばあさんをなだめつつ、雀のお宿のことを話した。そして、畳の間に行くと、ようやくつづらを背中から下ろしたんじゃ。

「なんじゃ、この娘っこの絵は」

「それはわしにもわからん」

作兵衛じいさんは笑いながら、小、中、大のつづらがあって、それぞれに女、雀、虎の絵が描いてあったことを話した。

「中にはお土産が入っとるとチイコは言うておったが、どうじゃろうの。ほれ」

と、じいさんはつづらの蓋を開けた。

とたんに、まばゆいばかりの光が二人を包んだんじゃ。つづらの中には、大判小判に、真珠に珊瑚《さんご》、きれいな錦《にしき》に、由緒のありそうな刀剣……そんな財宝がぎっしりとつまっておったんじゃ。

「こりゃすごいぞ。ばあさん。これだけあれば、美味《うま》いもんがたくさん食える。……チイコ、ここまで、わしらに感謝してくれておったんじゃの。よかった、よかった」

胸が震えるばかりの作兵衛じいさんじゃったが、すぐに、千代ばあさんの様子がおかしいことに気づいたんじゃ。鬼のように険《けわ》しい顔をして、作兵衛じいさんのことを睨《にら》みつけておるのじゃった。

「どうしたんじゃ、ばあさん」

「どうしたもこうしたも、あるかねっ！」

ばあさんは立ち上がり、床が抜けんばかりに足を踏み鳴らしたんじゃ。

「小、中、大の三つのつづらがあって、いちばん小さいもんを持って帰ってきたなんて。大きいつづらを持って帰ってきたら、もっとお宝が手に入ったということじゃろうが」

「そりゃそうじゃが、これで十分でねえか」

「若いころから使えん男じゃと思うておったが、年老いてよりひどうなりおった。使えん。まったく使えん。せっかくお宝がたんまり手に入るという折に、よりによって、いちばん小さいつづらなんてっ！」

女の欲というのは本当に極まりのないものじゃ。もっと得できたかもしれない。一度そう思うとその考えにとらわれ、目の前にある幸せなど見えんようになってしまうんじゃ。

「大きいつづらじゃっ！　もっともっとたくさんの、満杯の宝物じゃっ！　それが欲しい！　それが欲しいっ！」

顔を真っ赤にし、頭から湯気を立ち昇らせ、両手の拳を上下させ、どすどすと歩き回るその姿、あさましいったらあさましいったら。

やがて千代ばあさんは、怒りに満ちた足取りのまま戸口へと向かった。

「どこに行くんじゃばあさん」

「決まってるじゃろ。大きいつづらを分捕《ぶんど》ってくるんじゃ」

「分捕ってくるって。これはチイコからの恩返しの気持ちじゃぞ。舌を切ったばあさんに、チイコが恩返しなど……」

「するわっ！　誰が飯を食わしたと思っとるんじゃ？　糊をこさえたのは、このわしじゃ」

「それは、ただうっかり置いといただけじゃろ」

ばあさんが怒るのはわかっていても、とにかく正直に言ってしまうのが作兵衛じいさんじゃ。千代ばあさんは、これ以上相手にしてられんというふうにぷいとそっぽを向き、家を出ていってしまった。嵐が過ぎ去ったような静けさが訪れ、ふう、と息を吐くと、作兵衛じいさんはどっと疲れた。

長い道のりを休まず帰ってきたんじゃ、当たり前といえば当たり前じゃのう。

「牛吉のところに、水を飲ませてくれた礼を持っていくと言ったで、行かねばならんが……一度眠ってからでもいいじゃろう」

さすがの正直さも、疲れには勝てんかった。

作兵衛じいさんは畳の部屋に戻り、ふあああとあくびをすると、つづらの前にごろんと横になった。そしてすぐに、うとうとしてしまったんじゃ。

…………

「…………さん。作兵衛さん」

誰かの声がして、じいさんは目を開けたんじゃ。しゃがんでじいさんの顔を覗《のぞ》き込んでいるのは、みかん色の頭巾をかぶった若者じゃった。

「お、こりゃ、花蔵」

「勝手に上がり込んでしまい、申し訳ないです。千代さんはどこですか」

作兵衛じいさんはよっこらせと身を起こし、蓋を開いたままそばに置いてあるつづらを指さして、これまでのいきさつを話したんじゃ。

花蔵はつづらやお宝のことは特に何も言わず、

「千代さんは明日まで帰ってこないのですか」

とちょろりと伸びたあごひげを触りながら問いを重ねた。

「さあ、ようわからん。……それはいいんじゃが、花蔵、何か用事か」

「いえ、うちの父が、これを作兵衛さんに、と言うので」

花蔵は懐から、竹皮の包みを取り出した。作兵衛じいさんは受け取り、紐をほどいた。白い団子が三つ、入っていた。

「こりゃ嬉しい、庄屋様がわしに。ばあさんと一緒に食わせてもらう」

「あ、いえ。千代さんは明日まで帰ってこないとのこと。固くなってしまっては美味《おい》しくありません。千代さんの分はまた持ってきますから、これはこれで今すぐお召し上がりを」

「今すぐ？」

「今すぐが美味しいのです」

「そうか。そこまで言うなら食わせてもらおうかの」

と、団子を口に運ぼうとする作兵衛じいさんの手首を、花蔵はぱっとつかんだんじゃ。

「なんじゃ。なぜ止める？」

「作兵衛さんは、この村いちばんの正直者で通っています。自分が知っていることならば、人に問われれば包み隠さず正直に答えてしまうのでしょうね」

なぜ今、そんなことを訊くのか。妙だとは思うたが、「ああ」と作兵衛じいさんは答えた。

「そうじゃ。そうやって、正直に生きてきたんじゃ」

「先ほど牛吉の家で私と会ったことも、問われれば話してしまいますよね。たとえ私が『言わないでください』とお願いしたとしても」

作兵衛じいさんは少し考えたが、

「そうじゃな」

とうなずいた。

「わしは、お前さんがあの家にいるのを見たからな。嘘は言えん。じゃが、誰が何のために、そんなことを問うんじゃ？」

作兵衛じいさんの問いには答えず、花蔵はちらりとつづらのお宝に目をやり、じいさんの手首を離したんじゃ。

「どうぞ、お召し上がりください」

「変なやつじゃな」

作兵衛じいさんは言われたとおりに、団子を口に放り込んだ。甘みの中に、感じたことのない苦みがあったんじゃ。

「これだけのお宝があるなら、金銭で口止めすることもできません。千代さんならいざ知らず、正直な作兵衛さん相手では無理でしょう」

花蔵はわけのわからないことを言いながら立ち上がった。作兵衛じいさんは舌がだんだんひりひりしてきた。

「おい花蔵。なんじゃこの団子は。何が入っておるんじゃ」

「舌切薊《したきりあざみ》です」

「えっ……」

それは、口にすると舌がちぎれんばかりに痛み、食べた者の三人に二人は死んでしまうという猛毒じゃ。

「おお、おい、な……なぜ。なぜじゃ……痛い、痛いぞ」

作兵衛じいさんは舌が痛くてたまらんようになった。畳に転げ、舌を出す。痛い。痛い。まるで焼きごてでも当てられているような痛さじゃ。いっそのこと、この舌を切ってくれと言いたいくらいじゃった。

「年寄りを殴り殺すなどということは私にはできません。ですので、舌切薊で失礼します。これなら、作兵衛さんが自分で作った団子にうっかり舌切薊を混ぜたようにも見えます。死体を隠す必要もなく、好都合ですので」

「は……はなぞう……たす……けて」

ぶぱっ、と作兵衛じいさんの口から赤いものが畳の上に吐き出された。それが血の塊《かたまり》であることを、じいさんは薄れゆく意識の中で悟ったんじゃ。

「お気の毒です。村のこれからのために必要なことなのです。牛吉さんもそう言いました」

花蔵の言葉は、作兵衛じいさんの耳にはもう届いておらんようじゃった。

真っ白になった作兵衛じいさんの顔を見下ろしてため息を一つ吐くと、花蔵はその家を出ていった。

はてさて、作兵衛じいさんは、どこで間違えたんじゃろうのう……。

二、雀

「これにしようかの」

作兵衛じいさんは雀の絵の描かれた、中くらいのつづらに手を置いた。

「わしは小さいので十分じゃが、待っとるばあさんの分も少しはなきゃいけんからのう」

「ほうへふへぇ、ほへはひひはほ」

「そうですねぇ、それがいいかと、と申しております」

つづらを背負うと、どこからともなく雀の女児たちが現れ、チイコとともに作兵衛じいさんを竹やぶの入口まで見送ってくれたんじゃ。

「ほひいはん、ひふはへほ、ほへんひへ」

「おじいさん、いつまでも、おげんきで」

手を振るチイコと他の雀たちを見て、作兵衛じいさんは涙がこみあげてきたんじゃ。別れるのはつらいが、チイコも人里で暮らすより、仲間とこの雀のお宿で暮らしたほうがええに決まっとる。

「それじゃあの」

じいさんは手を振り、涙を拭きふき、村へ帰る道を歩きはじめたんじゃ。

背中のつづらは重かった。早う帰らねばばあさんが待ちくたびれとる……とは思うものの、足取りはゆっくりゆっくりになってしまうんじゃ。

梅林を抜け、松林を抜けたところで、座るのにちょうどええような岩があった。

「休みたい。わしは休むぞ」

わざわざ正直につぶやき、作兵衛じいさんは腰を下ろしたんじゃ。少しだけ休むつもりじゃったが、

「腰を上げたくないのう……」

年寄りにはつづらの重さはこたえた。だがそのとき、作兵衛じいさんの頭の中に、千代ばあさんの怒った顔が浮かんだ。どやされるのが嫌なのもまた正直な気持ちじゃ。よっこらせと立ち上がり、歩き出した。どろどろの沼をぐるりと半周回り、山を越えるころには足が痛く、膝もがくがくと震えてきおった。

「だめじゃ。このつづらは重すぎるわい。どこかで休まんことにゃ」

峠まで来ると、太い丸太が転がっておった。ここまで来ればあとは下り道だけじゃ。じいさん

はつづらを下ろし、丸太に腰掛け、手拭いで汗を拭いた。つづらに描かれておる雀をじっと見ていると、昨日の不思議な感じが胸によみがえってきたんじゃ。

雀の顔をした女児たち。舌を切られてしゃべるのもままならんチイコ。美味い料理に酒、楽しい踊り……。あれは、まことにあったことなのじゃろうか。ひょっとして長い夢を見ておったんじゃなかろうか。しかし、現にここにつづらはあるわけで……。

と、そのときじゃった。

ぐらり、ぐらり。

初めは、めまいが起きているのじゃと作兵衛じいさんは思うた。じゃが、風もないのに周囲の木々の幹が左右に揺れ、小石がころころと山肌を転がっていくのを見てわかった。

「地震じゃあ」

じいさんは飛び上がった。つづらを背負い、転がらんばかりの勢いで山道を下っていった。草原の中の道も、小走りで進んでいく。つづらの重さも、足の痛みももうどうでもよくなっておったんじゃ。

やがて村はずれの、牛吉の家が見えてきた。作兵衛じいさんは足を止めた。

もおおう。いつものののどかな調子の牛の鳴き声が響いておる。家は傾いておらんし、騒いで外に出ている村人もおらん。

「……思ったより大きな地震じゃなかったのかもしれんのう」

周囲の木々が揺れに揺れたから、焦ってしまっただけなのじゃ。ほっとするなり、作兵衛じいさんは喉が渇いてきた。

牛吉の家には冷たい水の出る井戸がある。昨日は涸れかけておると牛吉は言うておったが、一杯飲むくらいの水ならあるじゃろう。

作兵衛じいさんは牛吉の家の前まで来ると、どんどん、どんどん、と戸を叩いたんじゃ。

「おおい、牛吉。わしじゃ、作兵衛じゃ」

返事がない。おらんのかと戸に手をかけると、難なく開いた。

中には誰もおらなんだ。そして、ひどく散らかっておった。鍋釜やら茶碗やら、箒《ほうき》やら笊《ざる》やら蓑《みの》やら……そこらじゅうに散らばっておって、所々、囲炉裏《いろり》の灰をかぶっておる。

「なんじゃこりゃ。牛吉が暴れたんかいのう」

親に先立たれてからというもの、牛吉は一人暮らしじゃ。いったい一人で何を暴れたのか。

「ああいや、違うわい。さっきの地震じゃ。揺れて、部屋にあったものが散らばったに違いない」

謎が解けたと思うたら、作兵衛じいさんは喉の渇きを思い出した。

「牛吉」

声をかけながら中に入ると、裏口がわずかに開いておるのに気がついた。裏口から出ていくと、径四尺（約一・二メートル）ほどの井戸があって、向こうに牛小屋が見えた。小屋の中では黒い牛が三頭、くちゃくちゃと飼い葉《は》を食んでおって、草の上には黒い盥が放り出してある。

そして、見覚えのある小柄な若者が、井戸の中を覗いておった。

「花蔵か」

「ひっ」

若者は小さく叫び、作兵衛じいさんのほうを向いた。

みかん色の頭巾に、ちょろりと伸びたあごひげ。やっぱり庄屋の息子、花蔵じゃ。

「作兵衛さん……」

「牛吉がどこにおるか、知らんか」

「う……牛吉さんに、何の用ですか」

なぜか花蔵は、額に玉のような汗を浮かべておる。顔色もまるで氷のように真っ白じゃ。

「水をもらいたいと思うての。わしゃ、雀のお宿から歩いてきて、もう、喉がからからじゃ」

「雀のお宿というのはなんです？」

「このあいだまでわしと一緒に暮らしておった雀のチイコがな……」

「あ、いえ、申し訳ありませんがその話、長くなるようならけっこうです」

花蔵が手を差し出して話をさえぎる。作兵衛じいさんも喉が渇いて話しとうなかったもんで、安心したんじゃ。

「私は用があるので帰ります」

花蔵はそう言って、作兵衛じいさんの返事を待たず、牛吉の家をぐるりと迂回するようにして去っていった。

相変わらず馬鹿丁寧なわりにようわからん若者じゃと思うたが、喉が渇いてそんなことを気にしている場合ではない。牛吉にはあとで断ればいいと、作兵衛じいさんはまず、雀の絵の描かれた中くらいのつづらを背中から下ろした。これだけでだいぶ楽になるもんじゃ。それから井戸の端に置いてあった釣瓶桶を井戸の中にじゃぼんと落とし、水を汲み上げたんじゃ。

その後は柄杓《ひしゃく》をさがすのももどかしく、作兵衛じいさんは桶から直接水を飲んだ。その水の、うまいのなんの。

「ふうい、生き返ったわい」

ところが作兵衛じいさんは、口の中に何か糸のようなものが引っかかっとるのに気づいたんじゃ。指を入れて引き出してみると、それは、白い毛じゃった。

「なんじゃ、白髪か？　誰の白髪じゃ」

そう言いながら手拭いで首にこぼれた水を拭き取り、ぎょっとした。赤かったのじゃ。慌てて桶の中に残った水を手ですくうと、これまた、赤い水なのじゃった。

「ど、どういうことじゃ」

作兵衛じいさんは井戸を見た。まさか……。背中がぞくぞくとしてきた。怖かった。しかし、見ないわけにはいかなんだ。井戸の端に両手を置き、おそるおそる井戸の中を覗き込んだんじゃ。

「ひっ……！」

一目見てすぐにわかった。地上から十尺ばかり下、暗い水面に、誰かがぷかぷかと浮いておる。男じゃった。

「牛吉か」

間違いなかろう、と作兵衛じいさんは思うた。うつ伏せなので顔はようわからんが、着ておる物にも見覚えがある気がする。

「おい、牛吉」

呼びかけたが、返事はなく、髪が水草のように漂っているのじゃった。

「たたたた、大変じゃあ」

作兵衛じいさんは飛び上がり、自分の家まで一目散に走った。

「ばあさん！」

家に飛び込むと、千代ばあさんが睨みつけてきた。

「なんじゃ。一晩帰ってこんから、死んだと思うて、どうやったら葬式を安くあげられるもんか考えとったところじゃ」

「チイコのところに行ってきたんじゃ。いや、そんなことはどうでもええ。牛吉が死んどる」

「何を言っておるんじゃ。どこぞで酒でも飲んできたんじゃろうが」

「だから、雀のお宿に泊まってきたんじゃて。ほら、こうして土産も……」

と背中のつづらを見せようとして、はたと作兵衛じいさんは気づいた。井戸から水を汲もうとしたとき、雀の絵の描かれたつづらを下ろしたんじゃった。井戸の中の死体を見て度肝を抜かれ、慌てて帰ってきてしまったため、置き忘れてきたんじゃ。

約束を破ると、恐ろしいことになります——。

チイコのそばにいた小さな雀が、耳元でささやいた気がしたんじゃ。

「おい、ばあさん、とにかく来てくれい」

作兵衛じいさんは千代ばあさんの手をひっつかみ、牛吉の家へと急いだ。

——大変じゃ、大変じゃ。もしつづらを誰かに拾われてしまったら、わしはあれを捨てたことになってしまう。そうなったら「恐ろしいこと」に……いや、それよりも「けっして途中で捨てたりはせん」というチイコと交わした約束を破ったことになってしまう。

正直に生きてきた作兵衛じいさんには、それはできないことじゃった。

「こっちじゃ」

牛吉の家をぐるりと回り、裏手の牛小屋の近くにある井戸へ近づいていく。

つづらは、あった。

間違いない。雀が描かれた、中くらいの大きさのつづらじゃ。作兵衛じいさんはそのつづらに思わず飛びついたんじゃ。

「すまなんだ。すまなんだ、チイコ。捨てて帰ったわけじゃない。しばらくのあいだ、置かせてもらっただけなんじゃ。だからほれ、こうして取りに戻ってきたんじゃ。けっして、捨てたわけじゃないんじゃ」

「やっぱり、頭がおかしゅうなったんか」

振り返れば、千代ばあさんは井戸の端に手を置いて、すっかり白けておる。

「それより、牛吉どんが死んどるというのはどういうことじゃ」

「あ、ああ、そうじゃ。その井戸の中におるじゃろ」

千代ばあさんは井戸の端に両手を置き、ひょいと中を覗いた。

「誰もおらん。水が見えるだけじゃ」

「な、なんじゃと？」

作兵衛じいさんは慌てて井戸の端に飛びついた。中を覗いたが、ばあさんの言うとおり、暗い水面が見えるだけ。牛吉の死体などありゃあせん。

「お……お……」

顔を上げてきょろきょろと周りを見回す。牛小屋はある。三頭の牛もおる。釣瓶桶の形も同じ。そして何より、雀が描かれた中くらいのつづらも作兵衛じいさんの置いた場所からまったく動いておらん。ついさっき来たばかりの牛吉の家の井戸に間違いない。

「どこにいったんじゃ……牛吉は……」

と、ふと妙な違和感を覚えたんじゃ。牛小屋の前の草の一部が、丸く押し潰されておる。径は四尺ほど。まるでそこに、何かが置かれておったかのように。

「あった……たしかに何かがあったぞここに。いったい何があったんじゃ……」

一生懸命思い出そうとした作兵衛じいさんじゃったが、だめじゃった。

「じいさん、ほんに大丈夫か」千代ばあさんは呆《あき》れるのを通り越し、心配すらしているように言った。

「雀のお宿なんて、妙なことも言い出すしの」

「そ、それは本当の話なんじゃ。これが証拠じゃ」

つづらの蓋を叩いて、作兵衛じいさんは昨日から今日にかけてのことを語った。すると千代ばあさんの顔は、みるみるうちに真っ赤になったんじゃ。

「何をしとるんじゃ、じいさん！」

ばあさんはどすんと足を踏み鳴らしたんじゃ。

「そんな不思議な宿から持ち帰ったのなら、お宝がぎっしり詰まっとるにきまっとるじゃないか」

「そうかもしれん。ま、牛吉のことはわしの見間違いじゃったかもしれんの。つづらを帰って開けてみようじゃないか」

「わしは、なんで、中くらいのつづらを持って帰ってきたかと言っとるんじゃ。大きいつづらを持って帰ってきたら、もっとお宝が入ってたということじゃろうが。虎の絵が描いてあったんじゃと？　いかにも、一生遊んで暮らせるだけの宝物が入っていそうじゃないか！」

「一生……って。わしらにはもうそんなに余生は……」

「なんちゅうひ弱な考えじゃ。若いころから、正直なだけで情けない男じゃと思うておったが、年老いてよりひどくなりおった。せっかくお宝がたんまり手に入るというのに、中くらいのつづらなんて、中途半端な！」

年にかかわらず、女はほんに欲深い。もっと得できたかもしれない。一度そう思うともう、小さな幸せなどどうでもよくなってくるんじゃ。

「大きいつづらっ！　もっともっとたくさんの、満杯の宝物っ！　宝を手に入れなくて何が余生じゃ。わしの宝、わ・し・の、た・か・ら！」

両手を拳にし、井戸の端を殴りつける千代ばあさんのその姿、醜《みにく》いったら醜いったら。

「こうしちゃおれん。わしがその雀のお宿とやらにいって、虎のつづらを分捕ってきてやるわ」

作兵衛じいさんが止める間もなく、千代ばあさんは走っていってしまった。年寄りとは思えんほどの速さじゃった。

じいさんはしばらく呆気《あっけ》に取られていたが、ふと我に返った。ばあさんに雀のお宿の話をする前、何か違和感を覚えていたような気がするが、どっと疲れてそれどころじゃなかった。

牛吉の死体のことは、やっぱり見間違いだったのじゃろう。それより、チイコのくれたこのつづらを、約束通り家に持って帰って開けてみるべと思い、よっこらせと背負って歩きだした。

家に戻り、畳の間につづらを下ろす。蓋を開けると、金銀財宝、珊瑚に真珠、千代ばあさんの言うたとおり、お宝がぎっしり詰まっておった。

「ありがたいのう、チイコ。わしは、お前のその気持ちだけで十分なんじゃ」

目をつむり、雀のお宿におるチイコに向かって、作兵衛じいさんは心の中で語りかけたんじゃ。そのまましばらく、チイコのことを思って目をつむっていたが……

「作兵衛さん」

すぐ背後で声がしたので驚いて飛び上がってしまった。振り返ると、みかん色の頭巾をかぶった花蔵がおった。

「は、花蔵……」

「勝手に上がって申し訳ありません。ところで、このつづらはどうなさったんですか」

さっき牛吉の家で会ったときのそわそわした感じはまったくなく、落ち着いておった。作兵衛じいさんは正直に、すべてを花蔵に話したんじゃ。さすが、庄屋の息子とあって、花蔵はお宝のことを羨《うらや》ましがる様子はなかった。

「そうですか、ということは、千代さんは明日まで帰ってこないということですか」

ちょろりと伸びたあごひげをさすりながら言った。

「わからん。遠いと言って、途中で引き返してくるかもしれんの」

すると花蔵は懐に手を入れ、竹皮の包みを取り出し、作兵衛じいさんに手渡したんじゃ。

「うちの父が作兵衛さんに持ってけと。開けていただけますか」

作兵衛じいさんは包みを開いた。いびつな形の団子が三つ、入っておった。庄屋様からこんなものをもらうのは初めてだし、雀のお宿から帰ってくるあいだ何も食っとらんので、作兵衛じいさんはたいそう喜んだ。

「すぐ食べないと固くなってしまうので、今すぐお召し上がりください」

「そうか。それなら食わせてもらうとするか」

団子をつまみ、口に運ぼうとした。ところがすぐに花蔵の手が伸びてきて、ぱっとじいさんの手首をつかんだんじゃ。

「なんじゃ花蔵。どうして止めるんじゃ？」

「作兵衛さん」花蔵はどことなく恐ろしい顔で、作兵衛じいさんの顔を見ておった。「作兵衛さんは、この村いちばんの正直者で通っています。自分が知っていることを人に問われれば、包み隠さず正直に答えてしまうのでしょうね」

「ああ」と作兵衛じいさんは答えた。「そうじゃ。そうやって、正直に生きてきたんじゃ」

「先ほど牛吉さんの家で私と会ったことも、問われれば話してしまいますよね」

「そうじゃな。……そういえば花蔵よ。わしはさっき、お前が帰った後で井戸の水を飲んだんじゃ。するとな、井戸の中に……」

「その井戸の中に何を見たのかも、問われれば話してしまうんでしょうね」

花蔵の顔はいよいよ険しい。

「そりゃ言う。井戸の中には、牛吉の死体があったんじゃ」

花蔵は口をぽかんと開けた。

「牛吉さんの……はあ、……そうですか」

作兵衛じいさんは先を続けた。

「そうじゃ。だがの、一度家に戻ってばあさんを連れて牛吉の家に戻ったときには、死体は消えとったんじゃ。井戸を覗いても、ただ、暗ーい水面が見えるだけでの。……ああ、じゃけど、牛小屋の前の草がまーるく押し潰されておっての。ちょうど井戸と同じくらいの大きさじゃ。あそこに何かあったはずじゃが、思い出せんのじゃ」

「なるほど、そこまでお気づきで」

花蔵はどことなくほっとしたような顔で、作兵衛じいさんの手首を離した。

「どうしたんじゃ、変なやつじゃの」

「まあ、まずは団子をお召し上がりください。それからお話ししましょう」

作兵衛じいさんは首を傾《かし》げながら、団子を口に放り込んだ。美味いが、甘みの中に、感じたことのない苦みがあった。

「牛小屋の前にはたしかに、あれが置いてありましたよ」

あれというのが何なのか、作兵衛じいさんにはもはや、どうでもよかった。舌が、異様なほどひりひりしてきたからじゃ。

「おい花蔵。なんじゃこの団子は。何が入っておるんじゃ」

「舌切薊ですよ」

「えっ……」

口にすると舌がちぎれんばかりに痛み、食べた者の三人に二人は死んでしまうという猛毒じゃ。

「な、なぜ……」

「作兵衛さんはどうせ思い出してしまうでしょう。それでなくても急場しのぎでしたので」

「何を言うとるんじゃ。そ、そんなことより早う水を汲んできてくれ」

「牛吉さんが、牛を洗うときに使うものですよ」

痛みに悶《もだ》えながらも、作兵衛じいさんは思い出した。

「た、盥じゃ！　あそこには盥が……い、い、痛い。……痛い、痛い、痛い！」

作兵衛じいさんはついに畳に転げた。いっそのこと、この舌を切ってくれと言いたいくらいの痛みじゃ。

「あの盥、真っ黒ですし、井戸の穴にすっぽり入る大きさなのですよ」

冷静な花蔵の言葉が何を意味しているのか、痛みとめまいに襲われながらも作兵衛じいさんはわかったんじゃ。

「た……盥で、死体を隠したんか。……お、お前が……はなぞ……」

ぶぱっ、と、作兵衛じいさんの口から何か赤いものが畳の上に吐き出された。それが血の塊であることを作兵衛じいさんは薄れゆく意識の中で悟ったんじゃ。

「ご名答です。先に釣瓶桶で水を汲んでおき、盥を死体の上に落として水を戻す。これで、上から見たらただの暗い井戸の水面に見えるはず。私の思惑は、うまくいったようですね」

長々と言う花蔵の前で、作兵衛じいさんはもう動いておらんかった。

「申し訳ありません。村の将来のために必要なことなのです」

深々と頭を下げると、花蔵はその家をあとにしたんじゃ。

はてさて、作兵衛じいさんが死なずにすむ道はなかったんじゃろうかのう……。

三、虎

「これにしようかの」

作兵衛じいさんは虎の絵が描かれた、大きいつづらに手を置いた。

「きっと千代ばあさんはわしのことを心配しておるで、その詫びに、たんまり土産を持って帰ってやったほうがええ」

「ほへは、ひひはんはへへふ」

「それは、いい考えです。と申しております」

よっこらせと掛け声をかけてそのつづらを背負う。ある程度は予測しておったが、ずしりと重かった。どこからともなく雀の女児たちが現れ、チイコとともに作兵衛じいさんを竹やぶの入口まで見送ってくれたんじゃ。

「ほひいはん、ひふはへほ、ほへんひへ」

「おじいさん、いつまでも、おげんきで」

手を振るチイコと他の雀たちを見て、作兵衛じいさんは涙がこみあげてきたんじゃ。別れるのはつらいが、チイコも人里で暮らすより、仲間とこの雀のお宿で暮らしたほうがええに決まっとる。

「それじゃあの」

じいさんは手を振り、涙を拭きふき、村へ帰る道を歩きはじめた。

背中のつづらはとにかく重い。梅林を抜けたときにはすでに汗びっしょりで、足を一歩踏み出すのもおっくうになってしもうた。こんなことではいかんわいと自分を叱りつけ、松林を抜けたところに、腰掛けるのにちょうどええ岩があったで、そこでひとまず休んだんじゃ。

少しすると、よっこらせとつづらを背負って再び歩き出した。じゃがすぐ肩も背中も痛くなってくる。どろどろ沼のところまで来たところで、切り株を見つけたんでここでまた一休みじゃ。つづらが重くて足が進まん。

切り株に腰掛け、ぼんやりと空を見上げておったら、さっき別れたばかりのチイコの顔が浮かんできた。舌を切られてかわいそうじゃったのう……。あの不思議な雀のお宿での出来事は本当にあったことかのう……。いろんな思いが頭を通り過ぎていって、ぼうっとしていたんじゃ。

だいぶ長いこと、そうしておった。そのとき。

ぐらり、ぐらり。

体を揺すぶられるような感覚がしてはっと飛び上がった。揺すぶられているのはじいさんではない。大地じゃった。あたりの木々は幹ごと左右にしなり、沼の水面には魚が一斉に跳ねているような異様なさざ波が立っておる。

「地震じゃあ！」

作兵衛じいさんは、千代ばあさんのことが心配になってきた。けっして脆《もろ》い家じゃないが、こんなに大きな揺れでは潰れてしまっとるかもしれん。虎の描かれた大きなつづらをよいしょと背負い、先を急ぐ。山道を上っているうちに膝が震えてきおった。

「あっ」

じいさんはついに、石にけつまずいて転んでしもうた。

「いたたた」

怪我こそしておらんものの、地べたに腰を下ろしてしまうともう立ち上がるのが億劫《おっくう》じゃ。地震ももう収まったし大丈夫じゃろうと痛みが引くまで待って立ち上がり、二度と転ばんように気をつけて下っていく。ふもとに着き、草原の道をしばらくいくと、村の北はずれの牛吉の家が見えてきた。

牛吉の家は潰れてはおらんかった。牛吉のひいじいさんの代から建っているあのおんぼろの家が潰れておらなんだら、うちは大丈夫じゃわいと作兵衛じいさんはほっとした。

もおおう、と、牛の鳴き声もいつものようにのどかなもんじゃ。

ほっとしたら、喉が渇いてきおった。この重いつづらを背負って、山一つを越えてきたんじゃから当たり前じゃ。どれ、牛吉に水を一杯もらおう。作兵衛じいさんはそう思うて戸口のところでつづらを下ろし、どんどんと戸を叩いた。

「牛吉、おい、牛吉」

大声を出したが、牛吉は出てこん。戸を引き開けようとしたが、つっかえ棒がしてあるのか、開かん。

家の裏手に井戸があるのは知っておる。悪いが水を飲ませてもらって、あとで餅《もち》でも持って礼を言いにくればいいじゃろうと、裏手に向かった。

径四尺ほどの井戸があって、向こうに牛小屋が見えた。小屋の中では黒い牛が三頭、くちゃくちゃと飼い葉を食んでおって、草の上には黒い盥が放り出してある。

井戸の端に釣瓶桶が置いてあったで、作兵衛じいさんはそれを井戸にどぼんと落とし、引き上げて水を飲んだ。冷たくて美味い。桶を井戸の端に戻し、首にかけた手拭いで口元を拭ったところで、

「……ん？」

口の中に何かが引っかかった。指を口に入れて取り出してみると、白い毛じゃ。

「白髪か？」

続いて作兵衛じいさんは、口を拭いたばかりの手拭いが赤くなっていることに気づいたんじゃ。

「なんじゃ、こりゃ」

気味が悪かったが、

「おい、作兵衛じいさん」

いきなり名を呼ばれ、どきりとして振り返った。

家の壁に手をつくようにして立っておったのは――牛吉じゃった。

「おらの家で何をやっとるんじゃ？」

黒々とした髪の毛をぐしゃぐしゃと掻きまわしながら、牛吉は訊いてきた。

「おお、牛吉。すまんの、昨日お前さんに教えてもろうた雀のお宿に行って、今、帰ってきたんじゃ？」

「雀のお宿じゃと？」

訊ねながら牛吉はじりじりと近づいてきて、作兵衛じいさんと井戸のあいだに立った。「そん

なもん、本当にあるんかいな」

「あったわい。わしゃそこでチイコに会うことができての、たいそうなもてなしを受けて一晩過ごしてしまった。ほれ、戸口の前に虎の絵が描かれた大きなつづらが置いてあったろう。あれはチイコからの土産じゃ」

「ほ、ほうか」

牛吉の様子はどこかおかしかった。額に汗を掻き、目が泳いでおる。

「牛吉、わしは急いで帰ってきたで、喉が渇いてしもうた。水をもらおうと思うたが、戸を叩いてもお前が出てこんので、勝手に飲ませてもろうた。悪かったの」

「あ、ああ……気にせんでええ」

「ところで、その水を飲んだあと、口の中に毛が残っての。これは誰の……」

「牛の毛じゃ」

牛吉は遮《さえぎ》るように言った。両手を開き、作兵衛じいさんを井戸に近づけまいとしているようにも見えた。

「牛の毛じゃと？　そうか。でも、口元を手拭いで拭いたら赤くなっての……」

「実は今朝、牛を洗った水を間違えて井戸に戻してしもうての。赤土が混じったんじゃろ」

「なんと」作兵衛じいさんは口元に手を当てた。「それじゃったらわしはまた、牛を洗ったあとの水を飲んだということか」

「……すまねえな」

牛吉は額の汗を拭きながら、ごくりと唾を飲んだんじゃ。

「ところで作兵衛じいさん、一晩家を空けたんなら、早う帰ってやったほうがいいんじゃないか。千代ばあさん、きっと心配してるぞ」

「おお、そうじゃった。それじゃあ、水を飲ませてもらった礼に、あとで餅でも持ってくるで」

「気にせんでええ。しばらく、来んでええ」

「遠慮するでねえ、牛吉」

作兵衛じいさんは表に戻り、よっこらせと大きなつづらを背負った。重いが、家まではあと少しじゃ。

牛吉の家を出たところで、みかん色の頭巾をかぶった若者と出くわした。庄屋の息子、花蔵じゃ。

「おい、花蔵」

「さ、作兵衛さん。牛吉の家に、何かご用でしたか？」

花蔵は、目をぱちくりさせ、ちょろりと伸びたあごひげに手をやりながら訊いてきたんじゃ。

「いや、ちょっと喉が渇いたで水をもらったんじゃ。ああそうじゃ花蔵。今日はこの家の井戸水は飲まんほうがいいぞ。牛を洗った水を戻しちまったとかで、白い毛は浮いとるし、まるで血がまじったみたいに赤い」

「そ……」花蔵はなぜか着物の胸のあたりをぎゅっと抑えたが、「そうですか。……ありがとうございます。お気を付けて帰ってください」

作兵衛じいさんはうなずき、家への道を急いだんじゃ。

「ばあさん、すまんの。今戻ったぞ」

じいさんが畳の間につづらをどすんと下ろすと、千代ばあさんは怪訝《けげん》そうにそれを見た。

「一晩帰ってこんから、死んだと思うて、どうやったら葬式を安くあげられるもんか考えとったところじゃ。なんじゃ、こんな大きなごみを持って帰って」

「ごみじゃない。土産じゃ。雀のお宿に行って、チイコにもらったんじゃぞ。どれ、開けてみようの」

蓋を開いて、作兵衛じいさんは驚いた。大判小判に真珠に珊瑚、きれいな錦に由緒のありそうな刀剣……まばゆいばかりの財宝がぎっしり詰まっておったんじゃ。

「こ、こ、これは……どういうことじゃ」

千代ばあさんは気を失いそうじゃった。作兵衛じいさんはその背中をさすりながら、雀のお宿のことを話して聞かせたんじゃ。

「ありがたいのう、チイコ。わしらが豊かに暮らせるように、こんなにお宝を。重かったけど、いちばん大きなつづらを選んだ甲斐があった。そうじゃろ、ばあさん」

作兵衛じいさんが心底から言うが、千代ばあさんの顔は険しい。きっ、と作兵衛じいさんを睨みつけたかと思うと、

「この、ろくでなしめ！」

と突き飛ばしたんじゃ。作兵衛じいさんは床に手をついた。

「痛い。何をするんじゃ、ばあさん」

「なんでつづらを三つとも持って帰らなんだ？」

「なんじゃと？」

「三つのつづらには三つとも、お宝がぎっしり詰まっとったちゅうことじゃろ。三つ持って帰れば、もっともっとお宝が手に入ったというのに！」

ほんに女の欲というのは極まりのないものじゃ。顔を真っ赤にして、頭から湯気を出して、どすどすと畳を踏み鳴らすその姿、恐ろしいったら恐ろしいったら。

「あの雀、わしらに恩がありながら、三つの中から一つ選ばせるなんてケチくせえことを。三つともよこさんかい。わしが今から行ってあとの二つも分捕ってきてやるわい」

千代ばあさんは息巻いて戸口へと走っていく。作兵衛じいさんはそれを止める間もなかったんじゃ。

「……まあええ。いくら欲深い千代ばあさんでも、あの長い道のりは歩けまい。そのうち頭を冷やして帰ってくるじゃろ」

作兵衛じいさんはそう思って腰を下ろした。すると、長い道のりを歩いてきた疲れがどっとあふれ出てきたんじゃ。

「ああ、眠い。少し、横になるかの」

畳の上に寝ころぶと、すぐにうとうとしてしもうた。

…………

「……さん。作兵衛さん」

名を呼ばれてはっと身を起こすと、そこにはさっき牛吉の家の前ですれちがった花蔵がいた。

「花蔵」

「作兵衛さん。勝手に上がってすみません。千代さんはどうなさったのですか？」

よっこらせと作兵衛じいさんは身を起こし、雀のお宿に行ってきたこと、つづらをもらってきたことなどを話した。

「それではあさんは、わしの真似《まね》をして、雀のお宿へ行ってしもうた」

「それなら、千代さんはしばらくはお戻りにならないと」

「さあ、ようわからん。雀のお宿は遠いから、あきらめて戻ってくるような気もするし、あのばあさんのことじゃから、本当に残り二つのつづらを持って帰ってくるかもしれん。……それはいいんじゃが、花蔵、何か用事か」

「うちの父が、これを作兵衛さんにと」

花蔵が懐から出した竹皮の包みを解くと、白い団子が三つ、入っていた。千代ばあさんと一緒に食べさせてもらうと言うたが、今すぐ食べなきゃ固くなってしまうと花蔵が言うので、ありがたくいただくことにした。

ところが、団子を一つつまんで口に入れようとしたところで、花蔵はぱっと作兵衛じいさんの手首をつかんだんじゃ。

「作兵衛さんはこの村ではいちばんの正直者で通っています。自分が知っていることを人に問われれば、包み隠さず正直に答えてしまうのでしょうね」

妙に思うたが、「ああ」と作兵衛じいさんは答えたんじゃ。

「そうじゃ。そうやって、正直に生きてきたんじゃ」

「さっき牛吉さんの井戸で水を飲んだとき、白い毛が口の中に残ったとか」

「そうじゃ。それに、水が変に赤かった」

それが牛を洗った水を戻したものだというのはさっき話したはずじゃが……と作兵衛じいさんが思っていると、

「そのことを、話さないでくださいとお願いしても、村の誰かに問われれば、正直に話してしまいますよね？」

「そうじゃな。嘘は言えん。じゃが、誰が何のために、そんなことを問うんじゃ？」

するとと花蔵はちらりとつづらのお宝に目をやり、握っていたじいさんの手首を離したんじゃ。

「どうぞ、召し上がってください」

「変なやつじゃな」

作兵衛じいさんは団子を頰《ほお》ばった。甘みの中に、感じたことのない苦みがあった。

「これだけのお宝があるなら、お金で口止めするのも無理でしょう」

花蔵はわけのわからないことを言いながら立ち上がる。作兵衛じいさんは舌がだんだんひりひりしてきた。

「おい花蔵。なんじゃこの団子は。何が入っておるんじゃ」

「舌切薊ですよ」

「えっ……」

口にすると舌がちぎれんばかりに痛み、食べた者の三人に二人は死んでしまうという猛毒……

作兵衛じいさんはめまいを覚えた。

「な、なぜじゃ」

「作兵衛さん、牛を洗ったくらいで水が赤くなると思いますか？　お知らせせずにお別れするのは忍びないので教えます。あれは、血ですよ」

「血、じゃと……ああ、痛いっ」

舌が痛くてたまらん。畳に転げ、のたうち回る。いっそのこと、この舌を切ってくれと言いたいくらいの痛みじゃ。

「牛吉さんが飼っているのは三頭とも黒牛です。白い毛の牛などいませんし、牛には白髪など生えないんです」

「それがどうし……いや、どうでも……ええ。花蔵、助けて……く……れ」

「死体の着物についていた毛が、水に浮いたのでしょう」

「はな……ぞ……う……」

意識の薄れゆく作兵衛じいさんの顔を見下ろしてため息を一つ吐くと、花蔵は言うたのじゃった。

「──白玉の毛です」

四、真相

「ごめんください、ごめんください。牛吉さんはおられますでしょうか」

「ん……なんじゃ、花蔵どんか」

「そうです。相談したいことがあってまいりました」

「まあいい、入ってくれ。……ん、なんだ、ずいぶん人目を気にしとるな」

「ええ。人に聞かれては困る話なので」

「そんなにびくびくせんでも、戸締りをすれば大丈夫だ。……そう、それでええ。……そうだ花蔵、聞いてくれ。さっき馬鹿正直の作兵衛じいさんがな……」

「すみませんが牛吉さん。もう少し、小さな声で話せますか？」

「ん？　これくらいでええか」

「はい」

「それでな、作兵衛じいさん、飼っておった雀が逃げ出したとかでおろおろしながら探しとったんだ。ちょっくらからかってやるべと思って、牛を洗った水を飲み干したら教えてやるなんて言ったら、じいさん、本当に飲み干しよった。おら、困ってよ、子どものころにばあちゃんに聞いた雀のお宿の話をしてやったんだ。そしたらじいさん、すっかり信じて出かけていきよった」

「それはそれは」

「山を越えて、沼を半周して、松林と梅林を抜けた先の竹やぶだぞ。あのじいさんが行けると思うか」

「さあ、どうでしょう」

「……面白くねえか」

「いえ、そんなことはないのですが」

「どうでもいいが、その丁寧なしゃべり方はどうにかならんか。あんたは庄屋さんの息子だで、調子が狂う」

「そういうわけには。特に牛吉さんは、村にとって大役である牛の世話をされているお方ですので」

「わかった。しかしなんだ、相談なんて。庄屋どんのとこの代掻きはもう終わったろう」

「牛のことではないのです。実は……牛吉さんが人間の女に興味がないということを見込んで打ち明けるのですが」

「ん？」

「お綾を殺したのは、私なのです」

「な……」

「そんなに恐ろしい顔をしないで、話を聞いてください。私は、前々からあの女はこの村にとってよくない者だと思っていたのです。あの女のもとに男たちが行くことで、仲の悪くなる夫婦が多い。骨抜きにされた独り身の男の中には、畑仕事に身が入らず、年貢を納められぬ者がいます」

「ん。ああ」

「かくいう私の父もお綾のもとに通っていたときがあって強く言えぬのです。見かねた私は先日、お綾の家へ行き、これ以上村の男をたぶらかすのをやめてくれとお願いしたのです。するとあろうことか、あの女は私を誘惑しようとしました」

「ん。まあ、お綾の考えそうなことだ」

「そのとき、信じられないことが起こりました。私の体に、汚らわしい反応が起きたのです。私はお綾にそんな思いを抱くことはけっしてあるまいと思っていったのに。私は、私は……」

「落ち着け花蔵。その反応は、男としては当たり前のことよ。牛だって、そういうのがなけりゃ子どもを作れねえ」

「しかし、私は自分が汚らわしく感じてしょうがありませんでした。私は外へ逃げました。お綾は追ってきて、私の手をつかみました。固まる私の耳に息を吹きかけ、私の首筋に指を這わせ……これ以上自分の体に汚らわしいことが起きるのが我慢できなかった私は、お綾を突き倒しました。お綾はそこにあった石に頭を打ちました。私はその石を拾い上げお綾の頭に叩きつけたのです。何度も、何度も。気づいたときには、お綾は動かなくなっていました」

「ん」

「翌日、お綾の死体が見つかったと報告を受けて、何も知らない顔をしてその場に行き、他の男たちとともにお綾を悼《いた》むふりをしました。葬儀も、むしろ私が指揮を執ったくらいでした。それでいて私は後悔していません。あの女がいなくなったことで、男たちは自分の女房だけを愛し、仕事に専念でき、村の政《まつりごと》はうまくいく。そう信じているからです。おかしいでしょうか」

「いいや、おかしくねえ。実のところ、おらも思っていたのよ、お綾がいねえほうがいいんじゃねえかって」

「それを聞いて安心しました。ですが、牛吉さんのように考える方は少ない。男たちはみな、お綾を殺した者を見つけてひどい目に遭わせたうえ、殺してやろうと息巻いています」

「んだな」

「……昨日のことです。私のもとに、苗五郎さんがやってきました。そして、『うちの白玉が拾ってきたんだ』と、私に頭巾を見せました」

「頭巾？」

「私が、お綾を殺した夜に失くした浅黄色の頭巾です。お綾の血がぶちのようについていました」

「まずいな。それが明るみになったら、あんたは村の男どもに殺されちまう」

「苗五郎さんもそう言いました。そして私に見返りを求めたのです。いくばくかのお金を渡して今のところは黙ってもらっていますが、いつ男たちに話すかと思うと」

「あいつは信用ならねえ。だめだ。あんたは次の庄屋としてこの村を盛り立てる身だ。絶対に知られてはなんねえ」

「ありがとうございます。つきましては私に一つ思うことがありまして、牛吉さんに助けてほしいのです」

「なんだ」

「苗五郎さんをこの家におびきよせて、殺すのです」

「この家で？　どうしてだ？」

「死体を消すためです」

「まったくわからん」

「牛吉さんのところの井戸、ここのところ涸れかけていると聞きます。いっそのこと、別のところに新しい井戸を掘りましょう。牛の世話のためと言えば、みな、納得して力を貸してくれます。そうと決まれば古い井戸は用なし。土砂を放り込んで埋めてしまえば、そこに何があるのかわからなくなってしまいます」

「ああ、苗五郎の死体を井戸に放り込むってんだな」

「そうです」

「なるほど……おらに打ち明けたからには、あんたも命がけってことだな」

「はい。牛吉さんが村のみなさんに真相を話してしまえば、私は終わりです」

「そんなことするもんかい。おらは馬鹿正直の作兵衛じいさんとはちがう。正直がいつも、物事を正しいほうへ導くとは限んねえ。もう十年もすれば、あんたの親父さんも隠居して、あんたが庄屋になるだろう。そうなりゃ、この村ももっと安らかになるべな」

「お約束します」

「よし。やってやるべな」

「ありがとうございます」

「いつだ、苗五郎を殺すのは」

「早いほうがいい。明日はどうでしょうか」

「よし、任せとけ。明日の昼、おらが苗五郎を呼び出しとく。おめえはそれより先に来て、待ってるんだ。ええな」

「わかりました」

＊

「……やったな、花蔵」

「……やりましたね、牛吉さん」

「首を絞めると、こんなにも簡単に人は死んでしまうもんなんだな」

「苗五郎さん、ずいぶん暴れましたからね。こんなに散らかってしまって、すみません」

「そりゃええ。あとで片付ければ……ん、なんじゃなんじゃ」

「揺れてますね」

「こ、こりゃ、でかい……わあ、助けてくれ」

「たしかに……」

「わあ、わああ、苗五郎の祟《たた》りじゃ」

「落ち着いてください、牛吉さん。大声を出さないで。ほら、もう収まりました」

「ああ、あああ……」

「しっかりしてください。人に聞かれたらどうするんですか」

「ああ、すまねえ」

「まだ仕事は残っています。苗五郎さんを井戸に放り込むんです」

「そ、そうだな。こんな目でずっと見られていたんじゃ、気味が悪い。花蔵、お前、足を持て。

俺は脇の下に手を入れて、こいつを持ち上げるでな」

「はい。お願いします」

五、女か、雀か、虎か

むかしむかしあるところに、死体がひとつ転がっておった。

舌切薊という毒草を使った団子を食わされ、血を吐いて倒れておった。

死体は作兵衛という名で、村一番の正直者じゃったが、その正直さゆえに、花蔵という若者に殺されたんじゃ。

作兵衛じいさんはその前の晩、村からずっと北に行ったところにある雀のお宿で……

……およ。

作兵衛じいさんの手が、ぴくりぴくりと動いておる。

畳に手をつき、頭をもたげよった。

「うう……」

両手で体を支え、起き上がった。

そして、右手で口元を拭い、自分が血を吐いたことを悟ったんじゃ。

「……花蔵め」

その目は血走っておる。

作兵衛じいさんは死の間際、思い出したんじゃ。

チイコを助けた日、白玉を抱きかかえる苗五郎の懐に見えていた、浅黄色の布。手拭いかと思うとったが、違う。あれは、花蔵の頭巾じゃ。そして、赤黒く見えていたぶちのようなものは、お綾の血じゃろう。

――花蔵はお綾を殺したが、そのときかぶっていた頭巾を苗五郎に握られたんじゃ。ゆすられた花蔵は苗五郎を殺すことにし……どういうわけか、わしがそれに気づいたと勘違いしたんじゃ。知っておることを問われたら正直に答えてしまうだろうと、わしにしつこいくらいに訊いとった。

口止めができんことを確認したうえで、わしに毒団子を食わせたんじゃ。

なぜじゃ。なぜ、正直に生きとったわしが殺されなきゃならなんだ……

「……許せん……花蔵」

作兵衛じいさんは立ち上がり、よろよろとつづらのほうに歩いていった。大判小判に真珠に珊瑚、きれいな錦に……由緒のありそうな刀。

作兵衛じいさんはその刀を引っ張り出し、すらりと抜いて鞘《さや》を捨てた。ぎらりと光る刃。切れ味がよさそうじゃ。

「切ってやる……舌といわず」

思ったことには正直なのが作兵衛じいさんじゃ。

「切り刻んでやるっ！」

そのまま戸口へ走り、家を出ていった。

舌切薊は、食うた者の三人に二人の命を奪ってしまう猛毒。三人に一人は助かることもあるんじゃな。

さっきまで作兵衛じいさんが倒れとった部屋には、雀のお宿から持ち帰ったつづらが残されておる。

つづらに描かれているのは、女か、雀か、虎か――。

三年安楽椅子太郎

一、

「ははぁーっ。お殿様、私のような者をお招きいただきまして、ありがとうごぜえますぅ」

なえは両手をつき、畳に額をこすりつけている。こんなにいい匂いのする畳ははじめてだ。

「よいから、面《おもて》を上げるのじゃ」

恐る恐る顔を上げた。左手には桜や藤の描かれた襖《ふすま》。右手は濡れ縁の向こうに広がる立派な庭園。枝ぶりのいい松の葉にのどかな春の陽光が降り注ぎ、そよ風に乗って蝶《ちょう》がひらひらと飛んでいくのが見える。

なえの正面には小高く畳が積まれ、金の屏風《びょうぶ》が置かれている。その屏風の前に、脇息《きょうそく》に凭《もた》れ、金魚のように目をきょろきょろさせた、ちょんまげのお殿様がいた。魚井戸信照《うおいどのぶてる》といって、なえの住む村はこのお殿様が治める国にある。お殿様の前にある三方には団子や餅が積まれている。

また、お殿様の両脇には、力強そうなお供が一人ずつ、太刀を携えて控えていた。

「ははぁーっ。立派なおひげですねえ」

なえが褒《ほ》めると、お殿様は閉じた扇子《せんす》で自分のひげを撫《な》でてみせた。

「余の自慢のひげじゃ」

「お殿様にお目通りしたなんて言ったら、おっとうもおっかあも、きっと目を回してしまいます。こんな汚れた身なりで、すみませんです」

「気にするでない。そのほう、名は何という」

「なえと言います。年は十と二つになります。おっとうもおっかあも、朝起《あさおき》村の百姓です。朝起村は知ってますか」

「城より半里ばかり南にある村だ。わが領国内の村のことは知っておるぞ。ときになえよ、そのほう、枕山《まくらやま》の小屋に住む不思議な男と知り合いだそうだが」

「そうです。太郎《たろう》さんのところには、去年の秋からちょくちょく通っていたので、ここのところいちばんしゃべってるのは、私だと思います。太郎さんのおっかあよりもです」

「余はその太郎のことを知りたい。まず、なえと太郎との出会いから聞かせよ」

「はあ、出会いですか。あれは去年の十月のこと。私は栗を拾いに、枕山に行ったのですが……」

なえは思い出し思い出し、その日のことをお殿様に話しはじめた。

＊

その日、なえは栗を拾いに枕山に行ったが、もう他の人たちに採りつくされてしまって、落ち葉を掻《か》きわけても全然見つからなかった。それでつい、崖に近いので行くなと言われているほうに足を延ばした。

そこは誰も来ていないと見え、あたり一面に栗が落ちていた。夢中になって拾いながら歩いていると、いつの間にかおんぼろの小屋の前に立っていた。

壁には穴があき、藁《わら》ぶき屋根も半分くらい落ちて、人なんて住めっこないと思えるくらいのあばら家だった。疲れていたなえは、少し休ませてもらおうと中に入り、驚いた。

見たこともない椅子が一つあった。頑丈な木でできていて、肘を置く台がついていて、足は刀みたいに反り返っていた。こちらに背を向けて体の大きい人が座り、ゆーらゆら、ゆーらゆらと、椅子ごと揺れていた。

「だ、だれ……」

あとから考えたら、勝手に入り込んだのはなえのほうだが、そのときはそんなことを考えなかった。

「名前なんてねえ」

低い、男の声が返ってきた。太郎という名を後で知ることになるが、名のない人なんているんだなあと、なえはそのとき思ったのだった。

「何をしに来た」

今度はその人が訊いてきた。栗を拾いに来たことと、休ませてもらいたいということを話した。

「勝手にするがええ。そこに箱があるから」

なえは壁際にあった木の箱を引きずってきて腰かけ、水筒の水を飲んだ。しばらくそうしていたら、その人としゃべりたくなった。おっかあにもおっとうにも、「口から生まれてきたんでねえのか」と言われるくらい、なえはおしゃべりが好きなのだった。

「朝起村の人ですか」

「いんや、もとは尾眠《おねむり》村のもんだ」

朝起村から枕山をこえて行ったところにある村だ。

「人づき合いが面倒でな。鉄砲撃ちだった親父の残したこの小屋にこもってるんだ。毎日この椅子の上で考え事をして、ゆらゆら揺れて、もうしばらくで三年になる」

食い物は尾眠村に住んでいるおっかあが三日にいっぺん、持ってきてくれるということだった。

「こんなところでこもってて、つまんなくねえですか」

「つまんなくねえ」

「私がおしゃべり、しましょうか」

「しなくていい」

「真白山《ましろやま》の雪女の話、知ってますか」

「……くだらねえ、むかしばなしだろ」

このあたり一帯は冬になると雪深くなる。枕山よりずっと険《けわ》しくて高い真白山の雪女の伝説はみんな知っている。

「私もそう思っていました。でも違ったんです。朝起村に、巳之吉《みのきち》さんっていう木こりがいるんですが、そのお嫁さんが、雪女だったんです」

「なんだと?」

気を引かれたようだった。なえは嬉しくなった。こうなると、なえの口は止まらない。

「話のおこりは、十二年前です。もちろん私は生まれていませんから、おっとうから聞いた話ですけど。そのとき巳之吉さんはまだ三十歳くらいで、六十歳の茂作《もさく》というおっとうと二人で木こりをしていたんです。ある冬の日、巳之吉さんと茂作さんは二人で真白山に木を伐《き》りに行きました」

「冬に木を伐りに行くのか」

「ええ行きますよ。薪《まき》が足りなくなることもありますし、それに、巳之吉さんは鉄砲玉を集めるのが好きなもんで」

「鉄砲玉だと？」

「鉄砲撃ちが山で撃った玉です。獲物に当たらなかった玉を見つけると、巳之吉さんは拾うんです。雪のときは玉が見つけやすいんで巳之吉さんはむしろ進んで山に行っていたんです」

「ほうか……続けろ」

「はい。その日、二人は木を伐っているうちに暗くなってしまって、山小屋に泊まったんだそうです。ところが次の日、山から下りてきたのは巳之吉さん一人でした。『おっとうが死んでしまった』。青い顔で、巳之吉さんは言ったそうです。庄屋さんと村の人たちみんなで山小屋へ行くと、茂作さんは凍って死んでいました。私のおっとうも茂作さんを運ぶ手伝いをしたのですが、両手を背中に回して、足をくの字に曲げて、目をかっと見開いて、手首も足首も真っ黒になって、それは恐ろしい死体だったそうです」

「ほーう」

男の人は妙な反応をした。なえは続ける。

「巳之吉さんは無事だったのに、何度も山に行ってる茂作さんのほうだけが死んだのを不思議がって、みんな、巳之吉さんに何があったのかを訊きましたが、巳之吉さんは青い顔をして、わからないと首を振るばかりだったそうです。それから二年が過ぎ、……あ、このときはもう私は生まれていましたが、まだ二歳だったんでやっぱりあとから聞いた話です。とにかく、巳之吉さんの家に、おゆきさんという、若い女の旅人がやってきたんです。泊まるところがないというその人を巳之吉さんは泊め、そのままおゆきさんは巳之吉さんのお嫁さんになりました」

「まあ、ここらでは珍しいことではないな」

「そうですね。おゆきさんが来てから巳之吉さんの暮らしぶりはよくなり、それから十年のあいだ、子どもが三人できたんです。私、いちばん上のみぞれちゃんとは年が近くて、よく遊んでです。もちろん巳之吉さんのこともよく知っています。木っ端《こば》で細かい物を作るのが得意で、匙《さじ》とか櫛《くし》とか、そういうものを何度ももらってます。みぞれちゃんは白い花の模様が四つ彫られた可愛い櫛を持っていて、私も欲しいと言ったんですが『一度作ったものは二度作れねえ』って断られてしまいました。そういえば、みぞれちゃんのうちにあがって飯を食わせてもらったこともあります。巳之吉さんっておかしくて、お茶碗のことを『壺』って言い間違えたんですよ。あとでみぞれちゃんに聞いたら、よく言い間違えるんだそうで……」

「おい、なえ」

「はい？」

「それは、雪女と関係あるのか」

「あっ」なえはぺろりと舌を出した。「すみませんです。つい自分のことばっかり」

「話を戻せ」

「はい。あれは九月の頭頃のことでした。みぞれちゃんがわあわあ泣きながらうちにやって来たんです。おかあちゃんがいなくなっちゃった、って」

　そのときのことを思い出し、なえは少し、胸が痛くなる。

「私のおっとうとおっかあは驚いて、私とみぞれちゃんを連れて、巳之吉さんの家に行きました。巳之吉さんはぼんやりしていましたが、私のおっとうが『しっかりしろ』って頬《ほお》を叩くと、話してくれたんです。『実は、おゆきは雪女だったんだ』って」

「巳之吉が自分で、そう言ったんだな」

「そうです。実は十二年前のあの日、茂作さんを殺したのは雪女だったっていうんですよ。山小屋で二人で眠っていましたが、巳之吉さんが寒くて目を覚ますと、戸口のところに髪の長い、白い着物を着た女の人が立っていたんだそうです。女の人は入ってきて、茂作さんのそばにしゃがんで、ふぅっ、て息を吹きかけました。茂作さんの顔は凍ってしまいました。怖い怖いと思っている巳之吉さんのほうに、女の人は顔を向けました。今度は俺が殺される……そう思った巳之吉さんに、女の人は言いました。『**あなたはまだ若いから、助けてあげよう。だが、ここで私を見たことは、誰にもしゃべっちゃいけないよ**』……どうですか。私の雪女の真似《まね》、うまいと思いませんか」

「いいから話を続けるんだ」

　ゆーらゆらと椅子を揺らしながら、男の人は言った。真似に自信があっただけになえは少し残念だった。

「みぞれちゃんが泣いてうちにやってきた前の晩、巳之吉さんは子どもたちを寝かしつけると、いつものようにおゆきさんと楽しく話をはじめたんだそうです。巳之吉さんは、おゆきさんを見ていて、ふと、昔のことを思い出したんですね。というのも、おゆきさんの顔って、茂作さんを殺した雪女そっくりだったそうで。それでつい、雪女の話をしてしまったんだそうです。するとおゆきさんの表情ががらりと変わりました」

「まさか」

「そのまさかです。『**話すなと言ったのに、どうして話してしまったの**』……そこにいたのはまさに、巳之吉さんが山小屋で見た雪女そのものでした。『**正体を知られたからには、私はもうここに住むことはできません。子どもたちを頼みます**』。おゆきさんは戸口を開けました。巳之吉さんは追いかけようとしましたが、戸口から吹き込んできた強い風で体が押し戻されてしまいました。おゆきさんは……いや、雪女は、そのまま巳之吉さんの家を去って行きました。——と、ここまでが巳之吉さんが私たちに話したすべてです」

なえはしゃべりすぎてからからになった喉を水筒の水で潤《うるお》した。男の人はゆーらゆら、ゆーらゆらと椅子を揺らしながら黙っていたが、やがてその椅子がぴたりと止まった。

「巳之吉ってのはずいぶん、悪い男だな」

「え……ええ、まあ。私たちと遊んでくれますが、雪女との約束を破ってしまいましたから」

「雪女の話は嘘だ」

「はい？」

次の言葉に、なえは耳を疑うことになる。

「巳之吉は人を殺した。ひょっとしたら、二人殺しているかもしれねえ」

＊

「はっ？」

　金魚のような目をぐりぐりとさせながら、お殿様はがたりと脇息を倒した。三方の上から団子がころころと転がる。

「巳之吉が人を殺したと、太郎がそう言ったのか」

「そうです。私も、今のお殿様と同じような顔になったと思います」

「そりゃそうじゃろう」

「ですが太郎さんの説明を聞いて私は納得しました。そして、ただただ感心するばかりでした」

「その説明をせんか。早く、早く」

「いいのですが……」

　なえは庭のほうに目を向ける。いつしか日は沈みかけ、あたりは薄暗くなっていた。

「もうそろそろ帰らなければ。あんまり遅くなると、おっとうやおっかあが心配します」

「あ、ああ……そうじゃな。子どもを引き留めるのはよくないの。なえよ、明日も来られるか」

「来られます。私なんてどうせ、畑に出ても役に立てない子どもですので。一日中遊んでいるか、おしゃべりしてるかですから」

「おい」お殿様はお供の一人のほうを見た。「なえに土産をもて」

　お供は恭《うやうや》しく頭を下げて出て行き、やがて米俵や干物などがたくさん運ばれてきた。

「持っていくがよい」

「わあ、こんなにたくさんの食い物、ありがたいです。ところで……そこのお団子も持ってっていいですか」

なえはお殿様が転がしたお団子を指さした。

二、

「遅くなってすみませんです、お殿様」

なえはお殿様の前に来るなり手をついて謝った。

「出がけに赤ん坊が泣いて、おっとうもおっかあも手が離せないから私が寝かしつけねばなりませんでした。私の弟でも妹でもないんですが、まあ、うちが預かることになったんでしょうがなく……」

「もうよいもうよい、面を上げろ。必要なら明日から、子守の得意な者をそちの家に遣《つか》わしてやる」

「もったいねえです。そういうつもりで言ったんじゃないんです」

「早く昨日の続きを話すんじゃ。気になって眠れんかったぞ」

「それはそれは……ええと、どこまで話しましたっけね」

「巳之吉が人を殺した。そう太郎が話したところまでじゃ」

「あっ、そうでした。巳之吉さんは二人殺したと言いましたが、一人は誰かわかりますか」

「わからんが……昨日の話では死体は一つしか出てきておらん。茂作じゃ」

「ご名答です」

お殿様はぐわっと目を見開いた。

「巳之吉は父親を殺したというのか？　根拠は何じゃ？」

「死体の様子がおかしいというのです。うちのおっとうたちが運んだ茂作さんの死体は、足がくの字に曲がり、両手が背中のほうに回ったまま凍っていました」

「こうか」

お殿様は両手を後ろに回し、ごろんと横になって足をくの字に曲げる。両脇のお供が慌《あわ》てるが、なえはぱちんと手を叩いた。

「そうです、その恰好《かっこう》です。そんな恰好で眠るのはおかしいと太郎さんは言うのです」

「たしかに、こんな体勢では眠れん」

「さらに太郎さんは、茂作さんの両の手首と足首が黒くなっていたことについて、何かを焦《こ》がしたあとだと言いました」

「何を焦がしたんじゃ」

「縄です。茂作さんは両手両足を縛られて、小屋の外に出されて凍って死んでしまった。巳之吉さんは朝になって小屋に茂作さんの死体を引き入れ、縄を解こうとしたが、手首に凍《ひ》りついてしまっていた。しょうがないから火のついた枝で縄をあぶり、縄を焼き切った。本当は手足を伸ばしたかったけれど、体が固まってしまって動かせなかったのだと――」

「ううう……」

お殿様はそのかっこうのままごろごろと転がっていたが、

「たしかに、言われてみればそんな気がしてきたぞ。しかしだ」

ぱっと起き上がり、扇子をなえの顔に突き付ける。

「なぜそんなことをする？　巳之吉はどうして父を殺したのか」

「はい」

なえの意識は再び、秋の日の枕山のあばら屋の中に帰っていく。

*

「なんでです？　どうして巳之吉さんは茂作さんを殺したんです？」

「その答えは、巳之吉の妙ちきりんな動きや言葉にある」

椅子の男の人は落ち着いて答えた。

「巳之吉は木っ端で小さな細工品を作るのが得意だった。山で鉄砲玉を見つけたら必ず拾っていた。それに、茶碗を『壺』と言い間違えることがあった」

「そ、それがみんな、何か関係ありますか」

「茶碗のように底の深い器を『壺』と呼ぶ連中がいるだろ。博徒《ばくと》どもだ」

「ばくというと、博打《ばくち》うちですか。はぁー、陶器の中にさいころを放り込んで、出目が丁になるか半になるかっていうあれですか。たしかに『壺振り』っていうんだと、おっとうに聞いたことがありますが……」

「巳之吉は、そういう連中と付き合いがあった。おゆきと結婚したあたりから、ずいぶんと暮らしがよくなったんだろ」

「巳之吉さんが博打で儲《もう》けたというのですか」

「もっと確実に儲かる方法だ。木っ端でいんちきの道具を作り、博打の胴元に売るんだ」

「いんちきの道具というと」

「さいころだ。鉄砲玉を真ん中から少しずらしたところに仕込んでさいころを作れば、鉄砲玉があるほうが下になりやすく、さいころの出目を思い通りに操れる」

「それはずるい！　ずるいです」

なえは両手を拳にして怒鳴った。

「そうだ、巳之吉はずるい男だ。木で作ったさいころは石や貝殻で作ったものよりぼろぼろになりやすい。すぐに新しいものが必要になる。何度も何度も売り続けることで、巳之吉には金が入り続ける」

「はぁーっ」

「巳之吉は十二年前、その商売を思いついた。父親の茂作はそれに反対した。貧乏暮らしにうんざりしていた巳之吉はわずらわしく思い、茂作を殺したんだ」

「雪女の話は嘘だったんですね。えっ、じゃあ、おゆきさんは？」

「本当に道に迷って巳之吉の家に泊まった旅の女だろう。そして巳之吉にころりと騙《だま》されて女房になった。その後、巳之吉は豊かになり、子どもにも恵まれ、何不自由ない生活をした。茶碗をときどき『壺』と言うことを不思議がっていたことから考えて、妻子はいんちきさいころの件を知らず、薪売りの稼ぎだけだと思っていたはずだ」

「それならどうしておゆきさんは、いなくなったのですか」

「何かがきっかけで、いんちきさいころのことを知ったのだろうな。それで巳之吉を問い詰めた。そのあとのことは知らん」

「知らんって……」

「愛想をつかして出ていったか、ひょっとしたら……」

なえははっとした。ひょっとしたら二人殺しているかもしれないと、この人はそう言っていた。おゆきまでも巳之吉は殺したというのだろうか。

「まあ、いずれにせよ、おゆきの姿は消えた。そのままでは、周りの村人たちはみな不思議がる。それで巳之吉が考えたのが、おゆきが雪女だったという話だ。ここら一帯の村々では雪女の話は有名だからな。十二年前の茂作の不思議な死に方を覚えとる者は雪女のしわざと聞いて、却《かえ》って納得したのではないか」

「そういえばうちのおっとうも、『ようやく腑に落ちたわい』と言っていました」

＊

「雪女の伝説を利用して、父親殺しの罪までを葬ろうとしたのか」

ひどいやつめ、とお殿様は扇子を握り潰さんばかりの顔だ。

「なえ、そのほうは村に帰って、庄屋にそれを話したのか」

「はい。ただし太郎さんが『俺のことは言うな』と言いますので、庄屋さんには太郎さんのことは言わず、私が考えたことにしました。私みたいな子どもの言うことを聞いてくれるか心配でしたが、庄屋さんも前からおかしいと思っていたようで、若衆を五、六人引き連れ、巳之吉さんの家にたしかめに行ったのです」

「巳之吉は認めたか」

「初めは白《しら》を切っていましたが、ご城下のお奉行に相談して、博打の胴元どもに聞くぞと庄屋さまがすごむと、青くなっていんちきさいころの件を認めました。そして、茂作さんを殺したことも白状したのです」

「やはり茂作を殺したのか。おゆきのほうはどうじゃ」

「殺していないと言い張りました。いんちきさいころの一件を知られて喧嘩《けんか》になり、家を出ていったきり戻っていないと言いました。それでもとにかく、茂作さんを殺した罪はありますので、巳之吉さんは連れていかれることになったのです。友だちのおっとうなので、私は悲しかったのですが……」

なえが言葉を濁《にご》すと、お殿様の表情は一変した。

「そうじゃな。それはつらかったな」

「はい。おっとうとおっかあがそろっていなくなってしまったみぞれちゃんたちは、村の家々が代わりばんこに面倒を見ることになりました。みぞれちゃんは同じころ、大事にしていた櫛も失くしてしまって、かわいそうでした」

金魚のようなぎょろ目が優しくなる。

「そうか……」

お殿様はしばらく悲しそうに扇子をぱちりぱちりとやっていたが、再びなえに訊いた。

「椅子の男のことは、誰にも話さなかったのか」

「あ、いえ、おっとうとおっかあには話してしまいました。するとおっかあが言ったのです。

『そりゃ、タミさんの息子の太郎さんでしょうよ』って」

「ほう」

「私のおっかあはくるみ餅を作るのが得意で、朝起村だけでなく、近くの村にも招かれて作り方を教えに行くんです。私と同じくおしゃべりが好きで、いろんなことを聞いてくるんで、尾眠村のこともよく知ってるんです。おっかあによれば、タミさんの旦那さんは良吉《りょうきち》っていう腕の立つ猟師でしたが、三年前に死んでしまったそうで。悲しんだ太郎さんは枕山にこもってしまったということでした」

「そういうことであったか」

「『太郎さんはとっても賢いけれど、むかしから他の子どもたちと遊ばない、おかしな子だったんですって』おっかあはそう言って嫌そうな顔をしました。『もういい年になっただろうに、働きもしないで山の中の小屋にこもっているなんて、やっぱり変な子。なえ、もう、その山小屋に近づいちゃだめですよ』って」

「そのほうは何と言った？」

「『はぁい』と返事をしましたが、おっかあの言うことを聞く気はありませんでした。だって、面白いじゃないですか。山の中に三年間も一人でいるなんて」

お殿様はわははと笑った。

「なえは面白い子じゃ」

話の分かるお殿様だ——と、なえは愉快になる。

「次の日に栗拾いに行くついでに会いに行って、巳之吉さんの話を告げました。おゆきさんのことだけはよくわからないといいうと、『ほうか』といって、椅子を揺らすだけでした」

「変わった男じゃな」

「はい。それからしばらくして、雪が降りはじめたんでなかなか枕山には行けなくなりました。でも正月にひとつ、うちの近くで変なことが起きたんです」

「変なことな」

「はい。どうしてもそれを太郎さんにしゃべりたくなったんで、一月五日に頑張って会いに行ったんです。もう雪が深くて深くて、何度も転んで雪まみれになりましたけどね」

「難儀なことよ。ところで、変なこととはなんじゃ」

「人が一人、爆死したんです」

爆死、という言葉にお殿様は目を剝《む》いた。

「庄屋さんは、それを笠地蔵がやったんじゃないかと」

「待て待て、話がまったくわからんぞ。笠地蔵というのはあれか、地蔵に笠をかぶせた正直者の家に宝物が届けられるというむかしばなしか」

「そうです。お殿様もご存じで」

「当たり前じゃ。このあたりの者はみんな知ってるむかしばなしだが、その地蔵が人を爆死させたとは……早く話せ」

「もちろんお話ししたいと思います。思いますが……」

「なんじゃ」

なえは両手を腹に添える。

「お腹がすいてしまいました。あっ、そういえば昨日くださったお団子、美味《おい》しかったです。お殿様ってあんな美味しいものを毎日食べてるんですか」

「わかったわかった。おい、お前たち、なえに昼飯を持ってまいれ」

三、

ずるずるとその白くて長いものを吸い込み、なえは「はぇーっ」と声をあげた。

「なんですかこの美味《うま》いものは」

「うどんじゃ」

「喉につるつるって入って、いくらでも食べられますねえ。こっちのお皿に載っているこれは……蛇《へび》ですか」

「あなごじゃ」

「聞いたことねえですけど……ああ、柔らかくて舌の上で溶けてしまいますね。ああ、この煮物もすごい。きのこってこんなに美味しくなるもんですか。白飯もこんなにいっぱい。もったいねえです」

しゃべりながらなえは、たくさん運ばれてきた昼飯を、すべて平らげた。

「よく食べたの」

お殿様はあきれ顔である。

「はい。美味しかったです。みぞれちゃんたちにも食べさせてあげたいです」

「それはいいが、そろそろ、話をしてくれぬか」

「あっ、はい。なんでしたっけ？」

はぁっ、とお殿様はため息をついた。

「笠地蔵の話じゃ」

ああそうだった、となえは天井を見上げる。そして、寒かった一月五日、枕山のあばら屋のことを思い出す——。

＊

「うちの近所に丹三《たんぞう》じいさんとおりくばあさんという夫婦が住んでいます」

ゆーらゆらとこちらに背を向けて椅子を揺する太郎さんに向かい、なえは話しはじめた。さっき払ったものの、体のあちこちにまだ雪がついている。

「丹三じいさんは鼻の脇に三角形のほくろがあって、いつもにこにこ笑っています。おりくばあさんのほうも朗《ほが》らかで、『若いころは不器量でいじめられたけれど、年取ってようやく容姿のことを言われなくなったから、ばあさんになってよかったわあ』なんて言うんですよ。気のいい二人ですがとても貧しくて、着ている者もいつもよれよれなんです。大みそかの夜、うちのおっとうもおっかあも、丹三じいさんのところは年が越せるんだろうかと心配していましたが、うちも豊かなほうではないですから、自分たちの家の年越しで精一杯で……」

と、なえは一つ気になった。

「太郎さんは、この家で年を越したんですよね」

「ああ。師走《しわす》から睦月《むつき》に変わって、新しい年を迎えるということがなんだっていうんだ。ただ冬の一日が終わり、次の冬の一日がはじまるだけだ」

「そういうもんですかねえ。……去年の大みそかは雪がすごかったですけど、この山もそうでしたか」

「その窓からずっと外を見ていたが、夜半過ぎにはやんだようだ」

「そうでした。うちも三人でなかなか眠れねえで、夜半過ぎにおっとうが窓を開けて外を見たら、雪はやんでいましたね」

「話を続けろ」

なえはうなずいた。

「元日の朝、目が覚めるとおっとうとおっかあが外で騒いでいる声が聞こえました。私も外へ出てみると、すごく晴れていて、軒下に何本もぶら下がった太いつららにおてんとさまの光がきらきらしていて、まぶしいもんでした。おっとうとおっかあが『あれを見ろ』と私に言ったんです。足跡のまったくない雪っぱらの向こうに、六地蔵って言って、こんもりした小さな丘にお地蔵様が六体、並んでいるんです。その六地蔵のうち五つのお地蔵さままでが、雪がどっさり積もった笠をかぶっていたんですが、ひとつ、いないんです」

「いない？　六地蔵が五つしかないのか」

「はい。いちばん右端に他のよりちっこいお地蔵様がいるはずが、いないんです。私はおっとうとおっかあと近づいていきました。すると六地蔵の前から、何かの跡が東のほうへと続いているのがわかったんです。足跡じゃなくて、何か幅の広い板を引きずったような、あるいは、六地蔵がぴったりあいだを空けずに横並びになって、ずずりと進んでいったようでした。私たち三人はその跡を追いました。しばらく行くと、丹三さんの家が見えてきたのですが、戸口の前にきんきらきんきら何かが光っていました。近くに行ってみてびっくりです。千両箱が積まれ、袋に入った小判があふれんばかりになっています。綺麗な反物《たんもの》や屛風や壺までありました」

「『笠地蔵』そのものだな」

「はい。私たちもそう思いました。おっとうがすぐに丹三じいさんの家の戸を叩きました。出てきたのはおりくばあさんで、宝物の山を見て、『こりゃどうしたことじゃあ』と叫びました。丹三じいさんはどうしたのかとおっとうが訊くと、『昨日、寒い中を町で一日中笠を売り歩いたもんで、風邪をひいて寝込んでしまった』とおりくさんは答えました」

そうそう、面白い話があったとなえは思い出す。

「おりくさんが言うには、おじいさんは一日売り歩いて笠をまったく買ってもらえなかったけど、一つだけ人に渡してきたそうです。その人は『力の出る氷　一粒一両』と書かれた旗を挿した箱を持って、雪まみれになって立っていたんですって。じいさん、氷をやる代わりに笠をくれねえか、と声をかけられ、可哀想になったので笠と氷を交換してやったのだそうです」

「雪の降る日に氷を売るなど。しかも一両だなんて。そんな価値のある氷があるか」

「太郎さんもそう思うでしょ」

なえは思わず笑いをこぼす。本当にお人好しのじいさんだ。

「丹三じいさんは氷と笠を交換してあげて、その氷を食べたんだそうです。『それで風邪をひいちゃったんですよ』とおりくさんが言うと、頭から布団をかぶった丹三じいさんが『余計なことをしゃべるな！』って怒鳴りました」

笑い声が聞こえるかと思いきや、太郎さんはさほど面白くなさそうだった。

「まあいい、先を続けるんだ」

「はい。『ひょっとして、売れなかった笠を地蔵さんにかぶせてやらんかったかね』。おっとうがそう訊ねると、『はい』とおりくばあさんが答えました。『笠は五つしかなかったもんで、いちばん小さい地蔵には、自分の手拭《てぬぐ》いを頰かむりしてやったと言っていましたが、ねえ、おじいさん』とおりくばあさんは家の中を振り返りました。ごほごほという咳《せき》と共に、『ああ』と布団の中から力ない返事がありました」

「丹三の声だったんだな」

「間違いないです。うちのおっとうがその布団に向かって言いました。『この宝物や反物は、あんたの優しさに心打たれた地蔵からのお礼だべ』って。笠地蔵って本当だったんだなと私が思っていたら、『それにしてもいちばん小さなお地蔵さまはどこへ行ったのかしらねえ』とおっかあが。——そのときでした、あのでっかい爆音が聞こえたのは」

「爆音だと？」

太郎さんはびっくりしたようだった。

「はい。火薬が爆発する、どどーんって音です。丹三じいさんの家からさらに東にある、影一《かげいち》さんの家のほうでした。黒い煙が上がって炎が見えました」

「燃えていたのか」

「はい。でも燃えているのは影一さんの家ではなく、家のそばに建てられている小さな厠《かわや》でした。私とおっとう、おっかあ、そしておりくばあさんは急いで影一さんの家に向かっていきました。そのとき私は気づいたのですが、六地蔵から丹三じいさんの家のあいだにあるような跡が、丹三じいさんの家の前から影一さんの家のほうにも続いているんです」

「何かを引きずったような跡だな」

「そうです。お地蔵さまたちは、影一さんにも宝を届けに行ったんだろうか。私はそう考えながら厠の前まで行きました。ごうごうと、それは凄い燃え具合で、近づくこともできませんでした。私ははっとして、影一さんの家のほうへ走りました。軒下の太いつららがぐらぐら揺れるほど強く戸を叩いて名前を呼びましたが、返事がありません。思い切って戸に手をかけると難なく開きました。中には誰もいませんでしたが、壁には、刀とか、鎖鎌《くさりがま》とか、くないとか、水蜘蛛《みずぐも》とか、そういうものがきっちり飾られていまして……」

「待て」

太郎さんはなえの話を止めた。

「その影一というのはなんだ、忍者か」

「さすが太郎さんです」

なえはぱちりと手を合わせる。

「もともと遠くの国のお武家に仕えていた忍者で、三十歳で足を洗って朝起村に流れて来たんです。村の男の子と遊んでいるのを見たことがありますが、身のこなしが軽くて、高い木にもひょいひょい登ってしまいます。剣術も柔術もすごい腕前でした」

「朝起村に来てからは何をやっていた」

「畑仕事です。右も左もわからなかった影一さんに道具を貸したり、種を貸したりといろいろ世話をしたのが、いちばん近くに住んでいる丹三じいさんとおりくばあさんだったんです」

「ふうむ。よし、元日のことに話を戻せ」

「はい。私は壁に飾られている忍者道具にしばし見とれましたが、そのうち奥の壁に妙な隙間があるのに気づきました。家に上がっていって、その壁を押すと、板一枚分がくるりと回って、奥に別の部屋があったんです」

「忍者が使う隠し扉だな。中には何があった」

「何もありませんでした。太郎さんが座っているその椅子が三つ入るくらいの広さですが、がらーんとしていました」

「何も……そうか」

太郎さんは少し何かを考えたが、「それで、なえはどうした？」と訊ねた。

「おっとうが『影一さん』と叫ぶのが表で聞こえたので、家を飛び出しました。燃え落ちた厠の屋根と壁のあいだに、真っ黒こげの影一さんの姿が見えたんです。その横に、お地蔵さまが転がっているのが見えました」

「いなくなっていた小さい地蔵だな」

「はい。そばに、燃えかかった手拭いも落ちていました」

「手拭いは、地蔵に頬かむりされていなかったのか」

「外れてしまったんでしょうね。おっとうはすぐに庄屋さんのところに行きましたが、しばらくして一人で帰ってきました。庄屋さんと家の者はみんなお屠蘇《とそ》で酔っ払っていて『元日は働かん』の一点張りだったということで」

「いいかげんなものだな」

「まあでも、お正月なんで仕方がないかと思いますねえ。うちと丹三じいさんと影一さんの家の三軒は、村はずれにありまして、村の他の人たちも正月はこもりっきりと見えて誰も見にきませんでした。厠の火が家に燃え移る心配はなさそうだということで、その日はそのままにしておきました」

「庄屋は次の日には来たのか」

「はい。若衆《わかしゆう》と村役人を連れてやってきて、厠の燃え跡と影一さんの死体を調べていました。火薬は忍者がよく使う、強くたたくと、ぼん、と火が出るものだろうということでした。それがなぜか厠にたくさん運ばれていて、どうやってか、火がついたもんだということでした。そしてどうやら、影一さんの体には油がかけられていたらしく、真っ黒に燃えてしまったと。材木の下敷きになったのか、全身の骨まで折れていたそうで、恐ろしいことです」

「村役人は影一の死の真相をどう判断した？」

「丹三じいさんをいじめた影一さんを、お地蔵さまがこらしめたんだということです」

ぬぬ、と太郎さんは不可解そうに呻《うめ》いた。

「影一は丹三じいさんに世話になっていたんじゃないのか」

「それが、その関係が変わっていたんじゃないかと。庄屋さんがそう判断したのは、私の証言が理由です」

「なえは何かを見たのか」

「去年の秋のことです。影一さんの家の近くで二人が何か争っていたんです。怖くて遠くのすすきの陰から見ていたんで、何を話しているかは聞こえませんでしたが、そのうち影一さんが丹三じいさんを突き飛ばしました。丹三じいさんの手から何か光るものが落ちて……、影一さんは家の中に入り、丹三じいさんもそれを拾わずに帰っていきました」

「丹三じいさんはいくつだ」

「さあ……七十は過ぎていると思います」

「そんな老人を突き飛ばすとはな。光るものとはなんだ」

「私は、気になって近づいていきました。小判が三枚、落ちていました」

「小判だと」

「はい。私は影一さんの家の前にそれを置いて、自分の家に帰りました。……『お地蔵様は影一さんが丹三じいさんを突き飛ばすのを見たんだろう』と庄屋様と村役人は話し合いました。一年の締めくくりの大みそかに、いいことをした丹三じいさんには褒美《ほうび》をやり、悪いことをした影一さんをこらしめた。そういうことで話はまとまったんです」

ゆーらゆら、ゆーらゆら。妙ちきりんな椅子は大きく揺れだす。太郎さんは何かを考えている。

果たして、何と言うのだろうか。

しばらく待っていると、太郎さんは問うた。

「地蔵の重さはどれくらいだ。丹三じいさんには運べるか」

「丹三じいさんには運べないでしょう。ちっこいのを、うちのおっとうがようやく抱えて運べるくらいかと。大きい五つは、大人でも一人ではちょっと難しそうです」

ぴたりと、椅子は止まった。

「『笠地蔵』ではないな。影一の死は、人によるものだ」

*

なえは言葉を切り、お殿様を見た。昼飯の器はとうに片付けられ、外は日が傾いている。

「どうですお殿様。ここまで聞いて、太郎さんは誰のしわざと言ったと思います？」

お殿様は、閉じた扇子でその立派な口ひげを撫でつけた。

「庄屋の言うたとおり、笠と手拭いをかぶせた丹三とやらに地蔵が礼をやり、その丹三の恩をあだで返した影一を地蔵がこらしめた。そう見えるが……ひとつ、気になることがある」

「なんでしょうか」

「そもそもその宝物はどこから来たのじゃ。六地蔵のところから丹三の家のほうにだけ引きずったような跡がついていたのだろう。空から降ってきたとでもいうのか」

おっ、となえは目を見張る。いいところに気がついたものだ。だが、

「……まあ、『笠地蔵』ならありえん話ではないか」

お殿様はそう言ってまた、ひげを撫でつけはじめた。惜しかったのにと思いながら、なえは庭に目をやる。

「お殿様。今日も暗くなってまいりました。帰らねばなりません」

「待て。城に泊まっていけ」

「それが、今夜はみぞれちゃんたちが泊まりに来ることになっております。久しぶりにおしゃべりをするのです」

「ふぅーむ、そうか。城でこんなにしゃべって、家に帰ってもまだしゃべるか」

「私は口から生まれてきたのでございます」

ぺろりと舌を出すなえを見て、お殿様はぷっと吹き出した。

「それなら余も、考えるとするか。おい、なえに土産を持て。団子も忘れるな。三人の友だちの分もじゃ」

はっ、と恭しく頭を下げ、お供の二人が下がっていく。今宵もまたあの団子が食べられると、なえはわくわくした。

四、

「お殿様、今日も来ました」

なえは頭を下げ、お殿様の顔を見た。

「昨日はありがとうございました。みぞれちゃんもあられちゃんも雹之介《ひょうのすけ》も、お団子、とっても喜んでいました。雹之介なんて、こんなちっちゃい口で五個も食べて、お腹が痛い痛いと騒いで……」

「よいよい、団子の話は。今日もまんじゅうでも餅でもなんでも持って帰れ。それより、昨日の話の続きじゃ。わしにはまったくわからん。影一は地蔵に殺されたんじゃないのか」

「お地蔵さまが恩返しにくる話はここら一帯に昔から伝わっている話です。だけど、それが本当かどうかということになると。実は、太郎さんも初めからそこが気になっていたと言うのです」

＊

「笠地蔵のしわざではないというのはなぜです？　太郎さんはやっぱり、むかしばなしなんて嘘っぱちだというのですか」

「全部のむかしばなしが嘘っぱちとは言い切れねえ。だがお前の話した一件は地蔵のしわざじゃねえってことだ。地蔵の笠には雪がこんもり積もっていた。もし宝物を引きずって歩いたなら、そのときの動きで雪は降り落とされてしまうだろ」

「もとの場所に戻った後に積もったのかも」

「宝物には雪は積もってなかったんだろ。ってことは、宝物が運ばれたのは、雪がやんだあとだ」

たしかに……。あの晩、夜半過ぎに窓を開けたおっとうが、雪が降っていないことを確認している。宝物はそのあとに運ばれた……笠地蔵ではない何者かの手によって。

「笠地蔵の恩返し話が本当でないとすれば、宝物は不思議な力でどっかから湧いてきたわけじゃねえことになる。正月の朝、六地蔵のあたりはまっさらな雪っ原で、六地蔵から丹三じいさんの家の前を通って影一の家と厠のあたりまで何かを引きずったような跡があった。その他一切、足跡はついていなかった。そうだな」

「そうです」

「宝物はその範囲内にもとからあったんだ」

「六地蔵の足元に埋まっていたわけじゃないでしょう。丹三じいさんの家でもありえねえです。村役人がしょっちゅう来ますので、そのときに見つかります。影一さんの家だって……」

と、なえは汚い小屋の天井を見上げ、あることに思い至った。

「隠し部屋がありましたね」

「そうだ。わざわざ回転扉まで設えた隠し部屋を作っておきながら、そこに何も置いていなかったというのは変だ。影一は、宝物を隠し持っていたんだ」

「あんなにいっぱいの宝物をどうして。忍者ってのは、そんなにたくさん俸禄《ほうろく》がもらえるんですか」

「いや。影一は忍びの術を悪用して方々からそれを手に入れたんだろう。泥棒だ」

「どろ……」

言葉を失うなえの頭の中に、男の子たちと遊ぶ影一の姿が浮かんだ。あの身のこなし、木に登る速さ。泥棒には向いていそうだ。

「去年の秋、世話をしてくれた丹三じいさんへのお礼として、影一は小判を渡そうとした。丹三じいさんは影一が小判なぞ持っているのを怪しみ、盗品だということを聞き出した。そうなれば、丹三じいさんは影一に何という？」

あのお人好しのじいさんのこと、なえはすぐにその答えを思いつく。

「『盗みはいけない。持ち主に返せ』……そう言うでしょうね」

「善意で小判を渡そうとしたのにそんなことを言われ、影一は丹三じいさんと口論になり、突き飛ばした」

ちゃりーんと小判が地面に落ちる音がなえの頭に響く。あの日の光景にはそんな秘密があったのか。

「影一さんは、悪い人だったんですか」

「善人に忍者はつとまらないだろう。だが、丹三じいさんを突き飛ばしたときに心がちょっと変わったのかもな。日がな苦労して畑仕事をし、小判も受け取らない丹三じいさん。その清い生き方に対して、盗みをしている自分のなんと汚いことか。冬になり、雪で家にこもりっきりになるうち、その罪の意識は、影一の中で大きくなっていった。そして一年の締めくくりの大みそか。すべてを終わりにするべと思ったんだ」

「どういうことです？」

「世話になった丹三じいさんに宝物をみーんなやって、自分の命を絶つ」

はっと息をのむなえの前で、椅子を揺らすことなく太郎さんは話し続ける。

「村のみんなが寝静まり、雪もやんだ夜中、影一は宝物を運んだ。宝物が盗品だとわかったら丹三じいさんに悪い。それで笠地蔵の話を思い出し、地蔵たちが丹三じいさんに宝物を運んできたように見せることにした。戸板を外して小さい地蔵を載せ、縄で引きずって六地蔵から丹三じいさんの家の前まで自分の足跡を消すようにして板の跡をつける。そしてそのあと、同じように自分の家の前まで跡をつける」

「笠地蔵が、自分をこらしめにきたように見せかけた、と？」

「自分の足跡も消せるし、一石二鳥だったんだな。だが、地蔵みんなで自分をこらしめたように見せかけるのは重くて難しいから、ちっこい地蔵だけを持っていったんだ。他の五つは動いていねえんだから、笠の雪が落ちることはねえ」

「なるほどです」

「影一は厠に火薬を運んで、ちっこい地蔵と共に朝になるのを待った。丹三じいさんの家の前でお前たち家族とおりくばあさんがしゃべっているのを見て、今だと思い、油をかぶって地蔵を火薬に叩きつけたんだ」

盗みを働き続けた男を、地蔵がこらしめた——そういうふうに見せたかったのだろうと、太郎さんは話を締めくくった。

＊

城の広間は重苦しい空気に包まれている。影一の自害。太郎が出した答えに、お殿様は口をつぐんで考え込んでいるようだった。

「……お茶、もらいますね」

なえは、目の前に運ばれていた湯呑みに手を伸ばす。しゃべって渇いた喉を、お茶で潤したあとで、お茶と一緒に運ばれていた皿からまんじゅうを取る。

「なえよ」お殿様が口を開いた。「太郎のその推測を、そのほうは庄屋に話したのだな」

「そうですね。太郎さんに話を聞いたその日にお話ししました。庄屋さんは村役人を呼んで、丹三じいさんのもらった宝物を一生懸命検《あらた》めました。すると、いくつかの壺や反物は、もとの持ち主がわかったんです」

「やはり盗品だったか」

「はい。ただ、お金はさすがに持ち主がわかんなくて、みーんな丹三じいさんとおりくばあさんのものになりました」

「影一の思いは少しだけ叶ったということか。悪人の末路とは悲しいものよの。結局は自害せねばならんかったとは、空しいものじゃ」

「私も、そう思いました。——そのときは」

ぴくり、とお殿様のちょんまげとひげが動いた。なえはまんじゅうを割って、半分口に放り込んだ。

「そのときは、とは」

「お殿様!」

なえは飛び上がった。

「な、なんじゃ」

お殿様は目をぎょろぎょろさせている。

「なんですかこのあんこ。甘い、甘すぎます」

「はあ？」

「こんなに甘いものがこの世にあるわけねえです。これ極楽浄土の食い物ですよね。阿弥陀如来《あみだにょらい》様はこんな甘いものをお召し上がりになりますか」

「あんこのことはいいんじゃ！」

お殿様もまた立ち上がったので、なえはあんこの興奮から冷めた。

『『そのときは』とは、どういう意味じゃ」

「ああ」なえは残ったまんじゅうを皿に置き、お殿様に告げた。「笠地蔵の一件はカタがついたとみんな思ってたんです。ところが、今日からほんの十日ばかり前、全然違う真相がわかったんです」

「全然違う？」

「はい。きっかけは、丹三じいさん……いや、丹三さんが修業から帰ったことでした」

五、

なえはその日、にぎり飯を持って山小屋へ出かけた。太郎さんはいつもの通り、戸口に背を向け、椅子をゆーらゆらと揺らしていた。

「太郎さん、私がこしらえたにぎり飯です、食べてくだせえ」

「そこに置いておけ」

どうしても顔を見られたくないらしい。なえはにぎり飯の入った竹皮の包みを、汚れた筵《むしろ》の上に置いた。きっと、なえが帰ってから食べるのだろう。

なえは、その日持ってきた話をさっそくはじめることにする。

「太郎さん、丹三じいさんのこと、おぼえていますか」

「笠地蔵のじいさんだな」

「はい。あのじいさん、笠地蔵の一件のあと、一月二日の朝から笠を作る修業に出て三月《みつき》ほど姿が見えなかったんですが、おとつい久しぶりに村に帰ってきました。そうしたら、じいさん、いではなくなっていいました」

椅子がぴたりと止まる。

「どういうことだ」

「はい。おとついの昼過ぎ、私が川っぺりで一人で遊んでいると、『おい、なえ』と呼びかける声があります。目の前に知らない二十歳ばかりの男の人が立っていて『わしは丹三じゃ。若返りの泉の水を飲んだんじゃ』と言うんです」

「飲むと体が若返るという水の湧く泉か。そんなものが本当にあるのか」

「私もそう思ったんですが、よくよく見れば鼻の脇の三角形のほくろは、たしかに丹三じいさんのほくろなんです。話し方も声もだいぶ若くなっていましたが丹三じいさんそのもので、間違いありませんでした」

「そうなのか。不思議なことが世にはあるものだ。やはりむかしばなしの中には本当のこともあるんだな」

太郎さんが感心したのが、なえは愉快だった。だが、話は愉快なだけではなかった。

「ところがその翌日、丹三じいさん……もう、じいさんではないんですけど、こう呼びますね。その丹三じいさんが、うちにやってきたんです。血相を変えて『ばあさんが帰ってこねえ』って。丹三じいさんによれば、若返りの泉の話を聞いたおりくばあさんは、自分も若返りたいと、その日の朝早くに出て行ったんだそうです。だけど、翌日になっても帰ってこず、心配になった丹三じいさんは若返りの泉まで見にいきたいが、心配なのでついてきてほしいと言うんですね」

「ほう。なえも行ったのか」

「はい。おっとうとおっかあと私と、三人で。村から北へ二里半（約十キロメートル）行ったところに高い岩壁があって、ちょっと見ただけではわからない、人が一人通り抜けられるくらいの細い隙間がありました。そこを抜けて三町（約三百三十メートル）ばかり進むと洞窟があって、その中にこんこんと水の湧き出る泉があったんです」

「お前はその水を飲んだか」

「ちっこくなってみぞれちゃんが遊んでくれなくなるのが嫌で飲みませんでした。でも、おっとうとおっかあは飲んで、二人とも私の見ている前で、十歳くらい若返りました」

「ほう、やっぱり本物か」

「そうです。私が感心していると、どこかから赤ん坊の泣き声が聞こえてきました」

「赤ん坊だと」

「はい。泉より奥は洞窟がさらに続いていて、そっちへ行くと、見覚えのあるおりくばあさんの着物にくるまれた赤ん坊がぎゃあぎゃあ泣いていたんです。『まあ、こんなところに』とおっかあが抱き上げました。女の子でした。『おりく！』と、丹三じいさんが叫びました。そうです。おりくばあさんは若返りの水を飲みすぎて、赤ん坊まで若返ったんです」

「ふむ……」

太郎さんは妙な声を出した。

「その赤ん坊はどうしたんだ」

「かわいそうなんでしばらくうちで面倒を見ることになりました。おしめを替えたりあやしたりなんかは、私でもできます」

太郎さんはまたしばらく考えたが、やがてゆーらゆら、ゆーらゆらと椅子を揺らしはじめた。今日はおかしなことを言いださないのだなと、なえは少し寂しくなり、そして一つ、些細《ささい》な不思議を思い出した。

「そういえばですね太郎さん。泉の洞窟を出ようとしたとき、私、つまずいて転んで、何かを握ったんですね。拾ってみてびっくりです。なんだったと思いますか」

「わからん」

「櫛です。白い花の飾りが四つついた、巳之吉さんの作った櫛です」

ぴたり。椅子の揺れが止まる。

「みぞれという子が失くしていたものか」

「そうです。村に帰ってみぞれちゃんに渡したら『私のだ』ってはっきり言いましたから。それで、若返りの泉に行ったことがあるのって訊いたら、『そんなところ知らない』って――不思議ですよねえ」

太郎さんは何も答えない。ふたたび、ゆーらゆらと大きく揺れる椅子。夜の底のような沈黙。三つ向こうの山でカラスが鳴く声すら聞こえてきそうだった。

やがて、椅子はぴたりと止まり、太郎さんがつぶやいた。

「……俺は、間違えていた」

「はい？」

「しかし、新しい話を聞けば、推理も新しくなるのは当たり前だ。なえ。お前の村にはとんでもねえ悪いやつがいるみたいだな。きっと村のどこかに、死体が一つ、埋まっている」

相変わらず、その顔は見えなかった。

＊

「――と、いうわけなんですけど、わかりますかお殿様」

「まったくわからん」お殿様は苦い物でも食べたように顔をしかめた。「死体とはなんだ、誰の死体だ」

「わからないですよね。でもま、『悪いやつ』っていうのが誰なのか、それくらいは見当がついても……」

「つかん、つかんのだ」

お殿様はだだっこのように首を振り、庭を見る。

「ああ、今日も日が傾いてきた。しかしまだ暗くない。なえよ、早く教えてくれ。誰の死体が、どんな『悪いやつ』によって埋められたというのだ」

「それなら、話しますね」

六、

「まずは氷売りのことから明らかにせねばならない」

太郎さんは言った。

「氷売り、ってなんですか」

「正月の話だ。宝物が山と積まれているのを見て、なえのおっとうが丹三じいさんの家の戸を叩くと、出てきたのはおりくばあさんだった。間違いねえな」

「間違いねえですが、ずいぶんと前の話を……たしかにおりくばあさん、言っていましたね、氷売りの話を」

大みそか、町で笠を欲しがった唯一の客、それが『力の出る氷』を売る不思議な氷売りだった。笠と引き換えに一粒一両もする氷を受け取った丹三じいさんは、その氷を食べて風邪をひいて寝込んでしまった――とおりくばあさんは言ったのだ。

「そのとき、丹三じいさんは布団を頭からかぶっていた。お前たち三人はその姿を見たわけではない」

「見てねえですけど、『余計なことを言うな』って声が聞こえました。聞きにくかったけれど、あれは丹三じいさんの声です」

「丹三じいさんの声には間違いなかろうが、布団をかぶっていたから声の若さまでは判断できなかったんだろ」

「若さ、ですか」

「その時点で丹三じいさんは、若返っていたんだ」

「まさか」なえは笑った。「丹三じいさんが自分で若返りの泉の水を見つけていたって言うんですか。あのじいさんが、あちこち歩き回って泉を探せたとは思えません」

「そこで出てくるのが氷売りだ」

「はい？」

「その氷売りの売っていた氷が、若返りの泉に張った氷だったんだ」

なえは驚いて固まってしまった。太郎さんが続けた。

「冷え込んだ冬なら、洞窟の中の泉も凍るだろう。『力の出る氷』っていうのは嘘じゃねえ。一粒一両の価値のある氷だったんだ。……考えてみりゃおかしい。正月二日から笠づくりの修業のために村を出るなんて、昨日まで風邪をひいて寝込んでいた七十過ぎのじいさんのすることか。きっとじいさんは、自分でその泉を探すために村を出て行ったんだろ」

「待ってください。じゃあ元日の朝、布団をかぶっていたのは、自分が若返っていたのを隠すためですか。なんで隠す必要があるんですか」

「罪がばれるのを防ぐためだ」

「なんの罪ですか」

「影一殺しと、宝物盗みの罪だ」

「えっ……！」

なえは目の前が真っ暗になりそうだった。

「太郎さん、あれは影一さんが自分で自分の命を絶ったと言いましたが」

「それは丹三がじいさんだったという前提があったからだ。二十そこその若者だったなら話は全部ひっくり返る。ちっこい地蔵も運べるし、厠の屋根に上がるのもわけねえ。丹三じいさんは本当は、強欲なじいさんだったんだ。去年の秋、何らかのきっかけで影一が盗んだ宝物をため込んでいることを知ったじいさんは、かつて世話してやった礼として少しよこせと迫った。小判三枚を持ってきた影一に、これじゃ足りねえと言い返し、口論になった」

「それで影一さんに突き飛ばされたんですか」

ちゃりーん。小判三枚が地べたに落ちる音が、なえの頭の中に響く。

「なんとか影一の宝物を横取りできねえものかと考えたが、相手は剣術も柔術も達者な元忍者。七十過ぎたじいさんじゃ、力づくではどうこうできねえ。ところが大みそかに力の出る氷を食って、丹三じいさんは若返った。雪も降ってるし、もとより大みそかの夜は出歩いている村人なんぞいねえ。人知れず影一を殺して宝物を奪うことを考えたんだな」

だがただ宝物を奪っただけでは村人にすぐわかってしまう。影一の家との往復の足跡も見つかってしまう。

「それで丹三じいさんは、『笠地蔵』の話を利用することにしたんだ。まず帰り際に、売れ残った笠を五つの地蔵にかぶせ、その恩返しということで、宝物を自分たちがもらってもおかしくねえようにした。そして自分の家の戸板を外して縄を括《くく》り付け、雪の上に跡をつけながら六地蔵の前まで行った」

戸板に小さい地蔵を載せ、縄を引っ張ってそりのようにして影一の家の前に運んでいき、厠の屋根に地蔵を上げ、自分も上がって待っている。やがて影一が厠に入ったところで、屋根板を外して地蔵を落とす。

「いくら元忍者でも、用を足しているときに頭上から地蔵が落ちてきたらひとたまりもねえ。体じゅうの骨が折れていたのは、火薬の爆破より前からだったんだ」

丹三じいさんは雪が厠の中に入らないように屋根板を戻すと、地蔵を厠から出し、影一の家の中から持ってきた火薬を厠の中に残った影一の死体の周りにこんもりと盛った。そして影一の体に菜種油をたっぷりかけると、地蔵を再び屋根に上げた。

「なんでまたお地蔵さんを屋根に？」

「その地蔵が朝になったら落ちて火薬を爆破させる仕掛けを作ったんだ」

「お地蔵さんがひとりでに火薬の上に落ちますか？」

「つららを使ったんだろう」

あの夜、どこの家にも太くて長いつららができていた。丹三は影一の家の軒下からつららを二本折り、屋根板を外してできた穴に渡すとそこに地蔵を横たえ、その上から手拭いをかけた。日が出ればあっためられてつららは溶け、地蔵が落ちて火薬が爆発するという仕掛けの完成だ――

と、太郎さんは言った。

「丹三じいさんが影一の家から宝物を盗み出し、そり代わりの戸板で何回かに分けて自分の家の前に運んだのはそのあとだろうな。もちろんこの頃には雪はやんでいたろうが、また降りだして厠の火薬が駄目になっちまわないよう、手拭いを地蔵の上からかけて屋根の穴をふさいでおいた」

「だから手拭いは頬かむりにされていなかったんですか。でも、それはわかりましたが……」

なえの頭に疑問が浮かぶ。

「お地蔵様が影一さんをこらしめたのだということにしたかったのなら、夜のうちにすべてをやってもよかったんじゃないですか。どうしてそんな仕掛けをしてまで、朝に爆破させる必要があったんですか」

「あくまで自分は関わっていねえということにしたかったんだべな。火薬が爆破したときに影一の家のそばに誰もいなかったのなら、影一の自殺というふうに見る者を騙せる」

「私たち三人が丹三じいさんの家の前にいるときに、ちょうどお地蔵さんを落とすなんてできますでしょうか」

「ちょうどに落とす必要はない。もともとは爆音でお前たちを起こすつもりだったんだ。びっくりしたお前たちは、すぐに飛び出て影一の家のほうに煙が上がっているのを見るだろう。そして、影一の家へ向かう途中、丹三じいさんの家の戸を叩くはずだ。そのときにゆっくりとおりくばあさんが出ていって、布団の中の丹三じいさんの声を聞かせりゃ、十分だ」

なえたちが先に丹三じいさんの家の前にいたのは計画外だったが、それが却って、丹三じいさんたちにとっては、いいほうに転んだというのだった。

「庄屋が元日は飲んだくれて動かねえという公算も、丹三じいさんにはあったんだろ。まず家に来るだろうお前たち三人家族を騙せばよかった。それで自分はわざわざ戸口から見えるところで布団をかぶり、おりくばあさんにお前たちの対応をするように命じたんだろ」

おりくばあさんは、丹三じいさんに協力していたということなのだ。でも、丹三じいさんが若返っている姿を見ているのなら当たり前だろう。

「正月二日の朝、丹三じいさんはこっそり家を抜け出し、若返りの泉を探しに出かけたんだ。何せ、本物の若返りの泉を見つけないことには、若返った姿のままでは帰れねえ。実際に泉を見つけて帰ってくるのに、春までかかっちまったというわけだな」

「そういうことだったんですか」

ふむふむとうなずいたうえで、なえは「それで」と訊ねる。

「笠地蔵の一件を起こした『悪いやつ』が丹三じいさんだということはわかったのですが、『埋まっている死体』というのは、誰のことです」

「きまってるだろ。おりくばあさんだ」

「はい?」なえは耳を疑う。「私の話、聞いていましたか。おりくばあさんは、若返りの泉の水を飲みすぎて赤ん坊になってしまったんです」

「その話がおかしいんだ。丹三じいさんの話ではおりくばあさん、一人で出かけたんだろ。二里半の道を、ばあさんがひとりで行けるか」

「それは……」

「もし若返りたいなら、先に若返った丹三じいさんに水を持ち帰ってもらえばよかったはずだ」

「たしかに」

「あるいは丹三じいさんはそうしたのかもしれねえ。でも俺は思うんだ、おりくばあさんは、若返るのを拒んだんじゃねえかと」

「若返りたくなかったというんですか。どうしてです」

「ばあさん、若いころは不器量でいじめられたが、年取ってようやく容姿のことを言われなくなったんだろ。若返ったら、嫌いだったころの顔に戻っちまう」

「はぁー」

なんとなくその気持ちは、なえにもわかった。

「ところが丹三じいさんはばあさんに若返ってほしかった。お前みたいな子どもに言うことじゃねえかもしれんが、体も若返って、ほれ、欲望もわいたんだろ。水を飲め、飲まないと押し問答の末、じいさんはばあさんを突き飛ばし、死なせちまった」

なんとひどい話だ、となえは思う。

「死体は埋めたものの、おりくばあさんの姿が見えないと噂《うわさ》になるのはまずい。それで丹三じいさんは、おりくばあさんが泉の水を飲みすぎて赤ん坊になってしまったという話をでっちあげた」

「でも、でも」なえは首を振りつつ言い返す。「洞窟の泉より奥で私は、赤ん坊になったおりくばあさんを見ました。あの子はおりくばあさんの着物に包まれていました」

「泉より奥というのがおかしいでねえか。水を飲んで赤ん坊になったのなら、泉のほとりでなければ」

たしかにそうだ。あそこは、赤ん坊が水を飲むには遠い位置だった。

「丹三じいさんは、お前たちを泉へ連れて行く前に、おりくばあさんの着物を持って泉へ行き、赤ん坊にした身代わりの女を着物にくるんだんだ。泉より奥の岩陰に置いたのは、万が一にでも泉に落ちて溺《おぼ》れちまうのを恐れたからだろう」

「身代わりの女……いったい、誰のことです」

「お前、泉のある洞窟で転んで、何を拾った?」

「櫛です。みぞれちゃんが失くしていた、白い花が四つ彫られたものです」

「その櫛はみぞれのおっかあがいなくなってから見当たらなくなったんだろう」

「そうです。おゆきさんがいなくなってから……えっ」

なえは背筋が寒くなる。まさか。

「巳之吉の裏の顔に気づいて離縁を誓ったおゆきだったが、子どもたちは家があるほうがいいだろうと置いていくことにした。だがせめて、子どもの思い出の品を持っていこうと考えたんだろうな。それが、みぞれの櫛だった」

「その櫛が洞窟に。まさか、まさかと思いますが……」

「そうだ。赤ん坊の正体はおゆきだ」

がん、と頭を殴られたようになる。

「丹三じいさんは泉探しの旅の途上でおゆきを見つけ、居場所を把握していたんだ。ばあさんを殺してしまったあとで、行方不明になっている彼女を使うのが好都合ということに気づき、子どもたちに会わせてやるとでも言って洞窟へ誘い出し、水をたらふく飲ませた。赤ん坊になっていく途中、おゆきは櫛を落としてしまったんだろうが、丹三じいさんはそれに気がつかなかったたんだ」

「なんという……」

あまりのことになえは、しばらく何も言えなかった――。

七、

「なんという……」

お殿様も、なえが初めてこれを聞いたときと同じように唖然《あぜん》としていた。扇子を開いたり閉じたりしながら、しばらく唸《うな》っていたが、小さく訊ねた。

「信じられん。それが事実とは信じられん……」

「ところがです」

なえは答えた。

「庄屋さんのところで話したら、すぐに若衆と一緒に調べてくれました。泉で見つけた赤ん坊はうちで預かったんですけど、みぞれちゃんたちがその背中を見て、六角形のほくろを見つけたんです。それ、おゆきさんの背中にもあったものだそうで、赤ん坊の正体がおゆきさんだということがわかりました」

「ということは、おりくばあさんは」

「ええ。丹三じいさんは知らんぷりをし続けましたが、丹三じいさんの家の囲炉裏《いろり》のふちにわずかに血の跡が残っていまして。床板を引きはがして土を掘ったら、変わり果てたおりくさんが見つかりました」

お殿様はうむむ……と唸ったあとで、ぽん、と膝を叩いた。

「あっぱれじゃ！」

「はてお殿様、ばあさんがじいさんに殺されて、何があっぱれなのですか」

「そうではない。話を聞いただけですべての真相を詳らかにした太郎があっぱれじゃというのだ」

「あ、ああ……そういうことですか。それなら私も同じ思いです」

「わが領国内にそのような頭のよい者がおるなんてな。なえよ、その太郎とやらをここへ連れてくることはできるか」

「いやぁー」

なえは首をひねって見せる。

「できねえと思います。太郎さんはあの小屋から出ることはないかと。それに、これは私が勝手に思うことですが、太郎さんはあの椅子を降りてしまうとまったく調子が出ねえんじゃないかと」

「ふむ、そうか」

お殿様は残念そうに腕を組んだ。

「お殿様、何かあるのですか。でなければ、そういう頭のいい人がいる噂をたどって、私のような子どもを城に呼び寄せるわけがありません」

「実は、隣国の九本松康高《きゅうほんまつやすたか》という殿様と、知恵比べをすることになったんじゃ」

「なんと」

「まあ、もとはといえば余のほうが『ひとりでに鳴る太鼓を作ってみよ』とか『灰で縄をなってみよ』とか、あやつに無理難題をふっかけて楽しんでおったのだが、九本松め、それを簡単にやってのけよった。訊けば、領国内にものすごく賢い者がおるそうじゃ」

お殿様というのは、変な意地の張り合いをするものだなあ、となえは思った。

「余と九本松との張り合いを見て、さらに隣国の坂田金柑《さかたのきんかん》という殿様が『それならわしが出す難題をどちらの国が先に解けるか、競おうではないか』と言い出した。余も九本松もそれがいいと賛成したが、よくよく考えれば余には賢い味方がおらん。それで家臣に命じて領国内を探させたのだ」

「そうでしたか。あの……私でよければ、仲立ちになります。坂田のお殿様が出された難題を、太郎さんに訊いて、答えをまたこちらへ持ってきます」

「おお、そうしてくれるか！」

「私の言うことなら太郎さんは聞いてくれるでしょう。いや、この役は、私にしかできません」

ぽん、と殿様はまた膝を叩いた。

「なんと心強いのだ」

「その代わりお殿様、欲しいものがございます」

「なんでも申してみよ」

「お団子です。おっとうとおっかあと、あと、友だちの分を」

「いくつでも、持っていくがよい！」

ぱっ、とお殿様が扇子を開く。なえは、山小屋の中で椅子を揺らすあの友人を、何よりも誇りに思ったのだった。

金太郎城殺人事件

◉おもな登場人物

坂田金柑《さかたのきんかん》……金太郎城の城主。金太郎こと坂田金時《きんとき》の末裔。

魚井戸信照《うおいどのぶてる》……魚井戸城の城主。九本松康高との領民知恵比べのため金太郎城を訪れる。

なえ……魚井戸城の領民である十二歳の女児。知恵者・太郎《たろう》と心を通わせる。

小次郎《こじろう》……魚井戸城の侍。文を運ぶ鳩を飼っている。

九本松康高《きゅうほんまつやすたか》……九本松城の城主。信照を敵視している。

イチ……九本松城の領民である老婆。知恵者。

タネ作……イチの息子。ぼんやりしているが母想い。

ききょう丸……金柑に仕える、紫色のくノ一。茶店の娘。

つばき丸……金柑に仕える、赤いくノ一。医者の娘。

ゆり丸……金柑に仕える、白いくノ一。鍛冶屋の娘。

一、坂田金柑

金太郎城の「金太郎の広間」に客人がそろったのは、五月半ばのある日のことであった。

「はぁーっ、すごいお部屋ですねえ」

城主、坂田金柑《さかたのきんかん》の見守る前で、花柄の新しい着物を着た女児がきょろきょろとしている。

「これ、なえ。あまり他国の城できょろきょろするものではない」

たしなめる魚井戸《うおいど》もまた、金魚のような目をぎょろつかせていた。無理もない。魚井戸のような貧乏な殿様には、このような豪奢《ごうしゃ》な部屋は珍しいのだろう。

金太郎城は、周りを広い堀に囲まれている。城から四方の岸まではゆうに十町（約一・一キロメートル）はあり、橋などは架けられていない。客人たちはみな、家来の操舵する小舟に乗ってこの城へやってきた。その後、家来たちは城を去った。謎解きが終わるまで、明日より三日のあいだ何人《なんびと》たりとも城へ入ることは許さぬと、金柑は厳しく言い渡してある。うるさい家来どもから離れ、客人たちが悩む姿をじっくりと楽しみたいからであった。

城は、石垣の上に三層、石垣の中に一層あるので全部で四階建てである。

ここは二階の金太郎の広間。天井と床に金箔《きんぱく》を張り、中央の太い柱も金ぴかである。その柱を中心に円卓があり、赤い毛氈《もうせん》を張った南蛮渡来のひじ掛け椅子がいくつも並んでいる。

金柑から見て右側には魚井戸信照《のぶてる》となえ、そして小次郎《こじろう》という若い付き人が座っている。小次郎の肩には一羽の白い鳩がとまって、人間たちをきょろきょろ見回している。

魚井戸が謎解きの助っ人として白羽の矢を立てたのは、なえでも小次郎でもなく、なえと仲良い太郎《たろう》という若者だそうだが、その若者は山の中の小屋から一歩も出ないという変わり者。魚井戸は苦肉の策として、ここで出された謎を書いた文《ふみ》を鳩の足に結び付けて飛ばし、謎を解いてもらって鳩を戻す、という回りくどいやり方をとるそうだ。その鳩を飼っているのが小次郎というわけだった。

魚井戸たちと対峙《たいじ》するように左側に座しているのは、九本松康高《きゅうほんまつやすたか》と、その領民のみすぼらしい親子連れだ。タネ作という名の息子のほうは二十八、九だろうか。泥のように顔色が悪く、腰に何が入っているのかわからぬ竹筒を五本もぶら下げ、円卓の上の一点をじっと見つめている。その隣にちょこんと座っているのはイチという名の小柄な老婆であった。顔中しわだらけで、目を閉じて眠っているようにも見える。足腰が弱く、何かにつかまってようやくよたよたと歩けるくらいだそうだ。「我が所領が誇る知恵袋じゃ」と九本松は言っていたが、はたしてどんなものか……。

「すっごい、大きい熊ですねえ」

なえがぴょこんと椅子から下りる。

金の柱をはさんで向かい合うように、東と西に一頭ずつ、熊の剝製《はくせい》があるのだ。身の丈六尺（約一・八メートル）はあろうかという大熊であった。

「わが先祖、坂田金時《きんとき》はそれくらいの大熊を相撲《すもう》で投げ飛ばしたのじゃ」

金柑はなえに言った。

「坂田金時って、金太郎さんですよね」

「いかにも、力持ちの金太郎じゃ。もっとも、わしも力はあるから、熊くらいは投げ飛ばせよう」

金柑が力こぶを見せると、「はぁーっ」となえは感心した。

「あ、そういえば、この床、土俵みたいな模様が描かれていますねえ。熊さんたち、相撲をしているんですか。まわしをつけて。でもどうして胸の前でこう、前脚を輪っかみたいにしてるんですか。あと、足から三尺（約九十センチ）ばかり先の床にくっついてるこの竹の輪はなんですか」

この女児、無邪気なのか鋭いのか。答えに窮していると、

「あれ、熊ってあんな角、生えてましたか？　鹿の角みたいですねえ」

すぐに違うところに気を引かれたようだった。金柑は安心した。

「青物郷《あおものごう》の奉行所から贈られたものだ。もうしばらく前には雨落山《あめおちやま》という山に鬼がおったそうじゃ。動物の体の一部をもいでは別の動物にくっつけるという妙な力を持っておった」

「へぇー。その鬼が、鹿の頭から角をもいで、熊の頭にくっつけたんですか。変なことをしますねえ」

ちっ、ちっ、と舌打ちのような音がする。

「そんな話はどうでもよいわ」九本松が甲高い声で、つまらなそうに言った。「早う、謎を出す

のじゃ、金柑」

骸骨《がいこつ》に皮を張り付けたような細い顔。まだ四十手前だろうに、五十を過ぎたようにも見える。金柑は昔から、この高慢ちきな男が嫌いだった。「姥捨《うばす》て令」などというおかしな触れを出したところにも、わがままな性質が現れている。謎がけでへこませてやるわい……

「金柑殿、申し訳ありません」

階段を、三人の女が上ってきた。

「つばき丸がもたもたしておりましたので」「違います、ゆり丸が怖くて一人で厠《かわや》に行けぬというので付き合っていたのです」「私は、私は……」

「そこへ並ぶのじゃ」

金柑の命に、三人は並んだ。

「紹介しよう。年はみな二十歳ばかりで、しばらく前に城下より募《つの》って働いてもらっている。白いのがゆり丸、赤いのがつばき丸、紫色がききょう丸じゃ。この城にいるあいだは、この三人になんでも申し付けよ」

三人はそろって頭を下げた。みなくノ一のような恰好《かっこう》をしているが、このほうが目立っていいという金柑の趣味であり、本当のくノ一ではない。ゆり丸は小さい音にも驚く臆病者で、つばき丸はまるまる太っておっとりしている。この二人を姉御肌《あねごはだ》のききょう丸がまとめている。実際、二人はききょう丸を「姉さん」と呼んで慕《した》っているようだ。

「さて、今、城にいる十名がそろったところで――」

たっぷりともったいつけたあとで、金柑は胸を張った。

「青鬼の右腕の話をはじめよう」

「ちぇっ、いいのじゃ、知っておる」

九本松が顔をしかめるが、

「あっ、私、知らないんで、詳しく聞きたいです」「拙者もでござる」

なえと小次郎が言った。金柑はうなずく。

*

その昔、わが祖先、金太郎は力が強いことで日ノ本じゅうに名が広まった。噂《うわさ》を聞きつけて西国よりやってきたのが、由緒ある源氏の武士、源頼光《みなもとのよりみつ》殿じゃ。金太郎は頼光殿の誘いに応じて家来となり、坂田金時という名を賜《たまわ》った。

頼光殿には他に三人の勇敢な家来がおって、金太郎とともに「頼光四天王」として、酒呑童子《しゅてんどうじ》をはじめとする多くの物《もの》の怪《け》と戦い、勝利をおさめ続けてきた。

さて、四天王の一人に、渡辺綱《わたなべのつな》という男がおった。豪胆な性格に加え、刀や薙刀《なぎなた》、槍に弓、武器の扱いに長《た》けておった。この渡辺が頼光殿のもとを離れてのち、京の都に夜な夜な青鬼が出て、若い娘を食うという惨事が起きたのだ。

渡辺は若い娘に化けて青鬼をおびきよせ、見事その腕を切り落とした。だが、右腕を持って去ろうとする渡辺の背後から、鬼は世にも恐ろしい呪詛《じゅそ》をかけたのじゃ。

「俺の右腕を持って去ろうとする者よ。その右腕は人の魂を吸ってよみがえるぞ。右腕の近くで九人の人間が死ぬとき、地獄の釜が開くような地響きが起きる。右腕はそれを持つ者の体に吸い付き、やがてその者の右腕は鬼の右腕になろうぞ。鬼の右腕は千人力。だがその前に必ず、災《わざわ》いをもたらそうぞ」

渡辺はこれを「馬鹿な」と笑い飛ばしたが、呪詛はほどなくして現実となった。

夜中、京にある渡辺の屋敷の隣家が焼け、九人の家人が死んだのだ。ごごごごと地響きが起き、渡辺がはっと目を覚ますと、枕元に置いてあった鬼の右腕がじゅるりと渡辺の腕に吸い付いた。

武士が鬼の腕など持っていては恥とばかりに、渡辺はかつての同志、坂田金時のもとを訪れたのじゃ。

「この腕を切り落とせるのは、怪力のお主しかおらぬ。金時よ、どうか俺の肩から鬼の腕を切り落としてくれ」

金時は頼みを聞き、鬼の右腕を切り落とした。

それからというもの、鬼の右腕はわが坂田家の家宝として引き継がれておるのじゃ。二度とこの右腕の近くで、九人の命がうばわれぬよう、大切にしてある。

＊

「――というわけで、この金太郎城のどこかに隠してある鬼の右腕を探してみよ、というのが、謎だ」

「こ、こ、怖いですねえ。『ごごごごご』ってとこが、特に怖かったですねえ」

まず口を開いたのはなえだった。この女児、よほどおしゃべりと見える。

「でも、楽しそうです」

「ときに坂田殿。探せと申しても、何かとっかかりがなくてはあまりに難しい」

扇子《せんす》で顔を扇《あお》ぎながら、魚井戸が言った。

「もっともである。だからわしは、謎かけ歌を作った。この歌の謎が解ければ、おのずと鬼の右腕のありかはわかるであろう。聴くがよい」

ぱん、と手を叩く。ききょう丸が部屋の隅に閉じてあった屏風《びょうぶ》を開く。そこには金柑が考えた歌が書かれていた。ぱぱんともう一度手を叩くと、三人の娘は背筋を伸ばし、歌いはじめた——。

まさかりかついで金太郎
熊と組みあい相撲の稽古《けいこ》
鬼があらわれこのままじゃ
へ土が出るわとののしった

やってきたのは一寸法師
櫂《かい》に使った黄金《こがね》の箸《はし》を
東の大将にめぐんだと

やってきたのは浦島太郎
竜宮みやげの黄金の竿《さお》を
西の大将にめぐんだと

やってきたのは花咲かじじい
臼《うす》から出た出た黄金《おうごん》を
天守の床にばらまいた

やってきたのは洗濯ばばあ
川で拾った桃切るように
その真ん中をすっぱりと

やっと出たのは金たろう
こやつおいらと互角めと
鬼は腕をもがれたさ

金柑は満足であった。

一同はきょとんとしておる。さっきまで目を閉じていたイチという老婆もうす目を開け、首を傾《かし》げて何やらもごもご言っていた。

「さてそれでは、わが金太郎城の他の部屋を案内しながら、今宵より泊まってもらう部屋にお連れしよう。そのあとは――」

金柑は一同を見回し、にんまりと笑った。

「歓迎の宴《うたげ》じゃ」

二、九本松康高

目が覚めると、天井に蛸《たこ》が張り付いているのが見えた。

「な、なんじゃ」

九本松康高はがばりと起き上がり、周囲を見回す。床の間に置かれた亀に、小ぶりな男の人形が黄金色の竿を携《たずさ》えて乗っている。光が差し込む障子戸《しょうじど》の右には、舞い踊るタイやヒラメが彫られた、畳ほどの大きさもある黒くて大きい石が木の脚に支えられて飾ってある。あんなものが倒れてきたらどうするつもりだ――訝《いぶか》ると同時に、金太郎城に泊まったのだと、ようやく思い出した。

「ちぇっ」

思わず口から出た。舌打ちによく間違われるが、康高の癖であった。

「金柑のやつめ、このような妙な城を作りおって」

昨日のことを思い出すと忌々《いまいま》しくなる。

三人のくノ一の妙な歌を聞かされた後、金太郎城を案内するという金柑の後について、康高たちはぞろぞろと階段を上がっていった。三階は四部屋あり、西、北、東をぐるりと廊下が囲んでいた。まず金柑が案内したのは、南西の「浦島太郎の間」――つまりこの部屋である。金柑は竜宮城の襖絵《ふすまえ》などを自慢した後で、南に面した障子窓を開けた。堀が、海のように広がっているのが見えた。外回廊のようなものはなく、顔を出せば、外壁に足を引っかけることができるかできないかくらいの出っ張りがあるくらいであった。

「九本松康高、ここをお主の部屋とする」

金柑は一方的に言って廊下へ出ると、次は北西の「一寸法師の間」に移った。床の間に一寸法師の人形があったが、ちょうど魚井戸が連れてきたなえという女の子と同じくらいの大きさだった。舟代わりの椀《わん》も大きく、櫂代わりの箸は六尺ほどもあり、黄金色に輝いていた。ここは、イチとタネ作の部屋となった。

北東の部屋は「桃太郎の間」。床の間にあるのは犬、さる、きじの剝製であり、なえの部屋となった。

南東の部屋は「花咲かじじいの間」。床の間には偽物の小判で満たされた臼と白い犬の剝製が飾られている。南側は浦島太郎の間と同じく堀に面した障子窓になっている。魚井戸信照とその供、小次郎の部屋となった。

四つの部屋は城を上から下に貫く大柱を中心に田の字形に分けられており、その大柱は二階の金太郎の広間と同じく金ぴかに塗られていた（二二三ページ・金太郎城　見取り図）。

三階を案内し終えると金柑は、

「次はわが居室じゃ」

【金太郎城　見取り図】

一階

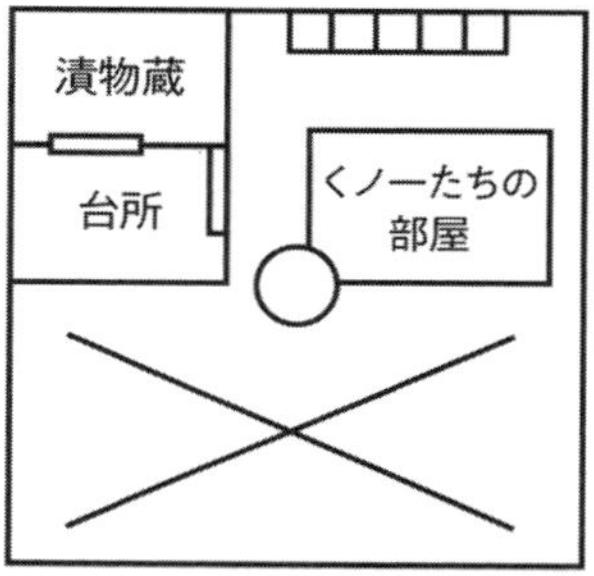

二階

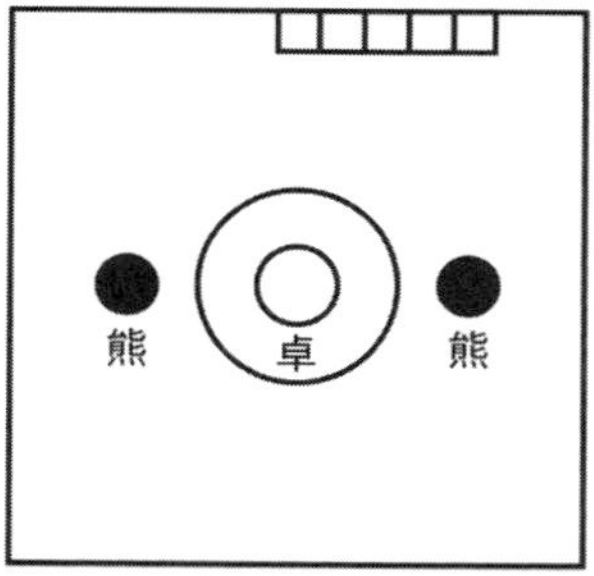

三階

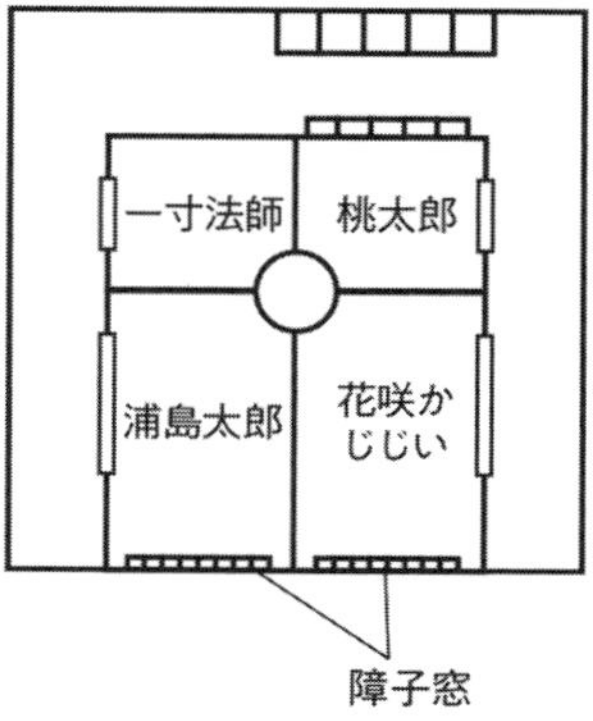

天守（四階）

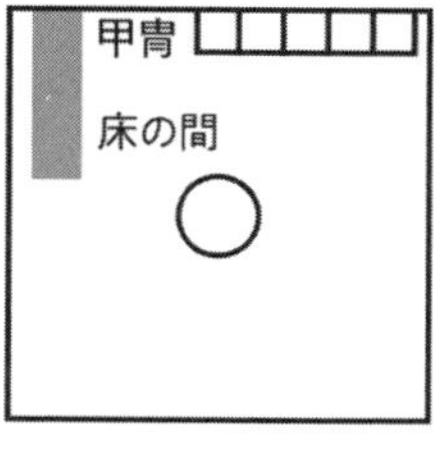

と、さらに階を上がっていった。金太郎城の最上階、天守である。嫌味なほど豪華なのだろう……と思っていたが違った。

床は金箔など張られていない、質素な板敷である。それどころか中心の大柱も、二階、三階と違って木目がむき出しである。布団もまた質素な白色で、目立つ物といえば床の間に飾られている橙色《だいだい》の甲冑《かっちゅう》とさびついた古いまさかりぐらいのものであった。

「あれはわが先祖が使っていたまさかりじゃ。まあ、ここはこれくらいでよかろう」

金柑はすぐにみなをまた金ぴかの金太郎の広間に連れていった。しばらくして三人のくノ一が料理と酒を運んできて、あとは宴だ。それがお開きになり、この部屋に戻ってきたのは亥《い》の刻（午後十時）を過ぎたあたりであったろうか。布団に入り、すぐに眠ってしまった。

障子窓の向こうは明るい。

ふと、所領より連れてきたタネ作とイチは起きているだろうかと思った。

「あやつら、大丈夫だろうな……」

康高は一人ごちる。大丈夫だろう。――イチは、わが九本松城下が誇る賢者である。

＊

もともと、康高は年寄りが嫌いであった。

足腰が立たず、畑仕事もままならないくせに、口うるさく、臭いは臭く、そのくせ飯ばかりは一人前しっかり食う。きちんと米が穫れる年ならまだいいが、日照りや洪水などで米が穫れない年にこんなやつらに米を食い潰され、働ける若者がひもじい思いをしてしまうなど、どう考えてもおかしい。

そういうわけで康高は、父のあとを継いで殿様になるとすぐに、領内に向けて「姥捨て令」を出した。男も女も六十歳になったら、村から七里（約二十八キロ）離れた姥捨て山に行かなければならない。足腰が弱くて自分で行けない者は、家族が連れて行かねばならない。六十を過ぎた年寄りをかくまうことがあれば、その家族もろとも火あぶりにする――という厳しい触れであった。

あっという間に、九本松の所領から年寄りは消えた。

魚井戸信照が挑戦的な書状を送り付けてきたのは、それから八年が過ぎたときであった。

「ひとりでにトントコトントコ鳴る太鼓を作ってみよ。おぬしは頭が固いから無理であろうのう」

信照と康高は、同い年である。所領が隣同士ということもあり、幼少の頃より何かと張り合ってきた。城主となったのもほとんど同じ時期で、それからもずっと意識し合ってきたのである。信照の出した難題などすぐに答えを出してやるわい……そう思って家来を集めて論議をさせたが、答えは出なかった。「ばちで叩きもしないのに太鼓が鳴るはずがありません」「そんなことはわかっておるわい！　それができたら信照の鼻をあかせるというものであろう！」

頭を沸騰させる康高に、家来の一人が言った。

「城下に『ひとりでにトントコトントコ鳴る太鼓を持ってきた者に褒美《ほうび》を取らせる』と書いた高《こう》札《さつ》を立てるのはいかがでしょうか」

それはよい考えじゃと、康高はすぐに実行させた。

タネ作というごぼうのようにひょろ長い百姓が城に現れたのはそれから二日後のことであった。タネ作がおずおずと差し出したのは、両手で抱えることのできるほどの小さな太鼓だった。驚いたことにその太鼓はトントコトントコと、ひとりでに音を立てておった。

「叩いてもないのに、どうして鳴るのじゃ？」

康高は訊ねた。

「皮に小さな穴を開け、生きた蜂《はち》を三匹入れたあとに穴をふさいだのです」

たしかに皮の隅に張りなおしたような跡があった。トントコトントコというこの音は、中で飛び回る蜂が皮に当たって立てているものであった。

康高は喜び、タネ作にたんまり褒美をやると、すぐにこの太鼓を魚井戸城に送った。信照は悔しかったものと見え、すぐにまた別の挑戦を突き付けてきた。

「灰で縄をなってみよ。お前みたいな石頭には無理であろうのう」

灰で縄を……？　そんなことできるものか。試しにやろうとしてみたものの、握っただけでさらさらと指のあいだからこぼれ落ちる。こんなもので縄がなえるものか！

だが、前回と同じく城下に高札を立てると、すぐにタネ作がやってきた。

「これを、どうぞ」

タネ作が差し出した木箱の蓋《ふた》を開け、康高はびっくりした。灰でできた縄があったのだ。

「これは……」

「触らねえでくだせえ！」

「はっ」

「触ると、ぼろぼろ崩れてしまいますだ。この箱ごと、魚井戸のお殿様にお持ちくだせえ」

「むむ、わかった。しかしタネ作、お前はどうやってこんな縄を作ったのだ」

「普通の藁《わら》で、縄を固くないます。塩水に浸けて乾かしたあとで、弱い火の近くでゆっくりゆっくり焦がすのです。するとこうして黒くなり、あたかも灰で作った縄のようになります」

「なんと！」

康高は自らの両頬《ほお》をぺちんと叩いた。

「タネ作、お主は誠に頭がいいのう。またたくさん褒美を取らすぞ」

きっと飛び上がって喜ぶだろうと思ったが、なぜかタネ作の顔は浮かなかった。

「実はお殿様……。これはおらが作ったもんじゃねえんです。おらのおっかあが作ったもんなんです」

「おっかあだと？」

「はい。おらのおっかあは去年、六十歳になりました。足腰が立たねえで、おら、お殿様の命令通り、おっかあを背負って姥捨て山に向かったんです」

山道に入るとタネ作の母親は山の木々をぽきぽきと折っては地面に捨てていくという。どうしてそんなことをするのだとタネ作は訊ねた。

「するとおっかあは答えたんです。『帰りはこの折った枝を目印にしていけば、お前が迷わねえですむだろう』って。自分が捨てにいかれるってときにもおらの身を案じてくれてると思ったら、おら、たまんなくてたまんなくて……」

ずずりとタネ作は洟《はな》をすすった。

「おら、そのままおっかあを背負って山を下りて、家の床下に穴を掘っておっかあを隠したんです」

「なんと！　姥捨て令を破ったというか」

「はい……でも、ひとりでに鳴る太鼓も、灰でなった縄も、おらから話を聞いただけで『そんなのはわけねえ』と、すぐに作り方を教えてくれました。お殿様、ご無礼を承知で申し上げますだ。年寄りは畑仕事はできませんが、深い経験と知恵があります。そんな年寄りを殺し、知恵を捨てちまうのは、国にとっていいこととは、おら、どうしても思えませんだ」

康高は頭をがん、と殴られたようだった。年寄りを捨てることは、知恵を捨てることと同じ——そんなふうに考えたことはなかった。康高は即刻、姥捨て令を廃止し、年寄りを大事にするようにと改めた。

姥捨て令にはそもそも家来たちも反対だったらしく、康高は、やはり名君だともてはやされていい気になったが、信照に対しては腹の虫がおさまらなかった。きっとまた挑戦的な書状をよこすに違いない。こっちもなにかふっかけてやろうかと思っていた矢先、坂田金柑が使いを送ってきた。

金柑は坂田金時、つまり金太郎の末裔である。先祖の威光を誇りにしており、広い堀に囲まれ、金の屋根瓦を持つ「金太郎城」を建てたと聞いている。康高と信照のいがみ合いの噂をどこかで聞きつけ、それならうちの城で知恵比べをしようではないかと提案してきたのだった。金柑の城で出す難解な謎を先に解いたほうが賢いとする。各々の所領から協力者を連れてきてよい。

康高は思わず口元がほころんだ。これは面白い。康高はすぐにタネ作を呼び出し、母親に協力を仰いだ。タネ作の母、イチは足腰が弱っているので、タネ作が背負っていくことになった。

＊

昨日、一寸法師の間に入っていく前にイチは「こんなに大きなお城では眠れるかどうかのう」とぼやいていた。年寄りは身の回りのことが変わると、寝付けなくなることがあるらしい。城主の金柑の意向で、今日から三日間、この城は外部から隔絶される。医者を呼ぶことは叶わない。もしイチが病に伏してしまったらどうすればいいのか。

康高は布団の上で胡坐《あぐら》をかき、うーむと腕を組んだ。医学の心得のある者を連れてくればよかったか。あの坂田金柑が用意した謎である。一筋縄ではいかぬだろう。

どんどんどん、どんどんどん。

竜宮城の描かれた襖が叩かれ、康高は飛び上がりそうになった。

「九本松康高殿！」

女の声であった。昨日、金柑のそばに控えていた三人のくノ一の一人であろう。

「なんじゃ、起きておる」

「わが城主、坂田金柑が大変なことに」

康高は襖を開けた。紫色の服に身を纏《まと》ったききょう丸であった。

「どうしたのじゃ」

「……殺されておりまする」

「はあっ？」

「今すぐ、天守へおいでください」

殺されたとはどういうことじゃ、としばし考えた後で、ははあと納得した。

これは芝居だ。金柑が殺されたという体《てい》で、その下手人《げしゅにん》を探せというのだろう。なかなか手の込んだことを考えるものだ。

「わかった。ところで、イチとタネ作はどうする？」

「二人のところへは私が行き、連れていきます。九本松殿は先に天守へ」

「心得た。楽しみじゃの」

笑いながら、康高は階段へと向かう。

三、魚井戸信照

これは、どうしたことじゃ……。

魚井戸信照は目を疑った。

胴も直垂《ひたたれ》も小手も、全身を覆うすべてが橙色の、珍しい甲冑である。前立てにみかんの意匠が施された兜《かぶと》もまた、橙色である。

兜の下で口から血を流している顔は、坂田金柑その人であった。

「ええええ、えええ、えええ……」

信照の隣で、なえはひねり潰された蛙《かえる》のような声を上げている。小次郎も目を見開いている。

三人を起こしてここへ連れてきた白いくノ一、ゆり丸はひざまずいたまま目を真っ赤にしていた。

「ほほう、ここか、天守というのは」

のんきな声がして、襖の向こうから九本松康高が現れた。

「ん……信照ではないか。それに小次郎と、そっちの子どもはなえとかいったか」

「康高……金柑殿が死んでおる」

「ふふん、で、そこにあるのが死体というわけか」

康高は骸骨のような顔でほっほほと甲高く笑いながら、甲冑姿の金柑に近づいていく。

「ほほう、口から血まで流して、死体の役が上手なものじゃ。頬も冷たいのかの」

「ば、馬鹿、やめろ」

信照が咎《とが》めるのもきかず、康高はその顔に手を伸ばす。

「んっ?」

康高は反応が欲しいのか、甲冑の肩をつかんで揺すった。金柑は甲冑ごとぐらりと傾き……ばたんと床に倒れた。

「ひっ!」康高はのけぞり、尻もちをついた。「どどどど、どういうことじゃ! 金柑のやつ、本当に死んでおるではないか!」

「だからそう言っておるだろ」

「誰じゃ、誰がこんなことを!」

水に落ちた蟻《あり》のように手足を動かす康高に、

「落ち着きなされ、お殿様」

叱責が飛んできた。信照は振り返る。息子のタネ作の背負子《しょいこ》の上にちょこんと座っている老婆――イチであった。よっこらせと言いながら畳に下りると、イチは首をぐるりと回した。

「私は目があまりよくねえが、タネ作よ。金柑殿は本当に死んでおるのかね」

「ああ、おっかあ。坂田の殿様、動かねえ……」

タネ作は答える。震えており、腰に五本もぶら下げた竹筒がぶつかりあってカタカタ鳴っている。水筒なのか、たぷんたぷんという水音も聞こえた。

「どうやって死んだんじゃ。傷はあるのかいね」

「鎧《よろい》を着てるんでわからねえ。だども、口から血を流しとる」

「ほう。そしたら、毒かのう」

「冗談じゃないぞ」

恐怖のあまり、信照は叫んだ。

「本当に人が死ぬなんて聞いておらん。おいくノ一ども、まさかこれは、金柑が謎解きのために自ら命を絶ったわけではなかろうな」

ゆり丸、つばき丸、そしてイチとタネ作を先導してきたと見えるききょう丸は顔を見合わせ、一様に首を振った。

「そ、そ、そんなはずはありません」「私たちは、金柑様のお手伝いを頼まれております」「明日から頼むと、昨日も言われております」

「金柑が死んだのなら、謎解きなど中止じゃ。余は城に帰るぞ」

信照はどすんと畳を踏み鳴らして怒りをあらわにしたが、

「ほんにお殿様というのは誰も彼も、落ち着くことができんのかいね」イチは落ち着いたものだった。「金柑殿が仰《おお》せだったじゃろうに。この城は今日から三日間、外とは連絡がとれんのじゃ。家来は三日間、何人《なんぴと》たりともあの深くて広い堀を越えてやってくることはいかんと、他でもない金柑殿に命じられておるのですぞ」

「えっ……」

そうであった。

「ということは、じゃ」イチは見えにくくなったという目を細めて、その部屋に集まった一同を眺《なが》め回す。「この中に、金柑殿の命を奪った者がおるということじゃのう」

信照は背中が凍りそうだった。九本松康高、タネ作、イチ、なえ、小次郎、ゆり丸、つばき丸、ききょう丸、そして、他でもない魚井戸信照。この九人の中に、金柑を殺した者がいる……。

「はっ！」なえが何かを思い出したように言った。「小次郎さん。鳩です。太郎さんに鳩を飛ばして、この城の状況を伝えるのです」

「そうだな。某《それがし》も今、そう考えておった」

「おお！」信照は膝を打った。「その手があった。でかしたぞ。さすが、わが魚井戸の民ぞ！」

信照は小次郎、なえとともに部屋を飛び出し、急いで階段を下りていった。

昨晩、信照にあてがわれた部屋は花咲かじじいの間であった。供の小次郎もまた同室であったが、眠るときには銀色の屏風を互いのあいだに立てていた。

花咲かじじいの間に飛び込むと、小次郎の布団の枕もとに蓋付きの木の箱があった。鳩を運ぶ

ためのもので、通気のための小さな穴がいくつもあいている。小次郎はその蓋を取り、

「えっ――」

絶句した。

「死んでいる……」

鳩はぐったりとしていた。小次郎は驚いて箱をひっくり返す。鳩がぼたりと畳に落ち、ばらばらと麦の粒が散らばった。

「かような麦、与えた覚えはありませぬ」

「毒を塗ってあるのじゃろうの」

振り返ると、タネ作と康高がいた。三人のくノ一は廊下に残ったまま、襖の陰からこちらの様子をうかがっている。イチが息子の肩の向こうからひょいと顔を覗《のぞ》かせていた。

「これで私らが置かれた状況がはっきりしましたの。金柑殿を殺した者と一緒に、この城に閉じ込められておるのじゃ」

青ざめている息子の背負子の上で、ひょっひょっと老婆は笑った。

「い、イチ、お前、どうしてそのように落ち着いていられるのじゃ。殺人者が怖くないのか」

そうイチに声をかけた康高のことは気に入らぬが、今ばかりは信照も同じ気持ちだった。この老婆、気味が悪すぎる。

「これはおかしなことをお訊ねになりますな、お殿様。私は一度、あなたに命を奪われそうになった身でござりまするじゃ。何を今さら、死が怖いことがありましょうかの」

イチの刺すような視線に、ぐうっ、と康高は息を呑んだ。顔が熟《う》れる前のみかんのように青く

なり、額には玉のような汗を掻《か》いている。

康高がかつて領内に、姥捨て令などという酷な触れを出したことは、信照の耳にも入っている。イチの息子タネ作は、これを破ってイチをかくまっていた。知恵者のこの老婆が生きていたからこそ、信照の出した無理難題に、康高はいとも簡単に答えを出せたのだ。このことをきっかけに康高は姥捨て令を廃止し、年寄りを大事にするようになったという。

だから、康高の心変わりを促したイチのことを、人格の良好な老婆だと、信照は勝手に思っていた。

だが実際はどうだ。イチはやはり、康高を恨んでいたのではないか。六十歳が見えたころから、わが息子によって山に捨てられる日がくるのを恐れながら毎日暮らしていたに違いないこの老婆は、けしてその怨毒《えんどく》を薄めることはなかったのだ。

信照は背筋が凍る思いであった。

「き……気分が悪いわ」

康高は絞り出すように言うと、くノ一たちを押しのけるようにして廊下に出ていった。

その直後である。

どさり、と廊下で康高が倒れる音がした。

「えっ、えっ」「どうされたのです?」「九本松殿!」

ゆり丸、つばき丸、ききょう丸が口々に叫ぶ。信照は他の面々とともにすぐに廊下に飛び出した。

康高は、うつぶせに倒れていた。白目を剝《む》き、吐血している。

「お、お殿様ぁ」

タネ作がしゃがみ、康高の口の近くに手を当てた。

「……ダメだ。息をしてねえ」

四、小次郎

わからぬ。何が起こっているのか、皆目わからぬ。これは夢だ。何か悪い夢を見ているに違いない。

小次郎は深く目をつぶる。握った両手の親指と小指をくっつけようと試みる。子どものころ、祖母より教えられた、悪い夢から覚めるための方法である。これで幾度となく、悪夢から抜けてきた。

親指と小指がくっついた。よし——と目を開けるも、やはりそこには、血を吐いて倒れる九本松康高の姿があった。

「誰じゃ！　いったい誰が、康高のやつを殺しおったのじゃ！」

わが殿、魚井戸信照が魚のような目をひん剝き、脇差に手をやった。まずい。この殿は興奮すると見境なく刃物を振り回す癖があるのだ。

「殿、落ち着きなされ！」

小次郎は殿に飛びつき、その両手を押さえた。

「落ち着いてなどいられるか。わが命を狙う者がこの中におるかもしれぬというに。こうなったら、やられる前にこちらからやってやるわ」

「殿、御免！」

小次郎は、ぐっとその腕をひねり上げる。いたた、と顔を歪《ゆが》ませ、殿は落ち着きを取り戻した。

「これは、魍魎樒《もうりょうしきみ》の毒にござります」

そのとき、誰かが言った。見ればタネ作のすぐ隣に、肥えた女がしゃがんで九本松の殿様の目の周りを指さしている。赤いくノ一、つばき丸である。

「目の周りに赤い斑点《はんてん》が出ております。魍魎樒の特徴です」

「あんた、一体……」

タネ作の疑問に答えるように、「つばき丸は医者の娘なのです」と、ききょう丸が言った。

「医者の娘で、くノ一なのか」

殿が訊ねた。

「私たちはみな、くノ一などではありません」

「この期に及んで何を言い出すのだ」

「本当なのです」

「それならゆり丸、お前は何者なのだ」

「鍛冶屋の娘です」

「出まかせを……！」

「ゆり丸は嘘を申しておりません」

毅然とした声色で、ききょう丸が言った。

「ゆり丸の家はここのところ、鉱山での掘り手がいなくて新しい鉄が手に入らず、貧しい暮らしをしているそうです。金柑様が城で働く女子を探していると聞いて、家を助けるために申し出たのです。私だって似たようなもの。本当は貧しい茶店の娘で、まだ小さい弟が三人もいるのです」

くぅ……と殿は言葉を失ったが、

「余を騙《だま》したのか！」

すぐに逆上した。小次郎は殿を羽交《はが》い絞《じ》めにする。

「どうせそんなことだろうと思っとったわ」

離れたところにちょこんと座っているイチがひゃひゃひゃと笑った。先ほどから、気味の悪い老婆である。

「魍魎樒というのは、口に入れるのはもちろん、油に溶かして針につけ、ちょんと皮膚に刺しただけでも死んでしまう猛毒じゃ。もし口に入ったら、すぐに吐き出さなきゃなりません。針で入った場合は絶望的じゃ。しばらくは普通に過ごせるが、だんだんと顔が青くなって汗が出て、血を吐いて死んでしまうんじゃ」

小次郎は、死ぬ少し前の九本松の殿様の様子を思い出していた。イチを怒鳴りつけながら、額に汗をびっしょり掻いていた。それにしても……

「イチよ、その魍魎樒という毒に、なぜそんなに詳しいのだ」

訊ねた小次郎に、イチは涼しい目を向けてきた。

「六十年も生きてりゃ、自然とこれくらいのことは知るものじゃ。まあ、もっとも、私はこの魍魎榼を使って殺したいくらいに憎んだ相手がおりましたがの」

「なんだと――その相手とは誰だ」

「九本松の殿様に決まっております」

イチの言葉に場が凍り付いた。

「あの姥捨て令のせいで、どれだけの友だちを失ったか。九本松の殿様、殺しても殺したりんもんじゃ。この年寄りが、あの殿様を殺すなら毒しかねえ」

「まさか……康高殿を手にかけたのは……お前ではなかろうの」

と問いかける小次郎の顔を真剣にイチは見返していたが、やがて、ぷっと吹き出し、ひゃひゃと笑う。

「私にそんなことができるもんですかいね、お侍さん。できるもんならやってやりたかった、という仮の話で、足腰の弱っとる年寄りにそんな大それたことできるわけねえ」

九本松の所領には、なんとも人の悪い老婆がいたものだ。

「あのー」

と、のんびりした声が割って入った。なえである。彼女は、康高殿の指を見つめている。

「この中指だけ、ぷくーっと赤く膨れてますねえ。ここ、刺されたんじゃないですかねえ」

「本当ですね、これは魍魎榼を刺された跡かと」

つばき丸がうなずく。中指だと？

「しかしいつ、九本松殿はそんな毒の針を刺されたのだ？」

「甲冑じゃないですかねえ」

小次郎の疑問に答えたのは、なえだった。

「九本松のお殿様が触って、私たちが触ってないものっていったら、坂田のお殿様の橙色の甲冑です」

小次郎は思い返す。たしかに九本松は、反応のない甲冑を着た金柑の肩をつかみ、揺すっていた。

「あそこにその、なんとかしきみっていう毒を塗った針がついていたんじゃないですかねえ」

「たしかめるんじゃ。離せ、小次郎！」

小次郎は殿から手を離す。すると殿は、どたどたと天守への階段を目指して走り出した。小次郎が追い、他の面々も続く。天守へ上がっていくと、殺風景な板の間に、橙色の甲冑を着込んだ金柑殿の死体が、先ほどのまま転がっていた。

「ああ、あります」

つばき丸が甲冑の左肩を指さす。たしかに、楊枝《ようじ》の先ほどの針がついている。こんなもの、よほど注意しなければわからない。

「猛毒ですから、絶対に触らないでください」

つばき丸の言葉は、戦慄《せんりつ》の風となって一同のあいだを吹き抜けた。そして、その戦慄をさらに大きくしたのは、なえだった。

「無差別じゃないですか。だって、この甲冑を誰が初めに触るかなんて、仕掛けたときにはわからないはずです。下手人にとって死ぬのは、私たちの誰でもよかったんですよ」

「鬼のしわざよ！」

青ざめたのは、ゆり丸であった。

「金柑殿は言っていたわ。鬼は九つの人間の魂を吸って、切られた腕をまたくっつけることができる。鬼は私たちが見つけようとしている腕を自分のものにしようと、私たちを殺しているのよ！」

「黙っておれ、やかましい」イチが一喝する。「鬼なら一人ずつなんてちまちましたことをせずに、まとめて殺すであろう。これは人のしわざじゃ」

「あ……」

口元に手を当てるゆり丸に向かい、イチは続けた。

「下手人が誰であるにせよ、私らで見つけ出して、三日後に金柑殿の家来が迎えに来るまで縛り付けておく。それしかなかろうの」

「いったいどうやって見つけるというのか」

殿が肩を怒らせた。

「昨晩、お開きになってからのことを一人一人話してもらうのがよかろうと思いますのう。すると、どこかに矛盾が出てくる。理詰めで考えれば、おのずと答えは出てこよう。この中に下手人がいるのは間違いないのじゃからな」

「無礼者が！」殿が再び脇差に手をやる。「わしを何と心得る？　魚井戸の領主なるぞ」

「領主なればこそ、好敵手たる他国の殿様を二人殺《あや》めてもおかしくありませんのう」

イチは目を細め、平然と言ってのける。

「それ以上言うと、たたっ斬るぞ」

「どうぞ。九本松の殿様に殺されかけ、魚井戸の殿様に殺されたとなれば、一人の婆にしては上出来じゃ」

「殿、頭をお冷やしくだされ」

小次郎が立ちはだかると、殿は脇差から手を離し、目をぎょろぎょろさせて廊下へ去っていく。

「わしは部屋に閉じこもる。何人たりとも近寄るでない。近寄った者は、誰であれ必ず殺す！」

どかどかと階段を駆け下りる足音がした。小次郎は追おうとしたが、

「小次郎さん。待ってください」

なえが呼び止めた。

「とりあえずお殿様は放っておいて、お婆さんの言うとおり、昨晩、宴が終わってから、みなさんがどこにいたかの確認からしませんか」

たしかにそれが先決かもしれぬ。この城で殿の他、生きておる者はここにみなそろっている。殿に近づける者はいまい。

「それじゃあまず、私から……」

と、イチから話しはじめた。

＊

みなの行動をまとめるとこうなった。

昨晩の宴は戌《いぬ》の刻（午後八時）ばかりから始まったが、イチが早々に眠いと言い出し、タネ作

とともにあてがわれた「一寸法師の間」へ引っ込んだ。すぐに布団に入り、眠ってしまった。次に宴席を離れたのは、なえである。つばき丸が付き添い、「桃太郎の間」に入り、二人でそのまま眠ってしまった。

坂田金柑、九本松康高、魚井戸信照と小次郎は亥の刻（午後十時）ばかりまで二階の「金太郎の広間」で酒を飲んでおり、同時に部屋に戻って眠った。

ゆり丸、ききょう丸の二人は後片付けをして、一階の台所で余った飯を握り飯にしたあと、すぐ隣にあるくノ一部屋（女中部屋）で眠った。

朝、いちばん早く起きたのはつばき丸のようである。なえを三階の「桃太郎の間」で寝かしつけるだけのはずが、すっかり自分が眠りこけてしまったことを恥じ、二階の「金太郎の広間」に下りていったところ、後片付けはすんでいた。その後くノ一部屋まで下りていき、二人を起こして謝ったあとで、朝飯の準備をはじめた。

金柑は朝飯をふつうの飯か粥《かゆ》か、気分で決める。どちらがいいかを聞きに行くのはききょう丸の役目であった。天守に上ると、珍しく襖が開いていた。そして、甲冑の中で事切れている金柑を発見したのである。

「仰天した私は、すぐに一階に駆け下り、二人に報告を。一緒に来てほしいと言ったのですが、二人とも死体などと恐ろしいものは見たくないと言って、とにかく客人を起こすことにしたのです」

ききょう丸は細い目を伏せて言った。

ゆり丸は魚井戸信照と小次郎の泊まる「花咲かじじいの間」、つばき丸はなえの眠る「桃太郎の間」へ走り、ききょう丸は「浦島太郎の間」の九本松康高を起こしたあとで、「一寸法師の間」のイチとタネ作を起こした。みな、部屋でぐっすり眠っていた。

——小次郎は頭が痛くなった。これでは、金柑を殺した者が誰かわからぬ。

「ふっふふ……」

イチという老婆が笑う。

「これは、二人一組で金柑殿を殺《あや》めたという筋が見えてきたやもしれませんのぅ」

「二人一組だと？」

小次郎は老婆を睨《にら》みつけた。

「さようですじゃ。同じ部屋に眠っている者が夜に抜け出そうとしたら、もう一人は起きるかもしれぬ。その時に起きずとも、金柑殿を殺しているあいだに目が覚めて、同室の一人がいなんだら、怪しく思うはずじゃて。となるとまず怪しむべきは、一人で眠っていた者ということになりまするが」

「あっ」なえが合点がいったように声を上げた。「一寸法師にはイチとタネ作さん、桃太郎には私とつばき丸さん、花咲かじじいには魚井戸のお殿様と小次郎さん。くノ一部屋にはききょう丸さんとゆり丸さん。一人で眠っていたのは九本松のお殿様だけです」

小次郎にもなえの言うことがわかった。

「しかしその九本松康高殿は死んだ。……そうなると、同じ部屋で眠っていた者同士がつるんで殺したことになるが」

「なえとつばき丸は昨日初めて会ったのだから、共謀するとは思えん。除外してよかろうのぅ」

イチが言う。

「某《それがし》は大事な鳩を殺された。除外してよかろう。となると、わが主君、魚井戸信照殿も……」

「どうだかのう」

イチの疑わし気な目。

「そもそもあの鳩に文を届けることなどできたか怪しいものじゃ。何らかの理由で金柑殿と康高殿の命を狙うため、ただの鳩をそういう鳩と偽って連れてきたかもしれぬ。鳩は殺してしまえば真実は闇の中。蓋付きの箱の中に毒入りの麦をしのばせる。そのようなことをもっともたやすくできるのは、飼い主に他なりませんしのう」

大事に育てた鳩にそんな仕打ちをするわけがない。

「ばばあ、もう一度言うてみよ！」

小次郎が怒りを爆発させたそのときであった。

どごん、と不穏な音が響き、床が揺れた。きゃあ、とゆり丸が耳をふさぐ。

「い、今のはなんでしょうか」

なえが目を丸くしていた。

「何かが爆発したような」

珍しく、タネ作が口を開く。たしかに、以前に聞いた鉄砲の爆発音のようであった。

「まさか、お殿様……」

なえの言葉に、小次郎は弾かれたように立ち上がった。階段を駆け下り、花咲かじじいの間へ走る。布の掛けられた九本松康高の死体の脇を通り抜け、襖を開け、その凄惨な光景に息をのんだ。

そこらじゅうに、小判がばらまかれている。その中央に、主君、魚井戸信照がうつ伏せになっている。体の下にはじんわりと血の池が広がりつつあった。

近くに倒れた白犬の剝製の口から、一筋の白い煙が立ち上っていた。

五、つばき丸

つばきはもう、怖くて怖くて、足が立たぬほどになっていた。

こんな城で働くのではなかったと後悔してももう遅かった。

坂田金柑殿が城で手伝いを探しておるらしいと父から聞かされたのは、十五日ばかり前のことだった。

報酬がたんまりもらえるそうだ。行ってこぬか――。つばきの目を覗き込んで、半ば頼むように言ったのだった。

父は医師だが、貧しい人ばかりを診て、薬代ももらわぬ。そのうえ海の向こうからやってくる高価な漢方薬などを買うものだから、家計は常に火の車である。つばきも家を支えるために傘張りやら裁縫などの仕事をするのだが、何の足しにもならない。城で働いてたんまりもらえるならと、二つ返事で承諾したのだった。

ともに働くことになったのは、ゆり丸ときぎょう丸という年の似通った二人だった。ゆり丸は臆病者で、ききょう丸は言い方がきついところがある。しかしおおむね気が合い、仕事に慣れていくにつれ、楽しくなった。

謎解きの手伝いのため、三日間城に泊まるようにと言われたときには何のことかよくわからなかった。その後、よその二つの領国からお殿様が来るということを聞き、重要なお世話をするのだと思った。

張り切っていたのに……今朝になって金柑殿が殺され、次いで九本松のお殿様が魍魎榁などという猛毒で殺された。そして今、目の前で……

「つばき丸！」

小次郎殿に名前を呼ばれたので、つばきはびくりと身を震わせた。

「何をぼんやりしておるのだ。殿を助けんか！」

鬼気迫る顔であった。つばきは倒れている魚井戸のお殿様のそばに近づく。血がどくどくと流れていて、ぴくりとも動かない。

「もう……助からないかもしれません……」

絞り出すように言うと、小次郎殿もわかっていたと見え、がっくりとその場に膝をついた。

「くう……殿。申し訳ございませぬ。この小次郎がついておりながら……」

「お、お、お殿様はどうして死んでしまったんですかね」なえちゃんが震えながら言った。「なんだか火薬のにおいがする気がしますけど、その犬の口から、煙が出てますね」

つばきは犬の剝製を見た。この城に勤めはじめたときから、この花咲かじじいの間の床の間にあるものだった。そばにあった臼の中には、偽物の小判がたくさん入っているが、その小判は今、倒れている魚井戸のお殿様のそばにばらまかれている。

「見るがいい」

イチというお婆さんが、臼の中を覗き込んでいた。そこには、つばきが見たこともない小さい金具が組み合わさった妙なからくりがあった。よく見れば、臼の下から犬の剝製に紐がつながっている。

「この小判を取って重みがなくなると、からくりが作動して紐が引かれる仕組みになっておるようじゃ。大方、犬の中に短い火縄銃が入っておるのだろうの」

小判を取ると、引き金が引かれて弾が発射される。恐ろしいからくりだとこの老婆は言うのだった。

「どなたか存じませんが下手人様、もうやめてください。お願い申し上げます、やめてください。家《うち》へ帰してください」

ゆり丸が涙を流しながら両手をすり合わせている。

「落ち着きなさい」

ききょう姉さんがその肩に手をやると、ゆり丸は両手を顔に当ててひっくひっくと泣きはじめる。泣きたいのは、つばきも一緒だった。きっとなえちゃんだって……と思っていると、

「下手人はひょっとして、もう全部のからくりを仕掛け終わっているんじゃないですかねえ」

そのなえちゃんが言い出した。

「なんだと？」

「考えてみてください小次郎さん。九本松のお殿様は甲冑に仕込まれた毒針で、魚井戸のお殿様はこのからくりで、二人とも直接手を下されたわけではありません。下手人は……誰だかまった

くわかりませんけど、この七人の中にいるのは間違いないです。きっとこの七人はお互いを見張りながら一緒に動くことを、下手人も予想しているはずです。となれば、直接殺す機会はありません。誰かがお殿様のように、からくりに当たって死ぬのを待っているんじゃないですか」

つばきは驚いた。昨日添い寝をしてあげたときには、ただの田舎臭い女の子かと思っていたのに、つばきより遥かに冷静で、賢くものを見ている。

小次郎殿はそんななえちゃんを見つめ、

「なるほど。……あいや、ということはだ」

と言った。

「下手人はまだ、人を殺そうとしているということか」

「鬼の腕を見つけてくっつけることを考えてるとすると、そうじゃないですか。九人殺さなきゃなりませんから」

つばきは恐怖で気が変になりそうであった。

「この城にはまだ、同じようなからくりが……いや待て。だとすると、われらより先に城にいた者が怪しいということにはならないか」

小次郎殿は今度は、つばきに厳しい視線を向けてきた。

「ゆり丸、つばき丸、ききょう丸。お主らのしわざではないのか？　お主らはまさか、わが三国以外のどこかの国の隠密《おんみつ》で、三国の城主の命を一度に奪う使命を帯びてここへいるのでは……」

「そんなわけはありません！」

気丈にもききょう姉さんが言い返した。

「私たちはみな、金太郎城城下の町娘です」

「だとしても、われらより先にこの城に入っていたのは間違いない。こんなからくりを仕掛けられるとしたら、お主らしかおらん」

たしかに客人からすればそう思うだろう。だが、つばきは何も知らない。だとしたらゆり丸か、ききょう姉さんが……

「もう一人いますだ」

そのとき、田舎臭い声が聞こえた。ぼんやりした顔の、イチ婆さんの息子――タネ作だ。

「金柑殿ですだ」

「金柑殿だと？」

「そうですだ。いくらくノ一のお三人だって、こんなからくりを用意するのは大変ですだ。それよか、城主の金柑殿が用意したと考えるのがいちばんしっくりきますだ」

「馬鹿を言え。金柑殿はいの一番に殺されてしまったではないか」

「からくりを仕掛けたのは金柑殿で、金柑殿はそのあと、別のやつに殺された。これならどうですだ」

小次郎殿は絶句した。ふっふふと笑い声。

「タネ作、おめえにしては上出来じゃの」

イチ婆さんだった。

「はぁー」なえちゃんも嘆息《たんそく》するようにうなずいた。「たしかに、自分以外に九人をこの城に集めることができたのは、坂田のお殿様だけですもんね。九本松のお殿様は一人ですから、簡単に殺す機会はあるけれど、うちのお殿様は小次郎さんが常にそばにいて機会がなさそうだ。だからってことで、あらかじめからくりを仕込んでおいたのかもしれないですね」

「そのからくりが金柑殿のしわざなのだとして」

小次郎殿がなえちゃんに訊ねる。

「まだからくりは残されているのだろうか」

「さあ……でも、九人殺すのが目的なら、ありそうですね」

「それならば、確かめて回らねばならぬ。これ以上の犠牲者を出すのはいかんからな」

「あのー、つばき丸さん」

なえちゃんがつばきのほうに向けて手を振る。

「本当は訊いちゃいけないと思うんですけど、お殿様が三人も死んでしまったからもう訊いちゃいますけど」

「何かしら？」

「金柑殿が仕掛けた謎かけって、お三人さんは答え、知ってるんですか？」

つばきはゆり丸とききょう姉さんのほうを振り返った。二人とも無言で首を振る。

「私たちは何も聞いていないの。ただ、この謎かけ歌を歌えと、歌詞と節を教えられただけ」

「じゃあ、あの歌の意味も知らないんですね。どこに鬼の腕があるかも」

「そうよ。あとは客人のもてなしをしろと。ただ、もしかしたら謎解きの途中で手伝いが必要になったときには申し付けるから、いつでもその心づもりはしておけと……そう言われたわ」

なえちゃんは口元に手を当て、畳の上をしばらく歩き回った。そして、床の間の前で立ち止まり、臼を覗き込んだ。

「この臼の中の小判なんですけど、謎かけ歌の中にあった『花咲かじじいの黄金』じゃないですか？」

「おらもそう思ってただ」

なえちゃんに、タネ作も同意する。

「きっと魚井戸のお殿様は、謎かけ歌の歌詞どおりにこの黄金を天守の床にばらまこうとして、犬の口から出た弾に当たったんだべ」

そうか。たしかにそんな気がする。

「だとしたらよ、他にもこんな仕掛けがあるような気がするだ。歌に歌われているようにしようとすると爆発したり何かが落っこちてきたりする仕掛けがよ」

一同を見回しながら震えるタネ作を見て、

「そうね……」ききょう姉さんが呆然《ぼうぜん》として言った。「私、ずっと気になっていたの。一寸法師の間にある黄金のお箸。そして、浦島太郎の間にある黄金の竿」

「歌詞、そのまんまですもんねえ」

なえちゃんが笑顔を見せる。

「行きましょう」

ききょう姉さんのあとに続き、七人でまず一寸法師の間にやってきた。床の間に、大きなお椀と、大人の男ひとりの背丈ぐらいある黄金色の箸が飾られている。

「この箸を取ると、何かが起こるんでしょうか」

なえちゃんが近づこうとするのを、「待て」と小次郎殿が止めた。刀を帯から外し、紐をほどいた。紐の先には根付《ねつけ》が付いている。それを重しとして小次郎殿はぐるぐる回すと、箸に向かって投げた。紐はくるりと箸に巻き付く。

「お見事です」

なえちゃんの掛け声と同時に、小次郎殿は紐を引っ張る。箸が手繰り寄せられる。どこかから弾が飛んでくるか、はたまた矢が飛んでくるか……しかし、何も起きなかった。

「からくり、ありませんねえ」

「油断はならぬ。浦島太郎の竿のほうにあるやもしれん」

続いて七人は連れ立って、九本松のお殿様が宿泊していた浦島太郎の間へやってきた。この部屋の床の間には、亀にまたがった浦島太郎の人形がある。その浦島太郎が肩に担いでいる黄金色の竿を、小次郎殿はさっきと同じ要領で巻き取った。こちらも何も起きない。

「どうも見当はずれのようだな」

小次郎殿はタネ作を睨みつけた。「す、す、すみませんですだ……」タネ作は申し訳なさそうに下を向く。

「いや、まだわかりませんよ」

なえちゃんがまた言って、つばきのほうを向いた。

「つばき丸さん、一寸法師さんのとこと、浦島太郎さんのとこ、歌ってください」

つばきは言われたとおり、その節を歌う。ゆり丸ときぎょう姉さんも合わせてくれた。

「やってきたのは一寸法師／櫂に使った黄金の箸を／東の大将にめぐんだと

やってきたのは浦島太郎／竜宮みやげの黄金の竿を／西の大将にめぐんだと」

「はい。この、東の大将、西の大将っていうのは誰のことでしょうか？」

「そんなの知るわけがなかろう」

小次郎殿が呆《あき》れるが、なえちゃんはもう答えを見つけているようだった。

「私は、金太郎の広間にいる、二頭の熊さんだと思うんです。二頭ともまわしをつけていましたし、金太郎さんって、熊さんとお相撲を取るのが有名じゃないですか」

「はぁー、賢いのぅ、この子は」イチ婆さんまでもが感心したようだった。「たしかに二頭の熊は、東と西に一頭ずつ置かれていたし、両前脚をこうやって体の前で輪っかのようにして、何かをつかもうとしているようじゃったのぅ」

「なるほど」タネ作がぽんと手を打った。「箸と竿をそれぞれ、東と西の熊の前脚に持たせるだ」

「そう思いますねえ」

タネ作が箸を、小次郎殿が竿を持ち、七人は階下の金太郎の広間へ向かう。

床も天井も中央の柱も黄金に彩られた、まばゆいばかりの部屋。土俵に見立てられた床の丸い模様。柱をはさんで向かい合うように立っている、頭に鹿の角を持つ二頭の熊。ともに両前脚を胸の前で輪のようにしている。つばきは初めてこの城に来たその日から、妙な格好だなあと思っていたのだった。

「気を付けてくださいね。何か、危ない様子があったらすぐ止めてください」

なえちゃんが言う。タネ作はおそるおそる箸を熊の前脚の輪の中に入れる。箸の先が床に着くと、ずるりと滑ってしまう。

「その竹の中に入れたらいかがでしょうか」

つばきは提案した。熊の後ろ脚から柱のほうへ三尺（約九十センチ）ほどのところに、一寸（約三センチ）ほどの高さの竹の輪が動かないように床に付けられている。タネ作はゆっくり箸のとがった先をそこへ入れるが、何も動かない。箸を熊の肩にもたれさせるようにすると、柱に向かって斜めになった状態で、箸は動かなくなった。

西の熊の後ろ脚の近くにも、同様に竹の輪がある。今度は小次郎殿が、西の熊に同じように黄金の竿をもたれさせる。

「やはり、何も起こらないではないか」

「……本当ですねえ。金柑殿が仕掛けたものではなかったのかもしれません」

なえちゃんは東西の熊を見比べた。

「しかし、これが何だというんでしょうか」

「なえ。今は謎かけについて考えているときではなかろう。殿を殺した者を見つけなければ」

小次郎殿がたしなめるが、なえちゃんは「でも」と言い返した。

「下手人の目的が鬼の腕なんだとしたら、謎かけ歌について考えるのは無駄にならないと思いますねえ。私たちが先に見つけちゃえばいいんです、鬼の腕」

「う、うう。まあ、そうだな」

「箸と竿と、こんな状態にして何が変わるんですかね。ねえ、イチ婆さん」

なえちゃんはイチ婆さんを振り返ったが、さっき座っていた椅子にはおらず、金の床をずりずりと這って、東の熊の背中に回り込んでいた。

「お婆さん、何をしているんです？」

「うん？　いやあ、昨晩から気になっとるんだが、この熊、綿でも入れたあとか、背中にわずかなほつれがあるんじゃ。誰か縫い付けてやったほうがええんじゃないかのう」

なんとも暢気《のんき》なお婆さん。謎かけ歌は本来、この城でいちばん解かなければならなかったはずなのに、まったく解く気がなさそうだ。

「あれ」

タネ作が腰に手をやったのはそのときだった。

「おらの竹筒がねえな。ありゃ大事なもんが入っとるで、なくなると困るだ。上の階に置いてきたかもしんねえな」

「取ってきたらええ」

イチ婆さんがふわあとまたあくびをしながら言った。みんなで戻るのかとつばきは思ったが、疲れた老婆はその場を動きたがらず、なえちゃんも腕を組んで謎かけ歌について考えを深める様子である。

「タネ作さん、私がついて行きます」ゆり丸が言った。「実はさっき、その竹筒が浦島太郎の間に転がっているのを見た気がするのです」

「なんだって」

「ご案内します」

二人は階段を上っていく。つばきもついて行こうかと思ったが、

「ねえ、つばき丸さん」

なえちゃんがまた話しかけてきた。

「桃太郎さんのところ、歌ってもらえますか」

「ええ……歌ってもいいけど、歌詞が知りたいだけなら屛風に書いてあるわ」

と、部屋の隅にたたんであった屛風を持ってきて広げた。なえちゃんはその屛風の前に立って、じっくりと歌詞を読む。

「魚井戸の殿様がやろうとしていた、天守の床に黄金をばらまくっていうの、まだやっていませんねえ」

「やっても何も変わらんじゃろう」とイチ婆さん。

「洗濯ばばあっていうのは、桃太郎さんのお婆さんですよね。『川で拾った桃切るように、その真ん中をすっぱりと』……『その』ってなんでしょう。何の真ん中を切るんでしょう、つばき丸さん」

つばきは首を振る。

「わからないのよ。私たちも、初めてこの歌詞を読んだときから何だろうって思ってるの」

「そうですか。何だろうっていえば――『鬼があらわれこのままじゃ／へ土が出るわとののしった』ってとこ。『へ土』って何ですか?」

「反吐《へど》のことだろう」と小次郎殿が言った。「憎らしい相手に向かってよく言うだろう、『貴様を見ていると反吐が出る』と」

「それはわかりますけど、どうしてかなの『へ』に『土』なんですか」

「わからん」

「坂田の殿様は、漢字を知らなかったんではないかのぅ」
イチ婆さんがそう言って、またまたふわあああと大あくびをした――そのときだった。
どすん、とものすごい音が階上から響いた。ついで、
きゃああ――絹を裂くような、ゆり丸の叫び声。

六、なえ

なえたちは、浦島太郎の間の襖の前に集まり、ずうっと黙っている。

なえはただただ、悲しさの底に沈んでいた。お殿様たちが亡くなったのに、どこか謎かけ歌を楽しんでいた自分が恥ずかしくもあった。

襖を振り返り、イチ婆さんは大丈夫だろうか、と心配になる。息子を亡くした母の気持ちというのは、どんなに悲しいものだろう。


きゃああ――ゆり丸さんの叫び声が聞こえたとき、なえはびくりとした。

「急げ！」

小次郎さんが階段へ走り出す。なえもすぐに追った。

ゆり丸さんは、浦島太郎の間の廊下で腰を抜かしていた。どうしたのだと小次郎殿が問うと、震えながら部屋の中を指さすだけだった。部屋に入って、なえは息をのんだ。

タネ作さんの上に、タイやヒラメの彫られた平べったい大石が倒れていた。下敷きになったタ

ネ作さんは血を流し、ぴくりとも動かなかった。その手には、竹筒が握られていた。

「た、タネ作さんは先ほど、この部屋で竹筒を落とされたのです……」

ゆり丸さんは涙を流しながら震える声で言った。

「やっぱり私が見た通り、竹筒は大石の下に転がっていました。タネ作さんがそれを拾おうとしたとたん、ぐらりと大石が傾いてきたのです。私が見ている前で、タネ作さんは大石の下敷きに……ああ、あああ」

「大石の後ろに誰か隠れていたのか？」

「わかりません。わかりませんが、私には、ひとりでに倒れてきたように見えました」

小次郎さんの問いに答えると、ゆり丸さんは頭を抱え、ああ、あああ……と泣き出した。

「た、タネ作……」

なえの背後で、イチ婆さんの悲痛な声がした。みな、急いできたので忘れていたけれど、イチ婆さんは足が悪くて、階段を上るには時間がかかるのだった。イチ婆さんは這うようにタネ作さんに近づいていくと、竹筒を握っているその手をつかんだ。

「お、おお、タネ作……誰じゃ、誰がお前をこんな目に……」

あの落ち着いたイチ婆さんからは、考えられないくらいの取り乱しようだった。

「……出て行ってくれ」

イチ婆さんは呆然としているなえたちを振り返り、恨みのこもった声で言った。

「ここから出て行ってくれ。タネ作と二人にしてくれぇ！」

白髪を振り乱し、つばをまき散らすその剣幕に、みな後ずさりをして廊下に出た。イチ婆さんは襖をぴしゃりと閉めた。おいおいと泣く声が襖の向こうから聞こえた。

それから一刻ばかりが過ぎただろうか。誰もみな、しゃべらずに時折、顔を見合わせているだけだ。イチ婆さんが心配なのはもちろんのこと。こうして一緒にいれば、お互いを見張れるという暗黙の了解があるように、なえには思えた。

と、そのとき、すっ、と襖が開いた。

「イチさん」

つばき丸さんが言った。目が真っ赤になって、まるで人が変わったような恐ろしい形相のイチ婆さんがそこにはいた。イチ婆さんはその目をなえに向けた。

「なえ……」

「は、はい」

「お前だけ入れ」

なえはうなずき、立ち上がる。

「待て。婆さんが下手人でないとも限らん」

小次郎さんが心配して声をかけてくれるが、

「お前は入るなっ！」

くわっと口を開いたイチ婆さんに、びくりとして動きが止まった。なえは小次郎さんに向かって微笑んでみせた。

「大丈夫です。イチ婆さんはそんな人ではありません」

なえは浦島太郎の間に入り、襖を閉めた。

タネ作さんは、大石の下敷きになったままだった。イチ婆さんはそんなタネ作さんに近づくと、血にまみれて冷たくなった頬を、しわしわの手で撫《な》でた。

「おつむの足りん子での。暑い日にちゃんちゃんこを着て働きに出て汗だくで帰ってきたり、そうかと思うと、冬の寒い日に笠もかぶらずに商売に出ていったり……でも、心の底から優しい子なんじゃ」

「はい」胸を潰されんばかりの気持ちで、なえは答えた。

「姥捨て令を破って私を捨てずにかくまってくれての。嬉しかったが、今となっては悔やんでおる」

「悔やんでいる？　どうしてです」

「あのまま姥捨て山に捨てられておったら、こんな悲しい思いをせずにすんだかと思うとの……」

ぽろりと、イチ婆さんの目から涙がこぼれた。何と声をかけていいか、なえにはわからない。

「ちょっとこっちへ来い」

よたよたと、開け放たれた障子窓のほうへ近づいていくイチ婆さん。なえもそばに寄る。眼下には海のように広い堀が広がっている。堀の向こうまで泳ぐことなどできまい。

「……なえよ」

風にうねる水面をしばらく眺めたあとで、イチ婆さんは言った。

「ずいぶんと若いころになるがの、今この城で起こっていることと似た、おそろしい出来事があったと聞いたことがあるんじゃ。小さな島にの、老若男女が十人集められ、古《いにしえ》の歌になぞらえられるように次々と殺されていく。一人死ぬたびに、屋敷に飾られておった十体のこけしが一つ、消えるのだそうじゃ。生き残りはいよいよ三人になり、二人になり、一人になり」

恐ろしげな顔で、なえの顔を見つめるイチ婆さん。

「そして、だーれもおらんようになった」

「だーれも……」

「さて、なえよ。下手人は誰だったんじゃろうのう」

「その、最後の一人じゃないんですか」

「違うんじゃ。下手人はの、実は途中で殺されたふりをして、隠れて残りの者を殺しておったんじゃ」

「殺された、ふり……？」

なえの頭の中に、今朝から見てきた死体の顔が素通りしていった。坂田金柑、九本松康高、魚井戸信照、そしてタネ作……

「まさか、今まで死んだ人の中に下手人が？　イチさんは、それが誰かわかったというのですか？」

この頭のいいお婆さんならあり得る。なえは期待したが、イチ婆さんは口を半開きにして、呆《ほう》けたような顔でなえを見ているだけだ。恐ろしいほどの沈黙のあと、イチ婆さんはゆっくりと首を横に振った。

そして突然、ぐわっと両手を伸ばしてなえの両肩をつかんだ。

ぐぐぐ、ぐぐぐ……どこにそんな力があるのかというほど強く、イチ婆さんの指に力が入る。

「痛い。痛いですイチさん。どうしたんですか」

イチ婆さんは答えず、しわだらけの顔をぐーっと近づけてくる――。

七、小次郎

「きゃあああっ！」

浦島太郎の間の中から、なえの叫び声が聞こえた。

「うそ。どうして、どうしてです？　やめてください！　ああ、あああーっ！」

「なえ！」

小次郎は立ち上がった。襖を壊さんばかりの勢いで引き開ける。部屋の中には……誰もいなかった。

いや、大石の下敷きになったタネ作の死体はそこにある。だが、イチとなえの姿はどこにもない。開け放たれた障子窓から、生暖かい風が入ってくる。

「まさか……」

つばき丸がどたどたと、障子窓へ駆け寄る。下を見て、「あああ……」とくずおれる。小次郎も、他の二人のくノ一とともに窓の下を見て、愕然《がくぜん》とした。

深緑色の堀の水面に、花柄の着物を着た女児が、うつ伏せに浮いている。

「なえ……」

動く様子もない。血の色は見えないが、死んでいるのは間違いなさそうである。そして、なえの横に、薄汚れた鼠《ねずみ》色の着物も浮いている。あれは、イチの着物だ。

「イチさんのしわざだわっ！」ききょう丸が甲高い声で叫んだ。「タネ作さんを失って自暴自棄になったイチさんは、なえちゃんを道連れにして、堀に身を投げたのよ！」

きゃああと頭に手を当て、ゆり丸が泣き叫ぶ。小次郎は信じられぬ思いであった。いくらなえが子どもとはいえ、抵抗すれば逃げられるのではないか。小次郎の頭の中で、あのずる賢そうな老婆がニヤリと笑った。

「イチ、どこだ！」

部屋の中を振り返る。

「お主、自分の着物をなえとともに放り投げ、自分が死んだように見せたのだろう。そうしておいて、隠れながら、残っているわれらを殺すつもりであろう」

刀を抜き、振り回しながら部屋の中央へ出る。倒れているタイやヒラメの大石を睨みつける。

「そこか」

平伏するような体勢で、大石の下を覗き込む。タネ作の死体の他に、誰もいない。立ち上がり、ぐるりを見渡す。ここに泊まっていた九本松康高の行李《こうり》がある。中を引っ掻きまわすが、老婆の姿などどこにもない。床の間に近づき、亀にまたがっている浦島太郎の人形を検《あらた》めるも、もとより人間より一回り小さくできている。老婆がこれに化けたなど、荒唐無稽《こうとうむけい》なことが起きたわけがない。

「イチ、どこだ、イチ！　そうか。逃げたか」

「それはできないでしょう」

ききょう丸が言った。

「イチさんは足腰が弱く、何かにつかまってようやく歩ける程度です。すばやく逃げるなどできるはずもありません」

「そうよっ」ゆり丸が叫ぶ。「イチさんは死んだわ。なえちゃんも……死んだ」

ああはあ……と両手で顔を覆い泣きじゃくる。鳴き声と笑い声が混じっているようにも聞こえた。

なえが、死んだ——。

一緒に行くことになった、なえという者です。百姓の娘で、おしゃべりの他になんにもとりえがありませんが、よろしくお願いしますね。

金太郎城へともに来ることが決まってはじめて挨拶《あいさつ》されたとき、なんと田舎臭い子どもだと思ったものだった。それが、小次郎さん、小次郎さんと犬のようにじゃれついて話しかけてくるにつれ、可愛く思えるようになった。

そのなえが、死んだ。

主君だけではなく、なえの小さな命も守ることができなかった。

無念。そんな言葉ではとても収まりきらない、悲哀と、憤怒と、虚無が胸の中からあふれ出し、暗鬱《あんうつ》たる靄《もや》となって、小次郎の体を包んでいく。

武士の名折れ。男としての恥。このままこの城を出ることができたとして、生きていけるものか。

小次郎は廊下へ向かって歩き出す。

「小次郎さん。どこへ？　一人では危のうございますよ」

ききょう丸が声をかけてくるが、

「黙れ！」小次郎は一喝した。「ついてきたら、斬る」

静かな声だったが、三人の女をその場に留めておくには十分だったようだ。小次郎は廊下を出て、ぐるりと東に回り込んで九本松の死体のそばを通り抜け、花咲かじじいの間の前に立つ。

ほぼ一日前、この桜吹雪の描かれた襖の前に立ったときには、豪華さに心が躍ったものだった。

それが今はどうだ――。

襖に手をかけ、一気に開く。主君、魚井戸信照の血はもうすっかり固まっていた。ふと、小次郎は違和感を覚える。

左手、堀に面した障子戸が、少し開いている。

ここは、しっかり閉めたはずだが……

「何やつか、おるのか？」

つぶやくように訊ねたが、帰ってくるのは静寂だけだった。障子戸を開けるが、空が広がるばかり。眼下の堀には、隣の浦島太郎の間で先ほど見たのと同じとおり、なえの死体とイチの着物が浮いている。

鬼――。

その言葉が頭に浮かぶ。

坂田金柑、九本松康高、魚井戸信照。この三人が殺された段階ではまだ、下手人は身分ある者の命だけを狙ったのだろうとどこかで思っていた。だが、タネ作は違う。下手人の目的は人の命そのものということになろう。

なえとイチはきっと、その何者かに殺されたのだ。

鬼ならば空を飛ぶこともできよう。障子から入ってきて、両の手でなえの頭とイチの頭をつかみ、外へ引きずり出して堀に落とした。イチの体は持ち去られてしまったのかもしれぬ。

「敵《かな》う相手ではないな」

ふっ、と笑い、小次郎は主君の前に膝を落とした。刀を一度脇に置き、もろ肌を脱いだ。

刀を取り上げ、その刃を見つめる。心は澄み切っていた。侍ならこれを、僥倖《ぎょうこう》と呼ぶべきだろう。

奥歯をぐっとかみしめ、一気に腹に刀を突き立てる。畳に、血が花のように散る。

「うっ、うぐぐ……。ぐがあっ！」

出すまいと思っていたが、やはり声が出てしまった。つくづく拙者は、情けない男だ。

八、ききょう丸

小次郎さんが浦島太郎の間を出ていってから、ききょうは呆然としている。ゆり丸も、つばき丸もだ。

ききょうは長女である。幼きころから茶店の仕事を手伝う傍《かたわ》ら、三人の弟の面倒を見てきた。父も母も体が弱く、いつも自分がしっかりしなければならないという気持ちを子どもの頃から植え付けられてきており、そんな自分を嫌いではない。この城でともに働くことになった、ゆり丸、つばき丸の二人も、妹のように思っている。だから今も、二人を安心させてあげたい。

だが、無理だ。

助けの来ない城の中で、次々と命が奪われているこの状況では、何を言ってあげればこの二人が安心するのかなど。特に臆病者のゆり丸など、さっきから耳をふさいで目をつむっているばかりだ。

いったい誰なのだろう。金柑殿と私たち三人、そして客人たちの他にこの城に誰かが潜《ひそ》んでいるということはありえない。だとしたらやっぱり、死体の見つかっていないイチだろうか？　そもそも足腰が弱っているというあの姿自体が、周りを騙すための嘘なのだとしたら。……でも、と大石の下敷きになっているタネ作を見る。

イチが、タネ作を殺す理由がない。

「うっ、うぐぐぐ……」

と、ききょうの耳に、妙な声が届いた。窓の外からだ。

「ぐがあっ！」

あれは——。

「小次郎殿の声だわ！」つばき丸が叫んだ。

そうだ。小次郎さんの声。隣の花咲かじじいの間からだろう。つばき丸のまるまる太った体が廊下へ飛び出していく。ついでゆり丸も。

「二人とも、待って！」

人を殺す鬼のような者が――イチが、どこかに潜んでいるかも知れない。二人を守らなければ。

ぐるりと廊下を回り、花咲かじじいの間に飛び込む。

「……！」

言葉を失った。小次郎さんは、魚井戸殿の死体の前で、切腹をして果てていた。目を見開き、口からは血の混じった泡が垂れている。

「いやああっ！」ゆり丸の金切り声。つばき丸は口をぱくぱくさせて言葉を失っている。

主君を失い、同じ領国から来た女児を死なせてしまい、生き恥をさらすくらいならと自害したのだろう。その男の死体を見つめるききょうの中に、言い知れぬ感情がわいてくる。恐怖もある。悲哀もある。だがそれ以上に――怒り。

これでけじめをつけたつもりだろうか。これが侍の生きざまだというのなら、あまりに身勝手ではないだろうか。

ききょうは強く心に誓った。――私は、どんな恐怖の中にいても、自ら死を選ぶなどということはしない。

「ゆり丸、つばき丸」

腹に力を込めて、二人の名を呼ぶ。涙にまみれた、二つの顔がききょうに向けて振り返る。

「ご飯を食べましょう」

「……はい？」

「もう私たち三人だけになってしまったけど、何があっても生きるのよ。私たちの命を狙っているそいつと戦うの。そのためには、腹ごしらえをしなきゃ」

笑ってみせた。頬が引きつってしまったかと思ったが、二人は顔を見合わせ、

「はい」

と、答えてくれた。

連れ立って廊下へ出て、階段を下りる。

台所は一階である。外から見たら石垣の部分にあるため、床も天井も柱も黄金に輝く階上の金太郎の広間に比べ、薄暗くてじめじめした場所であるが、米も野菜も魚も、味噌《みそ》も漬物も水も、十分にある。

「何を食べる？　私たちしかいないのだから、何を食べても文句を言われないわ」

ききょうがおどけると、ゆり丸もつばき丸もふふ、と笑った。

「それなら、私は味噌汁を作ります」

ゆり丸が包丁を握る。三人の中で、もっとも料理がうまいのはゆり丸だった。苦労人で、子どものころから料理を任されてきたのだという。ききょうはといえば、弟の世話はできるものの、料理はからっきしだった。

「それなら私は漬物を……あら？」

漬物や味噌を保管している漬物蔵へ向かおうとしたつばき丸が、動きを止めた。

「どうしたの、つばき丸」

「今朝、二人に会う前、私、洗い場で顔を洗ったんです。そのとき、ここににぎり飯があったと思うんですけど」

たしかに、昨日の宴で余った飯を、寝る前にゆり丸と二人でにぎり飯にして洗い場の脇に置い

たのだった。

「誰か食べました？」

「食べてないわ」ゆり丸が応えながら、すとんと大根を切る。

「仕方がないわね。私がお米を炊きましょう」

ききょうは胸をどんと叩いた。本当のことを言えば、米を炊くぐらいしか自信がないのだ。米は漬物とは逆のほうに置いてある。米俵を開き、升で米を量る。

「お願いします、ききょう姉さん」

つばき丸が板戸を開け、漬物蔵へ入っていく。ぎしーっと板戸が閉まる音がした。

「ええと、何合ぐらい炊こうかしらね」

棚から釜を取りながら、背後で大根を切っているゆり丸に話しかけた。

「とりあえず三合。いや、つばき丸はもっと食べるかしらね。余ったらにぎり飯にしてしまえばいいんだし」

と振り返ると、驚くほど近くにゆり丸の顔があった。口を真一文字に結び、ききょうの顔をじっと見つめている。

「ゆり丸、どうしたの……えっ」

ききょうは視線を下にやった。

さっきまで大根を切っていた包丁が、自分の腹に突き立てられていた。

どくどくと、紫色の着物が赤く染まっていく。痛いというより、熱かった。

ゆり丸がゆっくりと、包丁を握っていた手を放す。ききょうはじめじめした台所の床に、膝をついた。

「ど、どうして……」

ゆり丸の顔を見上げて問うた。そこには、いつもの臆病者の顔はなかった。

「ごめんね、ききょう姉さん」

ゆり丸は薄笑いを浮かべている。

「私が、みんなを殺したの」

まさか、どうして──それはもう、言葉にならなかった。

ぎしーっと、漬物蔵の戸が開く。つばき丸の悲鳴が、どこか遠くで聞こえていた。

九、ゆり丸

「な、な、何を、何をしているの……」

ゆりは振り返った。つばき丸が糠《ぬか》から出してきたばかりの茄子漬を手にして、震えている。

「ききょう姉さんを殺しているのよ」

「うそ。うそでしょ。臆病者のあなたに人なんて殺せるわけがない。厠に行くのだって、怖いからついてきてほしいって私に頼むじゃない」

うんざりだ。医者の娘だかなんだか知らないが、初めて会ったときから嫌いだった。こんなにまるまると太って。世間知らずだから働いてきなさいと親に言われたって？　貧乏暮らしなど、したことがないのだろう。

事切れたききょう姉さんの腹から包丁を抜き取り、すばやくつばき丸に突き付けた。

「ひっ！」

つばき丸は後ずさって、漬物蔵の中へ逃げていく。

「馬鹿ね。そっちは行き止まりじゃない」

ゆりも追って入った。こちらは台所よりもさらに暗い。つばき丸は漬物桶と味噌桶のあいだに入り込み、手をこちらに向けている。

「どうして……」

ゆりはおかしくて、はっはっはっと笑ってしまった。

「どうして、ですって？　鬼の腕がほしいからに決まってるじゃない」

「鬼の腕……そんなものをどうするの」

「大人の男千人にも勝るという力を得るのよ。鉄の山を掘るために」

＊

ゆりの家は代々、鍛冶屋である。

祖父の代までは槍や鉄砲も作っていたが、戦乱の世は終わり、父は主に鍬《くわ》や鋤《すき》といった農具を作っている。父は職人気質で、一つの鍬を作るにも細部までこだわる。そのため高値になり売れず、いつも貧乏暮らしであった。

そんな父の仕事が、三年ほど前からうまくいかぬ。

鉄の元になる黒い石。近所の山からそれが採れぬようになっている。石が枯渇したからではない。掘り手がいないからである。

山から石を採る仕事はきついばかりか危険を伴う。だがそれに見合うほどの実入りはない。若い男はもっと楽で稼げる仕事を町で探し、新しい黒い石はなかなか手に入らなくなっている。

父の同業者は、古い農具を直すことでなんとか食いつないでいるが、父はそんなことはしないという。新しい石から新しい鉄を作り、新しい道具を作るのが、先祖から引き継いでいる家の仕事だと言うのである。ゆりはそんな父を誇りに思うが、仕事がないのでは食っていけない。

みずから黒い石を掘りにいけたら、父も仕事ができるのに……そんなことを思っても、非力なゆりには務まるはずはない。

坂田金柑殿が持つ鬼の腕の話を聞いたのは、そんなときだったろうか。その昔、坂田金時が同志、渡辺綱が京の都で切り落としたという、丸太ほどの太さもある青鬼の右腕だという。この腕の近くで九人の人間が死ねば、地響きが起き、持つ者の右腕に同化する。鬼の腕を得た者は大人千人の力を思うがままに使えるらしい。

この鬼の腕さえあれば、黒い石などいくらでも掘ることができる。――いつしかゆりは、自分が鬼の右腕を手に入れ、山で黒い石を次々と掘り出している夢を見るようにすらなっていた。

坂田金柑殿が城で手伝いを探しているという話を聞いたとき、一も二もなく飛びついたのは言うまでもない。だが、鬼の腕を手に入れることはおろか、見ることも叶わなかった。金柑殿はこの城のどこかに、鬼の腕を隠しているという。それどころか、この度、よその国からお殿様と領民を呼び、それを探させる知恵比べをするのだという。

その者たちが鬼の腕を見つける前に探し出し、盗んでしまおうとゆりは考えた。だから、金柑殿が「覚えよ」と命じた謎かけ歌の歌詞の意味について必死に考えたが、わからなかった。いったい『へ土』とは何なのか。洗濯ばばあは何を『すっぱりと』切るのか――。

ゆりが考えを改めたのは、知恵比べのための客人たちがやってくる三日前のことだった。

客人は、魚井戸側、九本松側から三人ずつやってくるとのことだ。それに金柑殿とゆり以外の二人のお手伝いを足せば九人になる。この九人を殺めてしまおう。そうすれば、鬼の腕は地響きを起こす。そして、その揺れを利用して探せば、鬼の腕は見つかるだろう。

幼いころから父について山に入っていたので、魍魎櫁が猛毒であることは知っていた。だが思うように採れず、煮詰めて作れた毒針は二本だけだった。また、祖父が遺《のこ》したからくり鉄砲も何かに使えたらと思い、花咲かじじいの間の臼と白犬の剥製に忍ばせておいた。

いよいよ客人がやってきて、ゆりたち三人が謎かけ歌を歌い、歓迎の宴が始まり……みなが寝静まったところでゆりは、ついに始めた。

酔って眠っている金柑殿の首に魍魎櫁を煮詰めた汁をたっぷり塗った針をチクリと刺してから甲冑を着せ、槍を刺した。金柑殿を手始めに殺したのは、腕っぷしが強そうだったのと、何かの手立てで家来を城の外から呼ばれては困るからだった――。

＊

「どうして……」

漬物蔵の壁に背をつけ、つばき丸は訊ねてくる。

「どうして一人ずつ殺したのよ。夜のうちにみんな殺せたはずなのに」

ゆりはまたおかしくなって笑う。今、殺されそうになっているというのにそんなことが気になるなんて。しょうがないから教えてあげよう。

「金柑殿を殺してから気づいたの。『これじゃあ謎かけ歌の答えがわからない』って。客人の誰かが答えを見つけてくれないかしらって」

「そんな理由で……」

「意味もわからずあの歌を覚えさせられたのは同じなんだから、つばき丸だって、私の気持ち、わかるでしょう」

「わからないわ」

ぶるぶると震えるその顔が、ゆりを苛立《いらだ》たせる。

「だけど謎に挑む前からみんなばたばたと死んでいったわ。まず、金柑殿があああいう形で死体となって見つかったら、誰かが甲冑の肩をつかんで揺するだろうと思って毒針を仕込んだの。責任感の強いききょう姉さんか、あるいは小次郎っていう侍が死ぬかと思ったら、まさか九本松のお殿様がいの一番に触るなんてね。そして後を追うように、私の仕掛けたからくり鉄砲で魚井戸のお殿様も死んだ。毎日お城の中で贅沢《ぜいたく》に暮らしているぶん、油断しやすいのかもしれないわね」

「た、タネ作さんは？」

つばき丸は、恐怖の底から絞り出すように問うてくる。

「あのとき、あなたはたしかにタネ作さんと一緒にいた。でもあなた一人の力で、浦島太郎の間のあの大石を倒すなんてできっこない」

「大石を支えている木に、あらかじめ切れ込みを入れておいたの。あそこの間に泊まっていた九本松のお殿様を殺すためにね」

「えっ――」

「本当は二日目の夜にでも忍び込んで殺そうと思っていたけど、毒針で死んでしまったんだもの。無駄になったかと思ったけれど、みんなで『犯人の仕掛けたからくりを探そう』ってなったときに、見つかる前にさっさと使って誰かを殺してしまおうって思ったのよね。殺す相手はすぐにタネ作に決まったわ。ぼんやりしている男だから、タネ作の腰から竹筒を抜き取って、大石の近くに転がしておくのはわけなかった。タネ作がそれに気づいたところでついて行って切れ込みを叩いたら、大石はうまくタネ作を潰してくれたわ」

「ひどい」

「ひどくないわ。あんな頭の悪い男を、私は最後にいちばん上手に使ってやったんだから」

「上手に……使った……？」

「だってそうでしょ。あのイチって小賢しいばばあは、息子を失って自暴自棄《じぼうじき》になって、勝手に死んでいった。私が手を汚す手間が省けたのよ」

つばき丸の顔からはもう、顔色というものが消えていた。ゆりはそれを見て爽快感を覚える。

「まあ、なえを道連れにしたのはいただけなかったけれど。あの子、謎かけ歌の答えにもっとも近づいていたようだったから。まあ、あの子が死んだところで、答えはあきらめたわ。手ごわいと思っていた侍の小次郎は勝手に切腹して、あとは私を弱虫の臆病者と思い込んでいるききょう姉さんとあなただけよ。もう、一気にやっちゃおうって気になるじゃない」

はっはは、はっはははとひとしきり笑う。気が済んだところで、ゆりはききょう姉さんの血で汚れた包丁を振り上げた。

「やめて。助けて……」

太った女の情けない声。

「三つ数えるあいだに、鬼の腕のありかを言えたら、助けてあげてもいいわ」

ゆりが言うと、つばき丸は「えと、えと……」と考えはじめた。

「一つ」

「金太郎の広間の……」

「二つ」

「熊の……がはっ」

三つ、を言う前にゆりはつばき丸の胸に包丁を突き立てる。鮮血が顔に飛び、つばき丸は桶のあいだに仰向けになった。たすけて、とその口は動いていたが、もう声は聞こえなかった。ゆりはつばき丸のそばにしゃがみ、

「医者の娘でしょ。自分で治したら?」

微笑みながら、その手から茄子漬を奪い取る。立ち上がって、漬物蔵を出た。ききょう姉さんの死体を見下ろし、茄子漬をくちゃくちゃ嚙みながら、その時を待つ。

地響きが起こったら、急いで鬼の右腕を探す。そして、千人力の鬼の腕を手に入れるのだ。

＊

だが——茄子漬をすっかり食べ終わってしまっても、何も起こらなかった。板戸を開けて漬物蔵の中を覗く。つばき丸はもう動かない。

「どういうこと？」

もう、九人死んだはずだ。今朝から死んでいった人間の名前を一つ一つ思い出し……

「あっ！」

わかった。イチだ。あのばばあの死体だけ、ない。そういえば小次郎が言っていた。イ、イチはない、い、い、いの体とともに自分の着物を堀に落とし、自分が死んだように見せかけたのだ。あいつめ、まだ生きている！

「ばばあめ！」

ゆりはまな板の上からもう一本の包丁を取り上げると、台所を出て階段を上がっていく。

「どこにいる、イチ、出てこい！」

二階の金太郎の広間で叫ぶが、どこからも返事はない。この城からはゆり以外、命のあるものはやはり消えてしまったように。

だが、鬼の右腕が地響きを起こさない以上、いるはずなのだ。イチが。やはり上か——と思ったそのとき、柱のぐるりにある円卓の上に何かがあるのを、ゆりは見つけた。

にぎり飯の載った皿——。昨日、宴が終わった後、ほかならぬゆりがきぎょう姉さんとにぎったものだ。

誰がこんなところに……と思うと同時に、腹が減っていることに気づいた。さっきしょっぱい茄子漬を食べたこともあり、うまそうに見える。

ゆりは一つつかみ、がぶりとかじった。

「うまい。うまい」

米粒がぼろぼろ落ちるのもいとわず、あっという間に二つ食った。普段は小食である。まるで自分ではないような食いっぷりだった。血を見ると空腹になり、また、行儀などどうでもよくなるのだとゆりは知った。

「さあ、これでイチを探せるわ」

包丁を握る手に力を込め、階段に向かおうとすると、黄金の床が目の前に近づいてきた。

……ゆりは、倒れていた。

ごほっ。咳をすると血が出た。

全身がしびれていた。

「え……」

喉が焼けるように熱い。視界がもうろうとしてくる。

「お……に……の……」

げほっとまた血が出た。

「み……ぎ……う……」

真っ暗――。

父ちゃん、ごめんね、と思った。

十、金太郎城

見るもまばゆい金色の屋根瓦を持つ、立派な城である。

石垣の上の三層建てに見えるが、石垣の中に一階があり、内部は四階建てである。

金太郎城。そう呼ばれるその城が、ごごごごごと揺れている。

城の周囲を囲む広い堀の水が、波を立てる。

ごごご、ごごご、ごごごご……

まるで山が火を噴く前の地響きがする。

ぼろり。黄金の屋根瓦が一つ剥がれ、堀に落ちる。それを合図とするかのように、次々と瓦が落ちる。漆喰の壁にひびが入り、やがて崩れていく。

ごごご、ごごご、ごごごごごご……

塵埃《じんあい》を舞い上がらせ、城が崩れる。

後に残ったのはがれきの山。そして、黄金に輝く、一本の太い柱であった。

終章　太郎

窓の外を、ツバメが二羽、飛んでいく。

五月はいい季節である。燦々《さんさん》と降り注ぐ陽光と、新緑。このおんぼろのあばら家を一歩も出なくとも、小さな窓から入ってくる春だけで、太郎は十分満足だった。

この陽気さを、さらに加増してくれる者が、今、背後にいる。

「そりゃもうほーんとに、びっくりしましたよ。あんなにおっきい石が倒れてきたら、そりゃ、ひとたまりもないですよ」

いいい、なえである。

知恵比べに一緒に来てくれないかとなえに言われたのは、もう十日も前になるだろうか。殿様に会うなどまっぴらだと返事をすると、「そうですよねえ」となえは困っていた。いつものように、城で出された問いをここへきて話せばよいでないかと提案したが、「それができないんです」となえは言ったのだ。

いわく、坂田金柑という殿様が金太郎城に隠した鬼の右腕を探すというのがその知恵比べの内容なのだそうだ。金太郎城は小舟でしか渡れぬ広い堀に囲まれており、知恵比べ対決が始まってから三日のあいだ、金柑の家来すらその城には入れないようになるとのことだった。

それでは無理だなと返答すると、なえは落胆して帰っていったが三日後に嬉々として現れた。城に、賢い鳩を飼う小次郎という侍がいるとのことだった。鳩の足に謎を記した紙を結び付けてこの山へ飛ばすから、答えを記してその鳩の足に再び結び付けて飛ばしてほしいというのだった。

それならできぬこともない。そう告げると、なえは喜んで帰っていった。

だが、金太郎城の謎解きが始まったはずの日になっても、いっこうに鳩は飛んでこない。いつもなら気にせぬ太郎だが、なんだか胸騒ぎがしていた。

すると今日になって突然なえが現れた。お土産だと言って、野菜のたくさん入った籠《かご》をどさりと太郎の座っている椅子の左脇に置いた。こんな重い物をどうやって持ってきたのかと問うと、

「そんなことより聞いてくださいよ、金太郎城でひどい目にあいましたよ」

と、べらべらとしゃべりはじめた。

まずなえは、饗応役《きょうおうやく》の三人のくノ一が歌ったという妙な謎かけ歌を歌った。そして、次の朝に城主の坂田金柑と小次郎の鳩が死体で見つかり、九本松康高と魚井戸信照が死に、そして、九本松の領民のタネ作という男が死んだところまで話したのだ。

「イチ婆さんはもう、それはそれは悲しんでですね、浦島太郎の間に入ってぴしゃりと戸を閉めたんです。残された私たちはイチ婆さんのことが心配で、みんな廊下に座って、黙り込んじゃって。……でも私、みんながしーんとしているあいだに、わかったんです」

「なにがだ」

「謎かけ歌の答えですよ。鬼の右腕がどこにあるかです」

太郎は驚いた。正直なところ、さっきなえが歌ってくれた歌はちんぷんかんぷんだった。

金太郎を含む五つのむかしばなしをもとにしていることぐらいはわかるが、あの歌を聞いただけで鬼の右腕のありかなどわかるものだろうか。

「まず、他の歌詞を全部すっとばして、洗濯ばばあのことから話したほうがわかりやすいんで、そうしますね。『川で拾った桃切るように／その真ん中をすっぱりと』。いったい何の真ん中をすっぱりと切るのか。ずばり、金太郎城を、東西方向にすっぱり切るんです」

「金太郎城だと？」

「はい。そのうえで、黄金に塗られているところをなぞるんです。絵に描いてきたんで、こっちを向いてくれますか」

「……いや」

太郎は拒否する。

「どうしてもお顔は見せてくれないんですね。じゃあいいです。ここに置くんで、見てください」

なえは野菜籠の上に紙と、朱のついた筆を置いた。太郎は左手でその紙を取る。城の断面が描かれており、線の一部が朱でなぞられていた（二八五ページ・図・其之一）。

「さっきも言ったとおり、あのお城の屋根瓦は金ぴかでした。そして、二階の金太郎の広間は天井と床と真ん中の柱が金ぴか。あとは、三階のそれぞれのお部屋の真ん中にある部分の柱も金ぴかです。なぞったところを見ると、なんていう二文字に見えます？」

太郎ははっとした。

「『へ』と『土』だ。歌詞で鬼の罵り文句として出てきた『へ土』とはこのことか」

「そうです。『このままじゃへ土が出るわ』ってことなんで、花咲かじいさんと浦島太郎さんと一寸法師の力を借ります。太郎さん、筆をどうぞ」

【図 其之一】

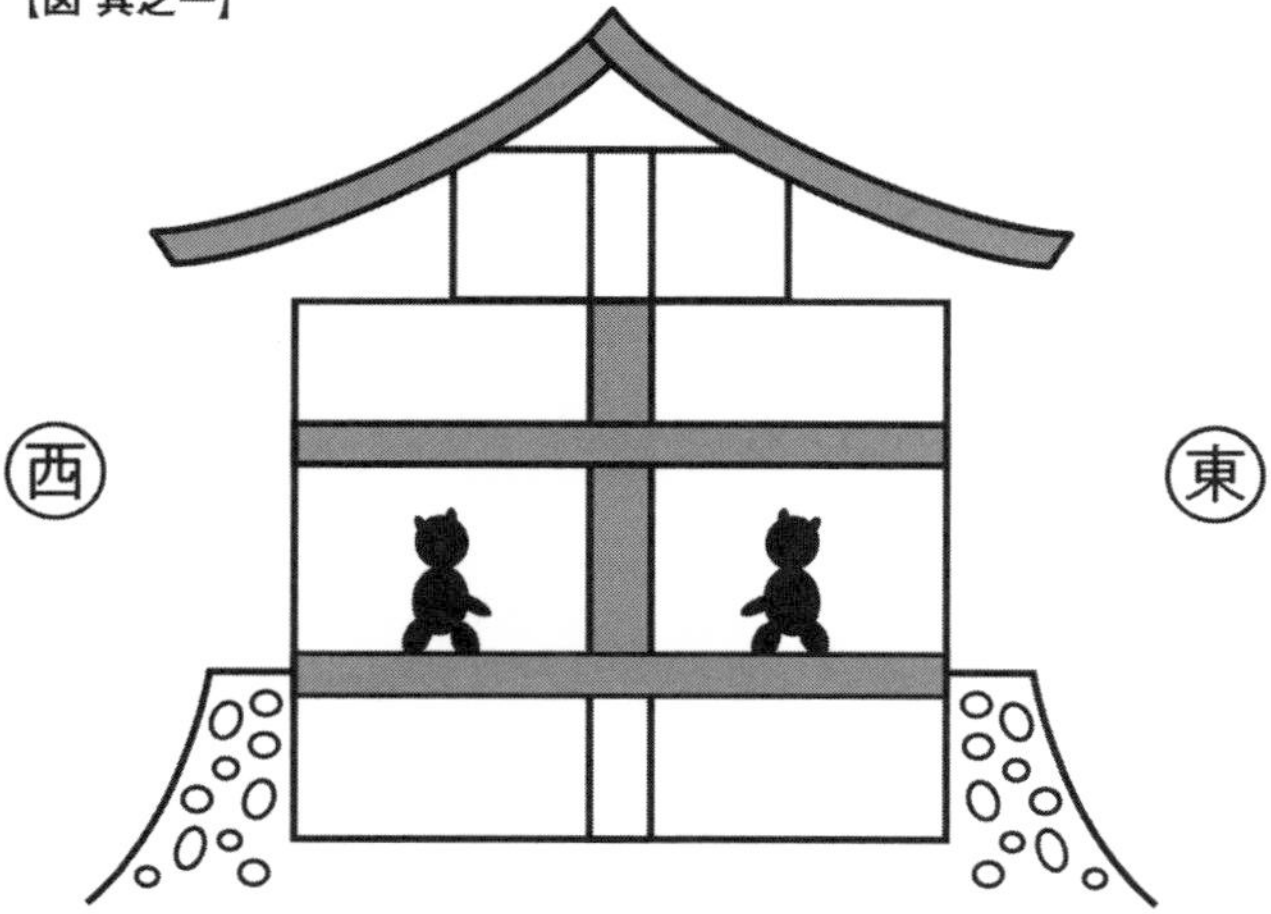

言われるがまま、筆に手を伸ばす。

「私の言うとおりに朱を描いてください。一寸法師の黄金の箸を東の熊に、浦島太郎さんの黄金の竿を西の熊に、そして、花咲かじいさんの小判は床にばらまいちゃうんで、最上階の床をぴーっと一文字に」

「ああ……」

太郎は自分の描き出した図を見て嘆息した。『へ土』だった文字が『金』に変わったのだ（二八七ページ・図・其之二）。

「『やっと出たのは金たろう』。『たろう』がひらがなだったのは、点々を打って『金だろう』と読んでほしかったんでしょうね」

「しかしだ」太郎は言った。「これだけでは謎を解いたことにならんだろう。鬼の右腕はどこにある？」

「それを示すのが最後の歌詞です。『こやつおいらと互角めと』……『互角め』っていうのは『五画目』、つまり、金という文字を書いたときに五番目に書く線のことです」

太郎は城の図の脇に金という字を書いてみた。五画目は……

「柱だ」

「はい。柱のどこかに鬼の右腕が隠されていると私は思いました。それを小次郎さんに話そうと思ったとき、浦島太郎の間の襖が開いて、イチ婆さんが顔を出したんです。イチ婆さんは私だけ中に入るように言いました」

タネ作の死を悼《いた》み、イチ婆さんは絶望感を抱き、疲弊しきっていたようだ。

「イチ婆さんは私を障子窓の近くに誘うと、言ったんです。『なえよ、下手人はきっと、鬼の腕を自分の物にするために九人を殺そうとしている。この世に希望がない私は殺される前に自ら命を絶つ。だが子どものお前だけは死なせたくないから、死んだふりをして生き延びよ』って」

「死んだふりをして？」

「はい。イチ婆さんはその前に、金太郎の広間で、東の熊の剝製の背中に切れ込みを見つけていました。大人は無理だろうけれど、私くらい小さかったらそこに隠れられるだろうって。イチ婆さんはさらに言いました。『私が、お前の死体のふりをして、堀に身を投げる』」

さすがの太郎も笑ってしまう。

「いくら堀の水面が遠かったとしても、老婆が十二歳の子どものふりなどできるわけがなかろう」

えへへーと、なえは意味ありげな笑い声を上げた。

「そのからくりを説明するには、タネ作さんの正体を明らかにしなきゃなりませんねえ」

【図 其之二】

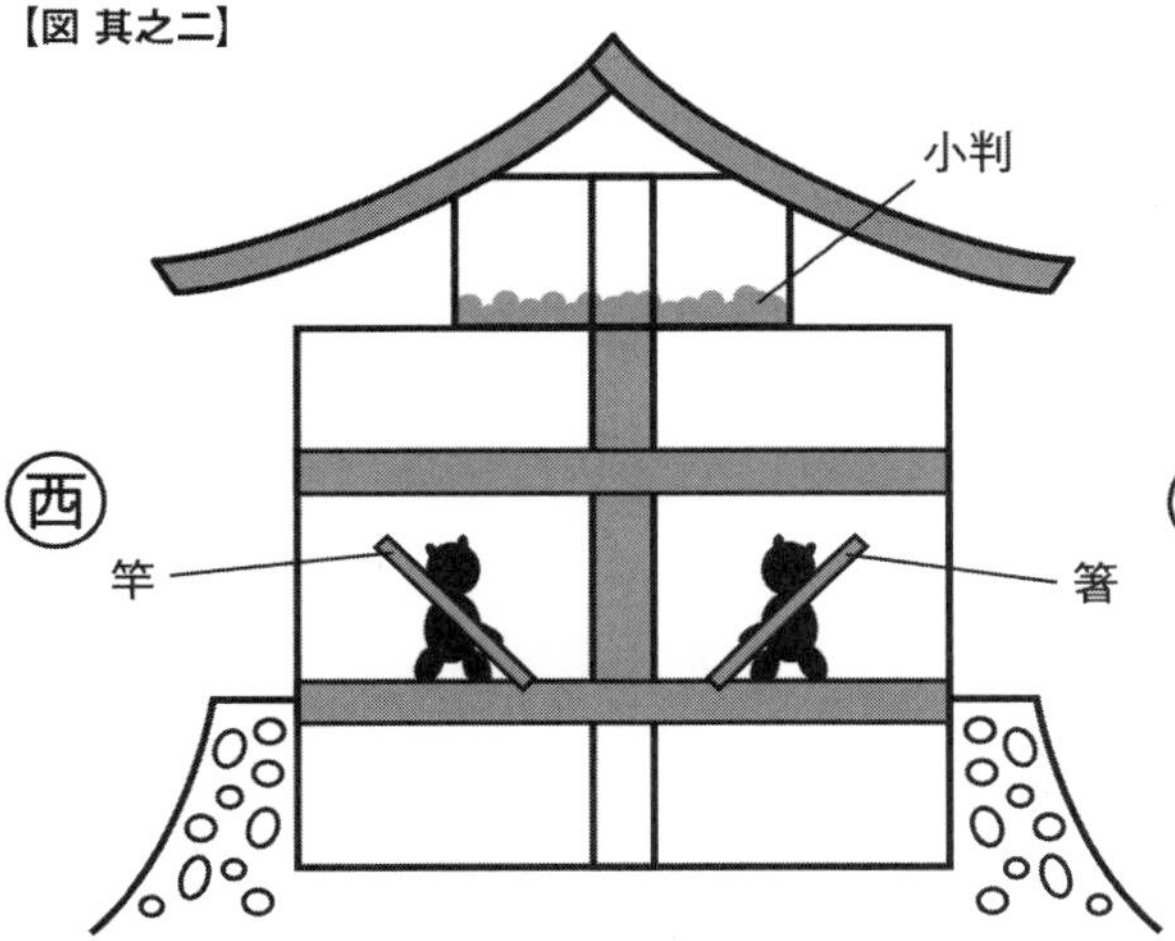

「タネ作の正体だと？」

……またこの娘は不可解なことを言い出した。

「はい。タネ作さんって実は、私が今まで太郎さんにしゃべってきた人の中にいるんですよ」

太郎はなえが初めてこの小屋に来た日から聞かせられた話を思い出す。タネ作のようにぼんやりした男がいただろうか。

「イチ婆さんは、タネ作さんの死体を撫でながらこう言いました。『おつむの足りん子での。暑い日にちゃんちゃんこを着て働きに出て汗だくで帰ってきたり、そうかと思うと、冬の寒い日に笠もかぶらずに商売に出ていったり』」

冬の寒い日に笠もかぶらずに……商売に……。

まさか……。

「い、い、氷売りか」

「ご名答です。タネ作さんはどういうわけかあの若返りの泉を知っていて、畑仕事のできねえ冬のあいだ、町から町へ氷を売って歩いていたんです」

「一両で氷を。つくづくおつむの足りない男だな」

「そうです。それで、さらにおかしなことに、タネ作さんはイチ婆さんとともに金太郎城に行くことが決まったときに、何かの役に立つかもしれないって、泉の水をたくさん汲《く》んできたんだそうです。荷物になるからやめとけとイチ婆さんは反対しましたが、聞かずに持ってきたんです」

「ということは……タネ作が腰にぶら下げていた五本の竹筒の中身というのは」

「若返りの泉の水だったんです。タネ作さんはふだんからイチさんにこれを飲めば姥捨て山に行かなくて済むから飲め飲めとうるさかったそうですが、年不相応の見た目になるのが嫌で、イチ婆さんはことわり続けてきました。ですが私の前でタネ作さんの竹筒を並べ、『これを飲むのが、今だろうねえ』と」

　驚いて声も出ない太郎に、なえは続けた。

「私がすべきことをすべて告げると、イチ婆さんは竹筒の水を飲みはじめました。一本、二本……と飲むうち、みるみる若返っていきました。五本めの途中、私と同じくらいの女の子になったところで飲むのをやめました。私はお殿様に買ってもらった新しい花柄の着物を脱いで、イチ婆さんに渡しました。イチ婆さんは、自分の着物の袖から一包の薬を私に渡しました。『もし使わなきゃいけないときが来たら使うんだよ』と」

「その薬というのは？」

「魍魎槄の粉だと言われました」

「なんだと。イチも持っていたのか」

「姥捨て令でお友だちをたくさん失って、できるもんなら九本松の殿様を殺してやりたかった

――みたいなことを小次郎さんに言っていました。あのときは冗談っぽく言っていたんですけど、本当は機会をうかがっていたらしく、懐に忍ばせていたんですね」

イチはイチで、そんな激しい思いを持っていたのだ。

「イチ婆さんは、花柄の着物に着替えてから自分の着物を堀に投げたんです。そして私に『達者で生きるんだよ』と言い残すとひょいと堀に身を投げました。窓の外の壁には足の引っかかるところがあり、私ぐらい体が軽いと隣の花咲かじじいの間の窓に行くことができます。私は壁にへばりついたまま誰かに襲われているような声を上げ、花咲かじじいの間に入りました。浦島太郎の間に小次郎さんと三人のくノ一さんが入り込む音が聞こえたので、その隙に花咲かじじいの間から出て階段を下り、金太郎の広間へ戻りました。金ぴかの柱をすぐに調べればよかったんですけど、おなかがすいてしまって……それで、一階の台所へ行ったんです。するとおいしそうなにぎり飯があったので、お皿ごと広間に持ってきて卓に置き、その脇に毒の包みを置いて、にぎり飯を食べながら柱を調べました。そしたら、卓の下に隠れている部分に、少し金色の薄い板が張られていました。指を引っかけて引っ張ると簡単に扉が開いて、そこに――」

「あったのか」

「あったんです、鬼の右腕。ところがそのとき、三人のくノ一さんたちが上から下りてくる声が聞こえたんです。円卓の下に隠れていると、三人はさらに下りていきましたので、私は安心して鬼の右腕を引っ張り出して、それで、もう一個にぎり飯を食べようと思ったんですね」

「なんと暢気な」

「だっておなか、すいていたんです。しかも、そのあともずっと隠れてなきゃいけないんですもん。ところが私そのとき、くしゃみをしてしまったんです。わかりますよね。着物をイチ婆さんにあげちゃって寒かったんですよ。そのくしゃみで、魍魎榼の包み紙が飛んで、中身がにぎり飯にかかっちゃったんです」

「なんと……」

「私はもう、がっかりしちゃって。でも寒いし、これ以上くしゃみが出て下手人に生きていることがわかったら、イチ婆さんは死に損になってしまいますから、鬼の右腕と一緒に熊の中にもぐりこんだんです。それから、どれくらいしてからですかねえ。意外と早かったですねえ。すぐそこにゆり丸さんが来て、怖い声で叫んでるんですけど、熊の毛皮が分厚くて何を言ってるかわからないんですねえ。どうしようどうしようと思ってたら静かになって。そしたら次は抱えている鬼の腕が光りはじめて、ごごご、ごごご、ってすごい揺れで、私、気を失っちゃって」

どうやらそのあと、金太郎城は崩れちゃったらしいです、となえはあっけらかんとしていた。

「私、がれきの下から出てきたら、右腕がこんなですよ」

太郎の右側から、ひょいと腕が差し出された。太郎はぎょっとして、椅子から転げ落ちそうになる。針金のような太い毛の生えた、青い岩のような腕。十二歳の女児の腕とはどうしても思えない。

「金柑殿の家来の方々が小舟で渡ってきたらどうしようと私は焦りましたよ。私のせいと思われて捕まっちゃいます。で、一階から逃げようとしたら、台所でききょう丸さんとつばき丸さんが死んでいました。悲しかったですけど、とにかく逃げなきゃと思って、漬物の桶を鬼の右腕でつかんだんです。びっくりですよ。全然重くないんです。私は桶の中身を全部出して、入り口に運びました。入り口の扉も閉まっていましたけど、そんなの右腕でぽん、ですよね。桶を堀に浮かべて、外したばかりの戸板を持って桶に飛び乗りました。戸板を櫂《かい》の代わりにして右腕でざばりと水を掻いたら、もうぐーんと進んじゃって、すぐに堀の向こうに渡れました」

はっはは、となえは笑った。

「右腕が鬼になって、よく笑っていられるな」

「そりゃ私も初めは嘆《なげ》きましたよ。家に帰ったらおっとうおっかあに化け物扱いされるんじゃないかって。でも全然そんなことないですよ。木の幹をつかんでちょっとひねれば、めきめきめきめきって。薪を作るにも斧がいりませんし、どんなに重い物でも運べるし」

「この野菜もか……」

太郎は椅子の脇に置かれた野菜籠を見た。

「こんなの、ありんこと同じくらいにしか感じませんよ。わっはは。みぞれちゃんも強くてすごいって褒《ほ》めてくれるし、いいことばかりです。わっはは。それで私、今から寝姿山《ねすがたやま》に行ってくるんです」

「あんな山に、何の用だ」

「ここいらの集落に流れる川があの山からきているのは知ってますよね。あそこ、大きな岩がでーんとあって、川をせき止めてるんです。だからここいらは、冬の雪が多いくせに夏の水が少なくて、ちょっと日照りがつづくとすぐ作物がダメになるんだって、大人たちが言ってました。私、今から行って、その大岩をひょいっとどけてきます」

「なっ……」

絶句する。

実は、太郎がこんな辺鄙《へんぴ》な山の中で日がな椅子を揺らしてじっとしている理由は、その大岩にあった。なえと同じ理由でその大岩をどかさねばならぬと何年も前から考えていた。太郎の考えた方法、それは……小便であった。

寝姿山の水源を少し上にいったところに、今にも崖から落ちそうな小ぶりな岩がある。その岩の下の地面に向けて、溜めに溜めた小便を放出する。土が柔らかくなり、小ぶりな岩は動いて落ち、件《くだん》の大岩を弾き飛ばす。それによって、川の流れは増える……そういう算段だった。

そのためにこの三年、小便を溜めてきたのだが……鬼の右腕のほうがよっぽど確実に大岩をどかせるではないか。

「いやあ太郎さん、強くなるっていいですねえ。わっははは。みんなの役に立てますし、反対する人がいたら、弾き飛ばせます。わっははは、ぐわっははは。それじゃあ太郎さん、また」

ぐわっははは、と遠ざかっていくその笑い声は、なえではないような気が太郎にはしていた。

いにしえの話の主人公は、富や地位や力を得て「めでたしめでたし」となる。

だが、めでたしめでたしで終わる話など、この世にあるだろうか。富、地位、力……そういうものを得たところから、本当の話が始まるのではないか。使いようによっては身を、世間を滅ぼす物を正しく使える者が、どれだけいるというのか。分不相応の物を与えられた者は、幸せを不幸に変えてはしまわないか。

太郎は目を閉じる。

鳥の声が耳を癒《いや》し、暖かい風が頬を撫でる。

春がきて、夏がきて、秋がきて、冬がきて……それぞれの美しさを愛《め》で、幸せを感じる。そういう生活が何よりも愛しいことだけが、永遠に変わらぬ真実なのだろう。

いつか今日のこの場所が、「むかしむかしあるところ」に変わっても——。

初出

「こぶとり奇譚」　「小説推理」二〇二二年九月号
「陰陽師、耳なし芳一に出会う。」　「小説推理」二〇二二年一一月号
「女か、雀か、虎か」　「小説推理」二〇二三年一月号
「三年安楽椅子太郎」　「小説推理」二〇二三年三月号
「金太郎城殺人事件」　「小説推理」二〇二三年五月号・六月号

本作品は日本の昔ばなしを基にしたフィクションです。
作中に登場する人名その他の名称は全て架空のものです。

青柳碧人 あおやぎ・あいと

一九八〇年千葉県生まれ。早稲田大学卒業。二〇〇九年『浜村渚の計算ノート』で第三回「講談社Ｂｉｒｔｈ」小説部門を受賞してデビュー。一九年刊行の『むかしむかしあるところに、死体がありました。』は多くの年間ミステリーランキングに入り、本屋大賞にノミネートされた。数々のシリーズ作品のほか、『赤ずきん、旅の途中で死体と出会う。』『むかしむかしあるところに、やっぱり死体がありました。』『クワトロ・フォルマッジ』『怪談青柳屋敷』などがある。

むかしむかしあるところに、死体《したい》があってもめでたしめでたし。

二〇二三年八月九日　第一刷発行

著者　青柳碧人
発行者　箕浦克史
発行所　株式会社双葉社
〒１６２－８５４０
東京都新宿区東五軒町３－２８
電話　０３－５２６１－４８１８（営業部）
　　　０３－５２６１－４８３１（編集部）
http://www.futabasha.co.jp/
（双葉社の書籍・コミック・ムックが買えます）
印刷所　大日本印刷株式会社
製本所　株式会社若林製本工場
カバー印刷　株式会社大熊整美堂
ＤＴＰ　株式会社ビーワークス

落丁・乱丁の場合は送料双葉社負担でお取り替えいたします。「製作部」あてにお送りください。ただし、古書店で購入したものについてはお取り替えできません。
［電話］０３－５２６１－４８２２（製作部）
定価はカバーに表示してあります。

ISBN978-4-575-24656-8 C0093